녹슬지
않는
세계

녹슬지 않는 세계

김아직 장편소설

차례

빗속의 부름

어쩌자고 또 밤인가. 녹스 녹티스 에스트 노스트리(Nox Noctis est Nostri). 밤은 우리의 것이라 했나. 그래서 이리도 꼬박꼬박 찾아오는 것인가.

레미지오 신부는 테라스의 낡은 윈저체어에 앉아 축축한 공기를 들이마셨다. 비 냄새가 짙었다. 장마의 복판이니 새삼스러울 것도 없지만 오늘 밤 비는 예사롭지 않을 것이다. 이렇게 샛강 바닥의 악취까지 끌어안은 비 냄새가 올라오면 저지대에 큰물이 지는 법이었다.

"가만, 이럴 때가 아니지. 서둘러 구역장들에게 전화를 돌려서 저지대에 사는 사람들에게 주의를 주고, 어린애가 있는 집은 일찌감치 성당으로 대피시키고, 자원봉사가 가능한 청년들을 대여섯 불러모으고, 보좌신부에게 모포랑 랜턴, 생수와 간편식을 넉넉히 확보해두라 이르고 또……."

레미지오는 할 일들을 주워섬기다가 눈을 끔벅거렸다. 보좌

신부의 이름과 얼굴이 기억나지 않았던 것이다.

하관이 쥐새끼처럼 좁고 소갈머리는 더 좁아터졌던 연주식 베드로? 아니지, 그 친구는 오래전에 로마에서 성서학 박사과정을 수료하고 와서 신학교에서 교편을 잡는다 했지. 밤새 평신도 청년들과 어울려 놀고 술 냄새를 풍기며 새벽미사에 나타나던 고한음 마르티노? 그 친구는 10년 전쯤에, 어쩌면 그보다 훨씬 오래전에 침수지역으로 선교를 갔다가 실종되었지. 그럼 사제관 옆방에서 코를 골고 있을 젊은 친구는 누구란 말인가.

얼굴을 찌푸려가며 기억을 짜내는데 끄트머리 마디가 살짝 휜 앙상한 손이 눈에 들어왔다. 손등 가장자리에 검버섯이 피어 있었다. 레미지오의 입에서 가는 탄식이 새어 나왔다. 그는 본당신부가 아니었다.

그 모든 건 해수면 상승과 팬데믹으로 인류에게 '작은 종말'이 닥치기 이전의 일들이었다. 해안도시들이 물에 잠기고 팬데믹으로 인류의 삼분의 일이 죽어나가는 사이 레미지오는 은퇴사제가 되었고, 지금은 산자락 요양촌에서 자신의 종말을 기다리는 신세였다. 당연히 아랫마을의 본당신부는 따로 있으며 그곳 성당 사람들은 레미지오의 존재조차 알지 못할 것이다.

레미지오의 눈길이 허벅지를 훑고 지나갔다. 지병을 제대로 다스리지 못했더니 이태 전부터 한쪽 다리를 심하게 절게 되었다. 최근 들어서는 정신마저 온전치 못하고 기억이 오락가락했다. 그래도 교구에서 은퇴 사제들의 요양촌인 발부르가 마을을 조성한 이유는 잊지 않았다. 쓸모를 다한 노신부들을 모아놓고서, 늙고 병든 서로를 거울 삼아 행여나 움켜쥐고 있을지도 모를 생의 욕망을 말끔히 털어내고 순순히 죽음을 받아들이도록 하려는 것이다.

그게 어디 말처럼 쉬운가. 저희들도 이런 처지가 되어보라지.

레미지오는 혀를 찼다. 자기 명의의 방 한 칸이라도 마련해둔 사제는 은퇴 후에 발부르가 마을에 발을 들이지 않았다. 꼬장꼬장한 노신부들이 모여 산다는 건 오직 신부들만 이해할 수 있는 종류의 악몽이었다. 하지만 레미지오는 대안이 없었다. 사고로 세상을 떠난 누나와 매형 대신 조카의 양육비를 책임진 탓에 은퇴 자금은커녕 교구에서 대출한 돈도 다 갚지 못한 상태였다.

발부르가에 입주한 게 언제였더라……. 조카 놈이 학위를 마치고 귀국한 후던가, 그 전이던가.

기억들의 순서와 씨름하는 사이 테라스 너머 정원의 불빛들이 한꺼번에 훅 사라졌다.

밤 11시, 발부르가 마을의 소등 시간이었다.

서품 동기인 안셀모 신부가 '빛과 어둠의 매정한 교대식'이라 칭하던 시간이기도 했다. 발부르가 마을 서쪽 기슭, 메타세쿼이아 산책로 옆 동에 살던 안셀모 신부는 이태 전 어느 밤에 심장 발작으로 죽었다. 그는 발부르가 마을에서 레미지오의 유일한 말벗이자 체스와 빙고 파트너였고, 지리멸렬한 신학 토론의 맞수였다.

오랜만에 체스를 좀 뒀으면 싶은데. 이 집에 마지막으로 손님이 찾아온 게 언제였더라…….

하나뿐인 혈육인 조카는 지방 대학에 교수 자리를 얻었다는 소식을 마지막으로 발걸음을 끊었다. 한창 일할 나이니 야속하다 여길 일도 아니었다. 다만 이루 말할 수 없이 적적했다. 레미지오는 한 손을 뒤로 뻗어 윈저체어의 등받이를 만지작거리며 숨을 들이켰다. 너도밤나무 목재 특유의 무취로 위로를 받고 싶었다. 젊은 시절 안식년에 기거했던 프랑스의 수도원에서 들은 이야기였다.

"우린 미사주를 너도밤나무로 만든 술통에 보관한다네. 오랜 전통이지. 너도밤나무로 만든 목재는 향이 없어서 나무 냄새가 술의 향을 간섭하는 법이 없거든."

수백 년도 더 된 너도밤나무 술통을 보여주던 그 수사신부는, 그때 이미 중늙은이였으니 오래전에 영면에 들었을 것이다. 안식을 비는 뜻으로 성모송이라도 바치고 싶은데 그자의 이름이 도통 생각나지 않았다. 과거의 이름들이 빙고 게임의 남은 칸들처럼 착착 지워지고 있었다. 머잖아 운명은 레미지오 신부의 이름을 마지막으로 호명하고 빗금을 친 뒤 우렁차게 빙고를 외칠 것이다.

"제기랄!"

레미지오는 주먹으로 테라스 난간을 때렸다.

요즘 들어 걷잡을 수 없이 화가 치밀 때가 있었다. 그 또한 치매 증상이라는 진단을 받은 터였지만 맹세컨대 이 밤중의 분노는 뇌의 병증에서 비롯된 것이 아니었다. 수락한 적 없는 뒷방 늙은이의 삶을 덤터기 씌운 세월 탓이었다.

"오, 주여. 아직은 당신의 도구로 쓰일 자신이 있습니다. 이대로 땅에 묻히고 싶진 않습니다. 이토록 정신이 말짱하고 의지 또한 굳은 저를 왜 산자락 요양촌에 가둬두십니까!"

기도인지 원망인지 모를 속말들을 읊고 있는데 먼 하늘에서 파열음이 들려왔다. 비가 임박했다는 신호였다.

"비가 대순가! 날 찾는 사람들이 있다면 빗속이 아니라 바다에 먹혀버린 침수지역으로도 갈 수 있단 말이다!"

그 순간 신의 응답처럼 거실 탁자에 놓아둔 전화가 울렸다. 레미지오는 자리를 박차고 일어나 차오르는 숨을 억누르며 전화를 받았다.

"네, 레미지오 신부입니다."

"신부님, 병자성사를 청합니다."

병자성사라는 말에 레미지오는 하마터면 소리를 내지를 뻔했다.

"지금 와주실 수 있습니까?"

'지금'이라는 말이 레미지오의 심장을 달구었다. 지난 기억들에 묶여 있던 노신부의 삶에 현재성이 돌아오고 있었다.

"그럼요. 거기가 어디입니까, 성사를 받으실 분은 가족인가요?"

"접니다, 신부님. 내가 곧 죽게 생겼어요. 대신 성사를 청해줄 사람이 없어서 직접 전화를 드렸습니다."

말의 마디마다 절박한 숨결이 느껴지는 듯하여 레미지오는 마음이 아렸다. 그리고 자신이야말로 고독한 죽음의 문턱에 다다른 이에게 달려갈 유일한 사제라고 확신했다.

"잘하셨습니다. 실례지만 세례명이 어찌 됩니까?"

"루치아입니다."

통화를 끝내기 무섭게 레미지오는 사제복을 갖춰 입었다. 경당으로 달려가 감실에서 성체를 챙긴 뒤 빗속으로 들어섰다. 빗줄기가 세상을 박살 낼 기세였다. 다리를 저는 데다 성사용 가방과 우산을 들고 있으려니 요양촌 정문까지 가는 것도 만만치 않았다. 장마가 지기 전까지 파란색 수레국화가 보기 좋게 피어 있던 정원을 지날 즈음 구두에 물이 찼다. 바지와 수단의 밑단도 비에 젖어 깡마른 종아리에 들러붙었다.

금방 숨이 가빠왔지만 다행히 루치아 자매가 말한 장소는 요양원에서 그리 멀지 않았다. 포장도로를 따라 마을 쪽으로 내려가면 나오는 폐공장 부지였다. 건설 회사가 골프장과 리조트를 지으려고 매입하였으나 여러 문제들로 수년째 방치된 곳이라 들었다. 이 밤중에 죽음을 목전에 둔 사람이 어쩌다 그런 곳에 있는지 모를 일이었다. 하지만 쓸데없는 호기심을 물고 늘어질 때가 아니었다. 중요한 건 누군가 이 빗속에서 병자성사를 기다리고 있다는 사실이었다.

바람마저 거세지는 통에 걸음이 자꾸만 더뎌졌다. 요양촌 입구와 불 꺼진 후문 경비실이 보일 즈음 레미지오는 우산을 던져 버리고 걸음을 재촉했다.

루치아

번개는 신께서 던져주는 찰나의 힌트였다. 번개와 함께 어둠에 싸여 있던 내리막길의 형체가 드러났다. 레미지오는 번개가 번뜩이는 순간에 보았던 길의 굴곡을 복기하며 칠흑 같은 내리막길로 접어들었다. 폭이 그리 넓지 않은 길이라 조심해야 했다. 도로로 넘어온 넝쿨식물과 버려진 나뭇가지들이 뒤엉켜 덫이 되었을지 모를 일이었다. 장대비의 충격을 견디지 못한 잔가지가 머리 위로 떨어질 수도 있었다. 어둠 속에선 온갖 것들이 달려드는 법이었다.

레미지오는 초조했다. 어째 가도 가도 길이 늘어나는 느낌이었다. 번개가 칠 때마다 옳거니, 저 굽잇길만 돌아나가면 끝이겠구먼 했으나 거기까지 가고 보면 또 다른 모퉁이가 기다리고 있었다. 다리의 통증도 심상치 않고 숨이 찼지만 어서 약속 장소로 가야 한다는 조바심이 일었다. 결국 성급히 걸음을 내디딘 레미지오는 솔방울을 밟고 고꾸라지고 말았다.

퍽! 둔탁한 마찰음과 함께 눈앞이 캄캄해졌다. 성사 가방을 끌어안은 자세로 넘어지는 바람에 얼굴로 땅을 들이받은 것이다. 오른쪽 광대뼈가 무너지고 이도 두어 개 부러진 것 같았다. 낭패감과 통증이 밀려왔다. 입 안에 짙은 피 맛이 번졌다. 이런다고 내가 멈출 줄 알고? 레미지오는 열감이 솟구치는 뺨을 감싸 쥐고 일어났다.

"말룸 바스 논 프란지투르(Malum vas non frangitur)라 했어. 쓸모없는 그릇은 깨질 일도 없는 법이야."

여느 밤처럼 발부르가 마을의 침상에서 잠을 청하고 있었다면 광대뼈는 멀쩡했을 것이다. 하지만 아늑하고 하릴없는 그 시간이 영혼에 얼마나 깊은 내상을 입혀왔는지는 오직 레미지오만 아는 것이었다. 이제 나는 쓸모가 없다는 자각은 지나온 삶의 마디마디에 골절상을 남기는 병증이었다.

하여 레미지오에게 빗속의 통증은 차라리 아름다웠다. 절망과 자기 환멸로 점철된 시간의 늪을 뚫고 나온 핏빛 꽃이었다. 레미지오는 입에 고인 핏물의 절반을 삼키고 나머지 반은 빗물에 섞어 뱉어내고는 다시 걸음을 떼었다.

내리막길을 따라 30분쯤 더 걸어가자 마침내 숲길이 끝나고 폐공장 부지가 모습을 드러냈다. 레미지오는 얼굴의 빗물을 손으로 훔치며 어둠에 잠긴 광장을 둘러보았다.

드그륵 툭, 드그륵 툭. 빗소리 사이로 바닥을 긁는 쇳소리가 났다. “폐공장 부지 초입까지만 오시면 제가 신부님을 찾아가겠습니다.” 루치아 자매가 전화로 그리 말했으니 저 소리는 루치아 자매의 기척이렷다. 쇳소리가 점점 가까워지더니 어둠 속에서 누군가 모습을 드러냈다. 판초 형태 우비를 걸친 평범한 체격의 사람이었다. 다리를 심하게 절뚝였는데 한 발짝 움직일 때마다 금속성 물체로 아스팔트를 긁는 소리가 났다. 굵은 빗줄기와 판초의 그늘에 가려져 잘 보이진 않았으나 알루미늄이나 카본 지팡이 같은 것에 의지하여 걸어오는 듯했다.

“루치아 자매님?”

“신부님! 병자성사를 청합니다.”

나직하고 또렷했으나 죽음의 문턱에 선 자의 절박함이 느껴지는 목소리였다. 레미지오도 따라서 마음이 급해졌다.

“도유를 해야 하니 비를 피할 곳부터 찾읍시다, 자매님.”

“아닙니다. 남은 시간이 얼마 없습니다. 나는 곧 죽습니다, 신부님!”

그 순간 번개가 쳤다. 섬광탄이 터진 듯 창백한 빛이 레미지오와 루치아를 비추고 사라졌다. 그 틈에 레미지오는 루치아의 다리를 보았다. 한쪽 다리의 찢어진 바짓단 안으로 금속 골격의 의족이 보였다. 쇳소리는 망가진 의족을 끄는 소리였던 것이다.

“병원부터 가야 하지 않겠습니까?”

“나를 받아주는 병원은 없습니다.”

우비 후드를 뒤집어쓴 루치아가 빗속에서 무릎을 꿇었다.

"병자성사를 주십시오, 신부님."

무릎을 꿇고 있는 루치아는 비에 젖은 정물 같았다. 후드에 가려져 얼굴이 보이지 않았으나 생명이 루치아를 떠나가고 있다는 것만은 확실했다. 목소리와 체형으로 보아 기껏해야 서른 안팎일 터였다. 젊은 사람이 어쩌다가 이리되었느냐는 탄식이 나오려는 걸 레미지오는 가까스로 참아냈다.

빗줄기가 더 굵어졌다.

레미지오는 급히 가방을 열고 영대를 꺼내 목에 둘렀다. 빗속의 병자성사가 시작되었다. 성수를 뿌리기 위해 후드를 뒤로 젖히자 핏기 없는 얼굴의 젊은 여자가 고개를 숙이고 있었다. 코뼈를 다쳤는지 얼굴 중앙이 뭉그러진 듯 보였지만 젖은 머리카락이 코 주변에 온통 들러붙어 있어서 정확한 상태는 알 수 없었다. 레미지오는 잇몸에서 흘러나온 피를 뱉어내고는 성사 예식문을 읊었다.

"이 성수로 이미 받은 세례를 기념하며 몸소 수난과 부활로 우리를 구원해주신……."

성수를 뿌렸으나 비바람이 쓸어가버렸다. 정신을 가다듬고 다시 성수를 뿌렸으나 이번에도 성수는 루치아의 몸에 닿지 않았다. 하는 수 없이 레미지오는 성수를 통째로 루치아의 머리에 들이부었다.

고해의 예식에 이르자 루치아는 조심스레 지난 인생을 털어놓았다.

“그분을 돌보며 그분이 시키는 대로 살아온 삶이었습니다. 나는 그분을 사랑했습니다. 그분이 바랄 땐 밤새 성서를 읽어드렸습니다. 그분이 시키는 일은 온전히 해내려고 노력했습니다. 하지만…….”

“계속하십시오, 자매님.”

“그분이 죽음 너머로 떠났습니다. 앞으로 무얼 하라, 어떻게 하라, 명령이 사라진 세상에 나만 혼자 남겨졌습니다. ‘나를 끝까지 돌보라’라는 명령을 내린 분이 그 명령을 수행할 수 없는 곳으로 떠난 것입니다. 하지만 죽은 자들은 천국이라는 곳에서 다시 만난다고 들었습니다. 그분이 간 천국으로 나도 갈 수 있다면 ‘나를 끝까지 돌보라’던 그분의 명령에 따라 그분을 돌보고 그분이 시키는 일을 하며 살 수 있습니다. 이제 죽음이 내게 왔으니 병자성사를 보고 천국에 가고 싶습니다. 가서 그분을 다시 만나고 그분이 시키는 일을 하며 살 것입니다.”

레미지오는 막막한 슬픔을 느꼈다. 이 밤에 자신을 불러낸 이를 이해하고 싶었으나 루치아의 고백만으로는 지난 삶이 어떠했는지 가늠할 수가 없었다. ‘그분’을 잃은 충격에 삶의 총기마저 루치아를 떠나간 듯했다.

급히 임종 전대사(全大赦)를 준 뒤 레미지오는 가방에서 성유병을 꺼내 들었다. 그러고는 루치아의 이마를 안수하며 기도를 바쳤다.

"우리와 우리의 구원을 위하여 당신의 성자를 이 세상에 보내신 전능하신 천주 성부여, 찬미 받으소서……."

감사의 기도에 이어 죽음을 앞둔 병자에게 기름을 바를 차례였다.

"주님께서는 당신의 자비로운 사랑과 기름 바르는 이 거룩한 예식으로 성령의 은총을 베푸시어 이 병자를 도와주소서. 또한 이 병자를 죄에서 해방시키시고 구원해주시며……."

레미지오는 기도문을 암송하며 루치아의 이마와 두 손에 성유를 발랐다. 도유 절차가 끝나자 루치아가 고개를 들었다.

"신부님, 이제 나도 천국에 가는 거지요?"

레미지오는 고개를 끄덕이고는 폐회기도를 바쳤다. 이어 병자 영성체 차례가 되자 루치아는 몸을 뒤로 빼며 일어섰다.

"영성체는 할 수 없습니다."

"그리스도의 몸과 피를 모셔야 합니다, 자매님."

"도유를 하였으니 나도 병자성사를 받은 것 맞지요? 나도 그 분처럼 천국이라는 새로운 공간에 들어가는 것 맞지요? 가서 계속 그분을 돌보며 살 수 있는 거지요?"

루치아가 후드로 얼굴을 가리며 물었다.

"아직 의식이 있으니 주님의 몸을 모시는 게 좋습니다, 자매님. 이 거룩하고 복된 순간을 거부해선 안 됩니다."

"나는 아무것도 삼키지 못하는 몸입니다. 음식을 먹고 소화하도록 만들어지지 않았거든요."

그 말을 끝으로 루치아는 몸을 돌렸다.

"자매님!"

그 순간 번개가 쳤다. 실핏줄 같은 빛들이 하늘을 가르며 세상을 비추었다. 그 빛 속에서 레미지오는 루치아의 뒷모습을 보았다. 판초 아래 드러난 루치아의 한쪽 다리는 사람의 것이 아니었다. 그것은 금속 뼈대와 인공 관절, 여러 굵기의 쇠줄들을 엮어 만든 기계 다리였다. 외부에서 충격이 가해졌는지 기계 다리는 바깥쪽으로 휘어 있었다. 레미지오의 흐린 눈으로도 그것이 평범한 의족과 다름을 알 수 있었다.

기계 다리에 콧날과 콧등이 보이지 않던 얼굴, 음식을 삼키고 소화하게끔 만들어지지 않았다던 고백……. 보고 들은 것들을 복기하던 레미지오는 섬뜩한 결론에 다다랐다.

"멈추시오! 아니, 멈춰라!"

레미지오는 급히 루치아를 쫓아가 우비를 붙잡았다.

"너는…… 너는 하느님의 모상인 인간이 아니야, 그렇지?"

"그게 중요합니까?"

루치아가 레미지오 쪽으로 돌아서며 후드를 벗었다.

또다시 하늘에 붉은 실금들이 그어지더니 번갯불 속에서 루치아의 얼굴이 드러났다. 죽음을 앞둔 젊은 여인의 얼굴이 아니었다. 마네킹처럼 커다란 눈과 무광의 유백색으로 처리된 피부, 눈썹이 생략된 얼굴. 인간과 차이를 두기 위해 일부러 과장되게 만들어진 전형적인 안드로이드의 얼굴이었다.

"나는 폐기 처분이 내려진 로봇입니다, 신부님."

"맙소사! 그럼 내가 기계한테 병자성사를 주었단 말인가!"

레미지오는 이마를 짚으며 휘청거렸다.

"있어서는 안 되는 일이다. 절대 있을 수 없는 일이야."

"내가 인간이 아니라는 사실이 성사의 효력을 해치진 않습니다. 신부님께 받은 성사는 그 자체로 유효하니까요."

"헛소리 말거라. 기계 주제에 성사라니!"

"병자성사를 청하기 전에 다 찾아보았습니다. 엑스 오페레 오페라토(Ex opere Operato). 성사는, 성사를 집행하는 자의 태도나 성사를 받는 자의 상태에 상관없이 그 자체로 유효하다."

"안 된다! 이 성사는 무효야! 너는 인간이 아니기에……. 오, 하느님, 제가 오밤중에 망령이 들었습니다."

레미지오가 가슴을 치며 절규했다.

"기계여! 너는 곧 전깃불이 나가듯 생명이 꺼지고, 물성만 남아 용광로에 던져질 것이다!"

"하지만 엑스 오페레 오페라토. 성사는 그 자체로 유효하다 했습니다. 나는 이마와 손에 성유를 발랐고 병자성사를 받았으니 천국에 갈 것입니다."

"마지막으로 말할 테니 새겨들어라. 우리의 천국에 너 같은 기계를 위한 자리는 없다. 그래도 천국에 가야겠거든 기계들을 위해 만들어진 천국이 있는지 어디 한번 찾아보아라!"

루치아는 뒷걸음으로 멀어지다가 이내 몸을 돌려 비의 장막 너머로 퇴장했다.

내가 기계에게 놀아났구나. 허물어지듯 주저앉은 레미지오는 길바닥에서 돌 하나를 거머쥐었다. 어찌하여 이 빗길을 뚫고 와서 이런 일을 저질렀을꼬. 레미지오는 끝이 뾰족한 돌을 높이 치켜들었다. 노욕에 눈이 멀었던 게야. 사제인 내가 성사를 더럽히다니, 이렇듯 추한 꼴이 되기 전에 진즉 죽어야 했다!

종의 교란

세상은 칼금처럼 좁아져 있었다. 레미지오에게 허락된 시계는 두터운 붕대 사이의 얇은 틈새뿐이었다. 하지만 자신이 누운 곳이 어디인지 알아보는 데는 지장이 없었다. 가톨릭계 병원의 1인실이었다. 레미지오는 이 병실에 누워 있다가 세상을 떠난 노사제를 여럿 알았다. 발치에서 말소리가 들렸다.

"얼굴은 더 신경을 써주세요. 사제의 품위를 손상시키지 않는 외양으로 복원해야 합니다."

"우리 병원 최고의 인체 재생 전문가들이 참여했으니 염려 마십시오. 단백질 폴리머가 자리를 잡으면 음영과 색조, 주름 시술로 좌우 대칭도 맞춰드릴 것입니다."

"절단 부위는 어떤가요?"

"다리와 손목의 인공 골격도 자리를 잡아가고 있습니다. 연세에 비해 적응력이 아주 좋으십니다. 잇몸은 예민한 부위라 우선 부작용이 없는 금속 재질로 메운 뒤, 적응 기간을 거쳐 인공 잇

몸을 씌울 계획입니다.”

무슨 조립장난감 이야기하듯 가볍게 대화하는 이들의 목소리가 익숙했다. 발부르가 요양촌의 총책임자인 유안석 몬시뇰과 이 병원의 은퇴 사제 담당 의사일 것이다.

병자성사가 있던 밤에 실혈사로 끝나야 했는데……. 대체 그 빗속에서 누가 나를 구한 것인가. 다음 날 아침에 공장을 둘러보러 온 자에게 발견된 것일까. 하지만 밤새 그대로 있었다면 저체온과 실혈로 숨이 끊어졌을 것이다.

기억을 더듬던 레미지오는 철제 다리를 끌며 멀어져가던 형상을 떠올렸다. 설마…… 오, 하느님! 레미지오는 고통에 신음하며 온전한 쪽 주먹으로 침대를 내리쳤다.

“정신이 드십니까, 신부님?”

유안석이 레미지오의 시계로 들어섰다. 레미지오는 오십대 초반의 젊은 몬시뇰이 발부르가 마을의 총책임자로 부임하던 때를 기억하고 있었다. 유안석은 공식적인 부임 인사도 하기 전에 요양촌 구석구석 방향제 자동분사기부터 설치했다. 그에게 노신부란 악취가 나지 않게, 사제의 품위를 훼손할 만큼 흉해지지 않게 관리해야 하는 대상일 뿐이었다.

“내가 왜 여기 있습니까, 몬시뇰.”

짐작 가는 바가 있으나 레미지오는 일말의 다른 가능성을 고대하며 마른 입술을 달싹였다.

"17일 전 밤에, 빗속에서 부상을 입고 쓰러져 계신 걸 구급대가 찾아냈습니다."

"내가 거기 있는 줄 어찌 알고."

"근처를 지나던 자매님이 신고를 한 모양입니다. 현장에 구급대가 도착했을 땐 신고자는 계시지 않았고요."

레미지오는 울고 싶었다. 주님의 영광을 드러내야 할 사제가 한낱 인간의 피조물인 로봇의 손에 놀아난 것으로도 모자라 목숨까지 빚졌다.

돌이켜보면 모든 것이 루치아, 아니 그 기계 놈의 설계였다. 레미지오는 치매 증상으로 치료를 받는 중이었고, 치료 상담 중에 신자들을 만나고 성사를 보던 시절이 그립다고 토로한 적이 있었다. 로봇이 상담 기록에 접근했다면 레미지오를 선택한 것도 이해가 되었다. 놈은 요양촌에 고립된 은퇴 사제의 간절함에 갈고리를 걸어서 그 빗속으로 사정없이 잡아당긴 것이었다.

죽음을 목전에 두고 있다 하였으나 믿을 수 없었다. 부러진 다리는 새것으로 갈아치우고 뭉개진 콧등도 수리하면 그만 아닌가. 애초에 저 기계들에게 인간과 같은 죽음이 있을 리 없었다. 놈이 멀쩡히 살아 돌아다니며 빗속의 병자성사를 떠벌리고 다닌다면…….

레미지오는 선택을 해야 했다. 루치아와의 일을 끌어안고 지옥으로 갈 것인가. 불명예를 떠안고 손가락질을 받더라도 유안석에게 자초지종을 고백하여 그 사악한 기계를 추적하도록 할 것인가. 망설이는 사이 왼손과 왼쪽 무릎 아래로 냉한 이물감이 올라왔다. 내 손이 아닌 것, 내 다리가 아닌 것이 신경이 이어진 채 움찔거리고 있었다. 레미지오는 몸에 익지 않은 기계손을 뻗어 유안석 몬시뇰의 손목을 쥐었다.

"몬시뇰, 고해할 게 있소이다."

"사고를 당하신 날의 정황과 관련된 것입니까?"

레미지오가 고개를 끄덕이자 유안석이 담당 의사를 병실 밖으로 내보냈다.

노신부는 몰래 요양촌을 빠져나간 뒤 세 시간 만에 다리가 부러지고 한쪽 손이 으스러진 채 발견되었다. 성사 가방과 영대는 홍수에 떠내려온 부유물처럼 폐공장 부지의 비 웅덩이에 버려져 있었다. 발부르가 요양촌의 책임자로서 유안석은 그날의 일을 교구에 보고할 책임이 있었다. 노신부가 끝내 입을 열지 않으면 어쩌나 걱정이었는데 자발적으로 털어놓는다면 유안석 입장에선 짐을 더는 일이었다.

"고해성사를 보시겠습니까, 아니면 면담으로 진행하는 게 낫겠습니까."

유안석이 바라는 건 면담이었다. 고해성사를 보면 그날의 정황을 사제의 머릿속에 봉인해야 한다. 유안석은 윗전에 보고할 수 있는 객관적 데이터를 원했고 다행히 노신부도 면담 형식을 택했다. 유안석이 스툴을 가져와 머리맡에 자리를 잡자 레미지오는 입을 가리고 있던 붕대를 턱 아래로 끌어내렸다.

"큰물이 질 것 같은 밤이었소. 나는……."

레미지오의 기억은 장대비가 퍼붓던 그 밤으로 돌아갔다. 밤중에 전화벨이 울리고, 노망난 신부가 기계의 머리에 성수를 붓고, 안수를 하고, 그 서늘한 이마와 손에 성유를 바른 그날. 이야기가 로봇의 입에서 '천국'이라는 말이 흘러나온 대목에 이르자 몬시뇰은 자리를 박차고 일어섰다.

"맙소사! 이 일을 저한테 처음 고백하시는 게 맞습니까?"

"그렇소."

"그 로봇의 이름이 루치아라 했습니까."

"맞소."

"이 일은 절대 외부로 알려져선 안 되는 사안입니다. 진즉 신부님을 깨울 걸 그랬습니다. 통증이 심할 거라는 의사 말에 약으로 신부님을 재웠던 게 후회가 되는군요."

"면목 없소."

안경 너머 유안석의 눈에는 낭패감과 분노가 뒤섞여 있었다.

"그 로봇을 잡아들여야 합니다. 기계 덩어리 입에서 성사와 천국이란 말이 흘러나오게 된 경위를 밝혀내야 합니다. 그리고 영원히 침묵하도록 끓는 쇳물에 던져 넣어야죠. 감히 로봇 따위가……."

유안석이 가늘게 떨리는 목소리로 말을 이었다.

“저는 이 일을 주교님께 고하고 대책을 마련할 테니……. 신부님께선 그 밤에 누구도 만나지 않은 겁니다. 그저 개인적인 용무로 외출했다가 교통사고를 당하신 거예요. 그리고 로봇의 일이 마무리될 때까지 병원에 계셔야 합니다. 혹 무료하시면 봉사 나온 신학생들을 불러다 체스를 두든지 하시고요.”

유안석의 냉담한 눈길이 붕대 속 레미지오의 눈알을 더듬었다. 책망을 기저에 깐 모욕이었고 사실상의 구금 명령이었지만 레미지오는 항변하지 않았다.

유안석은 치가 떨렸다. 발부르가 요양촌에서 벌어지는 크고 작은 문제들은 대부분 은퇴 사제들의 노욕에서 비롯됐다.

대체 늙음이 무엇이기에 한때 히폴리투스와 오리게네스, 테르툴리아누스의 사상을 논하던 사제를 저렇게 존재의 찌꺼기 같은 몰골로 만들어버리는가.

유안석은 병실 문을 거칠게 닫고 복도로 나섰다. 그는 인간형 로봇의 제작에 반대해온 가톨릭 보수단체 ‘호르투스데이(Hortus Dei)’*의 핵심 인물이었다. 안드로이드에 대한 호르투스데이의 입장은 분명했다. 신은 자신의 모습을 본떠 인간을 창조했다. 그러므로 인간이 제 모습을 본떠 안드로이드를 만드는 것은 인

*‘주님의 정원’이라는 뜻.

간 스스로 신이 되겠다는 선언과 다를 바 없는 죄악이다.

저만치 앞에 간호사가 노사제의 팔을 부축하며 걸어가고 있었다. 유안석은 거칠게 팔을 휘저으며 두 사람을 앞질러 갔다.

대부분의 요양원이나 병원은 안드로이드 간호사와 조무사를 채용하고 있었지만 호르투스데이 계열 가톨릭 병원들은 여전히 인간 간병인을 고집하고 있었다. 재래식 방식을 고수하느라 병원 수익이 떨어진다는 비난도 없지 않았으나 인간의 노동권 보장이라는 측면에서도 유안석은 자신이 옳은 편에 섰다고 확신하고 있었다.

인간을 어설프게 모방한 기계를 만들어 기존에 인간이 하던 일을 헐값에 대체하는 게 무슨 의미란 말인가. 외려 인류를 대대적인 기술적 실업의 시대로 몰아가지 않았는가. 거기에 더해 루치아처럼 종교의 영역까지 탐하는 섬뜩하고 역겨운 로봇까지 등장했다. 그 잘난 사회학자들과 진화론자들이야 입도 벙긋하지 않지만 이 사태야말로 진정한 의미의 '종의 교란'이다. 누가 중세를 암흑기라 했는가.

유안석은 나지막이 읊조렸다.

"눈크 에트 호크(Nunc et Hoc)."*

유안석은 효용이 만능의 가치로 자리 잡은 지금 여기야말로

*'지금 여기'라는 뜻.

암흑의 시대라 확신했다. 목숨을 바치는 한이 있더라도 종의 교란 사태를 막아야 한다. 어리석은 민중은 저희를 닮은 피조물이 거리를 활보하는 꼴을 보고 우쭐대지만 자신들의 발끝이 심연의 언저리에 닿아 있다는 사실은 모르고 있다. 인간의 가치를 넘보는 안드로이드를 막아내지 못하면 인간이란 종은 무저갱으로 곤두박질칠 것이다. 신께서 창조하신 땅과 바다, 만물의 관리자는 언제까지나 인간이어야 한다. 그것만이 신의 뜻이다.

유안석은 가톨릭 정보국의 직원에게 전화를 걸었다.

"김제이, 알아봐줘야 할 게 있다. 가톨릭 신자 중에 최근에 루치아라는 이름의 안드로이드를 폐기 처분한 자가 있는지 조사해다오. 중요한 건 그 안드로이드가 제대로 폐기되었는지 확인하는 것이다. 주교님들께 보고해야 할 사안이니 서둘러라."

추적

머릿속에 소용돌이가 생긴 것 같았다. 모든 감각과 생각이 유안석의 음성 정보를 향해 휘도는 느낌이었다. 제이는 이마를 짚고서 긴 날숨을 뱉었다. 대여섯쯤 되는 정보국 직원들의 눈이 죄다 제이를 향하고 있었다. 그제야 제이는 자신이 일어서 있다는 사실을 자각했다. 의자는 창틀 근처까지 밀려나 있었다. 핸드폰 화면에 유안석이라는 이름이 뜨는 순간 저도 모르게 벌떡 일어난 것이다.

"과잉 반응인지 과잉 충성인지……."

옆자리 선배 한이나가 고개를 저으며 혀를 찼다. 김제이가 정보국 업무 외에 유안석의 개인적인 용무를 돕고 있다는 건 공공연한 비밀이었다.

유안석은 제이 가족의 후원자였다. 동생 현우가 신학생이 된 것도, 교통사고를 당한 엄마가 무균실에서 연명치료를 이어가는 것도 그의 후원 덕에 가능한 일이었다. 엄마와 같이 사고를 당한 뒤 기억을 모조리 잃고 깨어난 제이를 가톨릭 정보국 직원으로 만든 이도 유안석이었다. 제이는 유안석의 호의가 고마웠고 또 그만큼 두려웠다.

유안석은 서두르라는 말로 전화를 끊었다. 제이는 다른 직원들에게 멋쩍은 웃음을 지어 보인 뒤 의자를 끌어와 앉았다. 유안석은 최근에 루치아라는 이름의 안드로이드를 폐기한 가톨릭 신자를 찾으라 했다. 지금까지 그가 지시한 일들과는 어딘가 다른 미션이었다. 보통 유안석은 전체 작업 중 가장 단순한 업무 한 토막만 제이에게 맡겼다. 이를테면 교구에 협박 편지를 보낸 자가 어느 구역에 살고 있으니, 몇 월 며칠에 그자를 미행해 동선을 보고하라 같은 식이었다. 제이의 가치 판단이 개입할 여지가 없는 업무였다. 하지만 이번에는 단서가 빈약한 만큼 임무를 완수하려면 제이의 추측과 판단이 필요했다.

제이는 유안석의 목소리 톤이 평상시보다 낮고 발음도 살짝 뭉개져 있었다는 사실을 상기했다. 유안석이 단어들을 씹어 뱉을 때는 심기가 상당히 불편하다는 뜻이었다.

지시 사항을 되짚어보아도 유안석이 노여워하는 지점을 가늠하기 어려웠다. 안드로이드에게 성녀 루치아의 이름을 붙였다는 점일까. 소유자가 안드로이드를 적법하지 못한 절차로 폐기한 것일까. 루치아라는 이름의 안드로이드가 심각한 오작동을 일으켰던 것일까. 유안석의 의중을 파악할 수는 없으나 이 일을 제대로 해내지 못하면 불똥이 튀리란 건 분명해 보였다.

제이는 정보국 데이터베이스에서 가정용 로봇을 분양받은 신자들의 명단을 불러냈다. 안드로이드 제작을 반대하는 단체 중에서도 강경파에 속하는 호르투스데이는 일반 신자들의 로봇 분양 동향까지 주시하고 있었고, 정보국은 호르투스데이의 후원을 받는 단체이기 때문에 가능한 일이었다.

가정용으로 분양된 로봇에겐 알파벳과 숫자의 조합으로 이루어진 등록번호가 존재했다. 제이가 접근 가능한 정보는 등록번호까지였다. 소유자가 로봇에게 붙인 이름이나 파양, 폐기 처분 등 분양 이후의 관리 상태는 정보국에서도 확인할 길이 없었다. 결국 유안석이 찾는 이름에 도달하려면 제이 스스로 기준을 마련하여 단계별로 범위를 좁혀가야 했다.

루치아라는 이름을 붙인 걸 보면 여성형 안드로이드일 것이다. 제이는 첫 번째 단계로 여성형 안드로이드를 찾아보기로 했다. 성별이 없는 유니형 안드로이드는 등록번호의 숫자가 3의 배수를 제외한 홀수로, 여성형 안드로이드는 3의 배수를 제외한 짝수로, 남성형 안드로이드는 3의 배수로 시작했다. 전체 가톨릭 가구들 중 가정용 안드로이드를 분양받은 가구는 250여 세대로, 그중 70퍼센트 정도가 유니형을 소유하고 있었다. 나머지 세대들 중 등록번호가 3의 배수를 제외한 짝수로 시작하는 여성형 로봇을 분양받은 가구는 모두 37세대였다.

두 번째 단계의 선별 기준은 소유주가 로봇에게 '루치아'라는 이름을 붙였다는 사실이었다. 로봇에게 이름을 붙이는 경우가 요즘에는 흔치 않았다. 로봇에게 사람과 같은 이름을 붙이면 '동명이기(同名異機)의 오류'가 발생할 위험이 있기 때문이었다.

제이도 동명이기의 오류에 관한 유명한 사례를 알고 있었다.

수년 전 메가시티-뉴욕의 대형문구점에서 '다나'라는 안드로이드 둘이 같은 명령을 받아 충돌한 사건이었다. 명령을 내린 이는 다나(1)의 소유주였는데 다나(2)도 그 명령에 반응한 것이다. 다나(2)는 디자인 업체가 업무용으로 분양받은 안드로이드라 회사의 전직원을 명령어 주체로 등록시킨 상태였고 다나(1)의 소유주는 그 회사의 신입사원이었다. 결국 다나(1)의 소유주가 "다나, 흰색 스노우지 한 묶음 가져와"라는 명령을 내렸을 때 다른 용무로 같은 문구점에 와 있던 다나(2) 역시 그 명령에 따라 스노우지를 찾아왔다. 다나(1)은 소유주에게 스노우지를 받으라고 요구하는 다나(2)를 위험 요소로 간주하고 공격을 가했다. 서로를 물리적으로 제압하려고 엉켜 있는 다나들을 분리시키고 동력을 끄는 과정에서 소유주는 손가락 골절상을 입었다. 그 상징적인 사건 이후 안드로이드에게 이름을 지어주는 일은 사실상 금기가 되었다. 이름을 붙였던 소유주들도 본래의 일련번호로 재등록하는 추세였다.

하지만 유안석이 찾는 로봇은 '루치아'라는 인간식 이름을 가지고 있었다. 그건 주인이 로봇을 아주 각별하게 대했다는 증거였다. 그런 로봇이 폐기되었다면 소유주의 신상에 큰 변화나 변고가 생겼을 확률이 높았다.

제이는 혼배미사와 장례미사 신청 기록을 통해 여성형 안드로이드를 보유한 37세대 중에 최근에 결혼하거나 사망한 사람이 셋이라는 사실을 확인했다.

그들의 정보를 개인 태블릿에 옮긴 뒤 유안석에게 전화를 걸었다.

"유력 후보군은 확보했는데 확실한 건 소유주나 유가족을 만나봐야 알 수 있을 것 같아요. 몬시뇰께서 루치아라는 안드로이드에 대해 조사하는 걸 소유주나 그 가족에게 통보하고 협조를 요청해도 될까요?"

"일단 비밀리에 진행하도록 하지. 가장 중요한 사항은 루치아라는 안드로이드가 언제 어디서 폐기되었는지 알아내는 것이다. 사람들 진술에만 의존하지 말고 가급적이면 네가 직접 해당 폐기물 처리 업체에 가서 확인하도록 해."

"알겠습니다."

제이는 이어서 계속 마음에 걸리는 것을 물었다.

"혹시 이 일의 목적이 뭔지 알 수 있을까요?"

"목적이라…… 그걸 네가 알아야 할 이유는 없을 텐데. 너는 시킨 일만 하면 된다."

말문이 막혔다. 유안석의 말은 한낱 심부름꾼에 불과한 네 처지를 인지하라는 경고였다. 상대는 심부름꾼의 가족까지 거둬준 은인이었고, 제이는 그의 심기를 건드리고 싶지 않았다.

"목적이 확실하면 업무상 경우의 수를 줄이는 데 도움이 됩니다. 어찌 보면 효율의 문제죠."

"아, 효율! 너다운 발상이구나."

제이는 효율이라는 말이 자신과 무슨 상관인지는 알 수 없었다. 하지만 그 단어 덕에 유안석의 음성이 조금 누그러진 것 같아 다행이었다.

"이 일의 목적은 거룩한 교회의 전통과 가톨릭 신학의 근간을 수호하기 위함이다."

그럼 루치아라는 안드로이드가 가톨릭 신학의 근간을 해치는 존재라는 뜻인가. 몬시뇰의 답변에는 제이가 이해하기 어려운 구석이 있었다. 한낱 로봇이 어떻게 신학이라는 형이상학에 위해를 끼친다는 건지, 수천 년을 이어온 교회의 전통이 안드로이드 하나에 영향을 받을 만큼 취약한 것인지 알 수 없었다. 하지만 제이는 잠자코 유안석의 다음 말을 기다렸다.

"방금 주교님과의 면담 일정이 잡혔다. 내일 저녁에 찾아뵙기로 했어."

"네?"

"내일 오후까지는 일을 마쳐야 한다는 뜻이다."

갑자기 숨이 막히는 것 같았다. 유안석의 말은 무슨 일이 있어도 그 전에 일을 마무리해야 한다는 시간제한 명령이었다. 이제부터 그 임무를 완수할 때까지 물 한 모금도 삼킬 수 없다는 뜻이기도 했다. 유안석이 기한을 정해둔 명령을 내리면 제이는 식음이 불가한 한시적 강박 상태에 들어갔다. 정신과 의사는 시간제한이라는 규칙이 제이의 사라진 기억 속 트라우마를 건드리는 것이라 했다. 하지만 갖은 노력에도 불구하고 기억이 돌아오지 않아 트라우마 역시 방치되어 있었다. 점점 호흡이 가빠지고, 누군가 금속성 띠를 묶어서 당기는 것처럼 머리가 강하게 조여왔다.

통화를 마친 제이는 양손 엄지로 관자놀이를 눌렀다.

"또 유안석이 트라우마 건드린 거지?"

한이나가 제이의 안색을 살피며 말을 이었다.

"맨날 신체화 반응 어쩌고만 하지 말고 이참에 병원을 바꿔보는 건 어때?"

"괜찮아요. 금방 잦아들어요."

제이는 책상 서랍에서 진통제를 꺼내어 물도 없이 삼켰다.

"몸도 챙기면서 일해. 이러다 제이 씨 쓰러지면 정보국이 통째로 사달 날걸?"

한이나가 제이 쪽으로 상체를 기울이며 소곤거렸다.

"제이 씨는 무려 호르투스데이에서 내려보낸 낙하산이잖아."

자신은 호르투스데이가 아니라 유안석의 사람일 뿐이라고 항변하려다 관두었다. 그래봤자 낙하산이라는 사실은 달라지지 않았다.

“스트레스로 쓰러진 낙하산 1호로 기록되기 싫으면 기분 전환도 하면서 살아. 아, 그러지 말고 우리 언니 가게 한번 같이 가자. 맥주 한잔 사줄게.”

한이나의 언니가 옛날 대학가였던 6지구의 카페 골목에서 펍을 운영한다는 건 제이도 들어서 알고 있었다.

“나 없을 때 가도 돼. 사실 언니가 제이 씨한테 관심이 많아.”

“선배 언니가 날 알아요?”

“응. 정보국에 호르투스데이 낙하산이 왔다고 했더니 그때부터 나만 보면 제이 씨 안부부터 물어. 언니가 호르투스데이와 엮인 일이 있거든. 어쨌든 제이 씨 가면 반갑게 맞아줄 거야.”

“다음에 근처 갈 일이 있으면 들를게요.”

한이나는 제이의 한쪽 어깨를 살짝 쥐었다가 자기 자리로 돌아갔다. 대화 덕분인지 호흡이 안정을 되찾고 머리의 통증도 견딜 만한 수준으로 줄어서 제이도 작업에 복귀했다.

루치아의 소유주 후보 세 사람의 주거지 정보를 확인했다. 한 달 전에 아내와 사별한 정한오(86세), 25일 전에 사망신고가 접수된 구순연(92세)은 메가시티 2지구에 거주하고 있었고, 결혼 3개월 차인 최인석(41세)은 메가시티 3지구에 살고 있었다. 메가시티는 핵심 행정구역인 1지구를 중심으로 외곽의 9지구까지 동심원 형태로 배치되어 있었고, 그중 2지구와 3지구에 고급 주택가가 밀집되어 있었다. 정보국은 3지구와 4지구의 경계에 위치했기 때문에 제이는 거리상 가장 가까운 최인석부터 찾아가보기로 했다.

제이는 차를 몰고 3지구로 향했다. 최인석의 집은 강변을 끼고 형성된 대규모 타운하우스촌에 있었다. 사전 허가를 받지 않은 외부 차량은 들어갈 수 없는 구역이어서 강변 공영주차장에 차를 댄 뒤 최인석의 주소지까지 도보로 이동했다. 고급형 가정용 로봇 판촉 행사를 나온 척 접근할 계획이었다. 2, 3지구는 패션 명품이나 고가 가전제품의 선호도와 구매력이 높은 지역이어서 해당 브랜드들이 이벤트를 열 때가 종종 있었다.

과실수나 넝쿨식물, 화분 따위로 꾸며진 다른 집들과 달리 최인석의 집 정원에는 각도절단기, 소형 원통연마기, 드릴링머신 등의 기계들이 부지의 절반을 잡아먹고 있었다. 그 위로 우천에 대비한 캐노피가 설치되어 있었는데, 상단은 가정용 태양광 발전 패널로 덮여 있고 처마 끝에는 감시 카메라가 달려 있었다. 정원의 나머지 땅에는 수국과 백일홍, 루드베키아 등의 여름꽃이 만발했고, 나식한 담장을 따라 덩굴장미가 자라고 있었다. 무채색 기계들과 화사한 꽃밭의 투박한 대비가 눈길을 끄는 정원이었다.

정원을 살펴본 제이는 고개를 저었다. 최인석은 루치아의 원 소유주일 가능성이 적었다. 하지만 확인할 필요는 있었다.

“누구시죠?”

제이가 초인종을 누르자 젊은 여자의 목소리가 울렸다.

“사모님, 안녕하세요. 가정용 도우미 로봇 판촉 행사 나왔습니다.”

제이는 미리 준비한 전단지를 카메라 앞에 들어 보였다.

“이번에 저희 회사 창립 10주년을 기념하…….”

“어휴, 기계라면 지긋지긋해.”

여자가 제이의 말허리를 잘랐다.

“우리 집 정원 안 보여요? 중고로 내놔도 안 팔리는 게 태반이에요. 기계라면 도우미 로봇이고 뭐고 아주 골치 아파죽겠으니까 다른 집이나 가보세요.”

예상대로였다. 최인석은 기계 수집욕이 있는 사람이다. 그런 사람은 안드로이드에 문제가 생기더라도 일단은 집에 쌓아둘 가능이 크다. 처분하더라도 폐기보다는 중고 매물로 내놓았을 것이다. 안드로이드를 폐기 전문 업체에 넘기고 받는 보상금은 중고 거래가의 절반 수준에도 못 미치기 때문이다.

이제 남은 사람은 둘이었다.

2지구 정한오의 아파트 근처에 도착했을 땐 점심시간이 조금 지난 시각이었다. 제이는 허기가 졌지만 뭘 먹어야겠다는 생각은 하지 않았다. 어차피 삼킬 수도 없었다. 언젠가 발부르가 요양촌에서 노신부 넷이 한꺼번에 퇴소를 한 적이 있었다. 유안석은 그들의 퇴소를 부추긴 자가 있을 것으로 보고 제이에게 노신부들의 뒷조사를 맡겼다. '내일 점심 때까지'라는 시간제한을 둔 명령이었다. 제이는 임무 수행 중에 메가시티-셔을 외곽의 휴게소에서 초콜릿바를 사 먹고 사달이 났다. 초콜릿바는 물론 위액과 쓸개즙까지 토하며 휴게소 바닥을 기었다. 그날의 끔찍했던 기억이 허기를 다스리는 데는 도움이 되었다.

아파트 입구에서 정한오의 집 호출 버튼을 누르고 평소보다 목소리 톤을 올려서 말했다.

"안녕하세요. 가정용 도우미 로봇 판촉 행사 나왔습니다."

"새 도우미는 필요 없습니다. 이미 제가 일하고 있거든요."

여성형 안드로이드의 기본 목소리였다. 86세 정한오는 아내가 죽은 뒤에도 안드로이드를 처분하지 않았다. 더 이상 아내를 간병할 일은 없지만 정한오 역시 고령의 노인이었고 보살펴줄 누군가가 필요한 것이다.

이제 남은 이름은 하나, 25일 전에 사망신고가 접수된 구순연이었다.

분실

—정보는 당신의 돛을 목적지로 밀어주는 바람이다.

제이는 가톨릭 정보국 1층 현관 대리석벽에 새겨진 문장을 떠올렸다. 빈약한 정보도 바람이 될 수 있다는 걸 이번 미션에서 배웠다. 루치아에 대한 정보들이 보잘것없어도 제이는 어디론가 떠밀려가는 중이었다. 미풍이 루치아가 있는 곳을 향해 불고 있었다. 제이는 루치아가 부러웠다. 바람은 제이를 향해서는 불지 않았다. 제이는 20년간의 기억이 증발해버린 채 무풍지대에 갇혀 있었다. 아무도 제이를 찾지 않았고 제이도 과거의 자신에 대해 아무것도 밝혀낼 수 없었다. 오직 엄마와 동생 현우뿐이었다.

반쯤 열린 차창으로 바람이 들어왔다. 제이는 구순연의 로봇에 관한 정보들을 다시 확인한 뒤 차에서 내렸다.

구순연이 분양받았다는 로봇은 최근 안드로이드 업계 3위로 올라선 올슨다이나믹스의 보급형 제품이었다. 최인석이 중고로 처분했을 것으로 추정되는 로봇이나 정한오가 소유한 제품에 비하면 상대적으로 저렴한 안드로이드였다. 하지만 가격이 로봇의 폐기 여부를 정하는 결정적인 요인은 아닐 것이다.

근처 공인중개사 사무소에서 알아본 결과 현재 구순연이 살던 빌라에는 맏딸 가족이 거주하고 있었다. 제이는 정보국 데이터베이스에 접속하여 구순연의 개인정보를 확인했다. 구순연의 맏딸은 53세 설민주였다.

제이는 태블릿으로 올슨다이나믹스의 전자명함을 급조한 뒤 초인종을 눌렀다.

"누구세요?"

중년 여자의 목소리였다. 설민주인 듯했다.

"안녕하세요. 고 구순연 선생님 댁이 맞죠? 저는 선생님께서 생전에 보유하셨던 안드로이드 HCR-AL-288-46의 양도 절차를 밟으러 온 로봇 설치기사입니다."

"로봇 양도요? 우리 엄마가 그런 계약을 했었어요?"

"네. 안드로이드는 구순연 씨의 사망 후에, 구순연 씨께서 지정한 분에게 소유권을 넘기는 걸로 계약이 되어 있다고 들었습니다."

"누구한테요?"

"구순연 씨의 상속자 되시는 분께 안드로이드를 양도받아서 지정 중고센터로 이송하는 것까지가 제 업무여서 그 외의 정보는 잘 모릅니다. 얼핏 구순연 씨가 병원에서 만난 친구라고 들은 것 같긴 하고요."

제이는 명함을 급조할 때 짜두었던 시나리오를 읊었다.

"아…… 일단 들어오세요."

집 안에는 말끔한 올림머리를 한 설민주와 몹시 심심해 보이는 얼굴을 한 스피츠 종 강아지가 있었다.

"어머, 설치기사님이래서 나이가 좀 있으실 줄 알았더니 학생 같으시다."

"아, 일을 일찍 시작했습니다."

"더우실 텐데 일단 앉으세요."

설민주가 거실 통창을 마주한 소파를 권했다. 아르누보 스타일의 꽃들이 수놓인 천 소파는 기대 이상으로 푹신했다. 제이는 무릎에 올려놓은 태블릿을 만지작거렸다. 설민주가 양도에 관한 증빙 자료를 요구하면 내보일 게 없었다. 다행히 설민주는 별다른 말 없이 부엌으로 가서 큼지막한 얼음을 띄운 뱅쇼에이드를 내왔다.

"식구들이 여름 감기를 달고 살아서 해마다 장마가 끝나면 뱅쇼를 만드는 게 일이에요."

강아지를 끌어안고 맞은편 소파에 자리잡은 설민주가 잘 관리된 치아를 드러내며 웃었다. 제이는 뱅쇼에이드를 입술에 갖다 대며 집 안을 둘러보았다.

"안드로이드를 쓰고 계시지는 않나 봅니다."

"그게…… 사실 문제가 좀 있었어요."

설민주는 강아지를 거실 바닥에 내려놓고는 다리를 꼬았다.

"소유주 명령어 반응 시스템인지 뭔지, 거기서 오류가 발생한 것 같더라고요. 사실 우리 엄마가 몇 해 전부터 치매를 앓았거든요. 말이 앞뒤가 안 맞고, 갑자기 예전에 어디서 읽었거나 봤던 것들을 자기가 직접 겪은 일인 것처럼 늘어놓기도 했어요. 그러다가 돌아가시기 반년 전쯤부터는 폭언이 심해지고 일상적인 문장도 온전하게 구사하지 못했어요. 언어적 문제가 상당했죠. 그러다 보니 엄마의 명령에 반응하도록 설정된 간병 로봇도 고장이 난 것 같아요. 찾아보니까 와해된 언어들로 이루어진 명령을 수행하려다가 로봇들이 오작동을 일으킨 사례가 더러 있더라고요."

"구체적으로 어떤 오류를 일으킨 걸까요?"

"하던 일이야 나무랄 데 없이 잘하는데 자꾸 헛소리를 하는 거예요."

"이를 테면요."

"사람이 죽으면 어떻게 되는지 궁금하다는 거예요. 처음에는 죽어가는 노인네를 돌보느라 저러나 보다 했죠. 그런데 우리 몰래 엄마 시민증으로 도서관을 드나들지 뭐예요. 책을 한 무더기씩 빌려오고요. 로봇 말로는 전에 엄마가 시킨 일이라는데 중증 치매인 엄마한테 물어볼 수도 없고.”

“로봇이 대출한 책을 보셨나요?”

“봤죠. 아주 기겁을 하겠더라고요. 종교 서적도 있고 소설도 있는데 죄다 사후 세계를 다룬 책들이었어요. 그 희한한 책들을 베란다 티테이블에 쌓아놓고 읽는데, 그 꼴이 얼마나 기괴한지 기사님은 모를 거예요. 나중에는 책에서 본 걸 우리 앞에서 주저리주저리 떠들어대더라니까. 어이가 없어서 네가 사람인 줄 아느냐고 핀잔을 주기도 했어요.”

설민주의 말만 들어서는 로봇이 어떤 상태였는지 가늠하기 힘들었다. 제이가 로봇이 읽었다는 책들의 제목을 묻자 설민주는 고개를 저었다.

“제목은 기억이 안 나네요. 하나같이 두툼한 책이었는데…… 아, 표지에 원숭이가 그려진 책이 있었던 건 생각나요.”

“아무래도 제가 로봇의 상태를 한번 봐야겠는데요.”

“죄송한데, 로봇은 지금 여기 없어요.”

“혹시 중고로 처분하셨나요?”

“아니요. 우리 형제들이 합의해서 폐기했어요. 오해 마세요. 부모 돌아가셨다고 기다렸다는 듯이 유품을 내다버리고 팔아치우고 그런 사람들 아니니까. 엄마가 쓰던 물건은 부러진 빗 하나까지 다 보관하고 있어요.”

설민주는 올림머리의 뒷부분에서 대모갑 빗을 빼내어 제이에게 보여주였다. 한쪽 귀퉁이가 부러져 나간 빗이었다. 설민주가 빗을 다시 머리에 꽂으며 말을 이었다.

"그런데 그 로봇은…… 께름칙한 것도 정도가 있어야지. 아마 그 양도라는 것도 엄마가 구두로 한 약속일 거예요. 상속 담당 변호사도 별말이 없었던 걸 보면 공증된 계약은 아니겠죠."

설민주는 방에 들어가서 서류 봉투를 꺼내 왔다. 안드로이드 말소등록증이었다. 구순연이 소유했던 여성형 로봇이 2주 전에 폐기되었음을 입증하는 서류였다.

"혹시 구순연 씨가 로봇을 부르던 이름이 따로 있었나요? 등록번호 말고요."

"이름은 무슨. 엄마는 뼛속까지 사모님인 분이라 로봇도 하녀 취급했어요. 지금 생각하면 그게 문제였나 싶고. 로봇을 그냥 기계로 다뤄야 하는데 인격을 가진 하녀 대하듯 했으니까. 어휴, 지금도 생각하면 소름이 돋아요. 엄마가 돌아가시고 나서는 로봇의 상태가 더 안 좋아졌어요. 스스로 신화를 만들었다느니 자기도 인류의 계보에 속한다느니 하면서 자기 조상은 나무에서 떨어져 죽었다는 거예요. 그런 소릴 듣고 있으면 나까지 미쳐버리겠더라고요."

제이는 설민주의 허락하에 태블릿으로 말소등록증을 촬영했다. 그러고는 로봇의 양도와 관련하여 회사에 유가족의 입장을 전하겠다는 약속을 남기고 빌라를 빠져나왔다.

루치아라는 이름은 확인할 수 없었다. 하지만 제이는 구순연의 도우미였던 간병 로봇이 의심스러웠다. 로봇이 스스로 신화를 만들었다고 떠벌리고 다니는 건 정상의 범주를 벗어난 것이었다. 유안석이 찾는 로봇에게도 그러한 비정상적 문제가 있을 터였다. 평범한 도우미 로봇이라면 유안석이 찾아 나설 이유가 없었다.

이제 폐기 전문 업체로 가서 절차상의 문제는 없었는지 확인할 차례였다. 제이는 목이 탔다. 입술만 대고 만 뱅쇼에이드가 새삼 아쉬웠지만 뭐라도 마시고 삼키려면 시간 안에 일을 끝내는 수밖에 없었다.

안드로이드 말소등록증에 기록된 업체는 로봇이나 수술 장비 등의 정교한 폐기물 처리를 전문으로 하는 (주)지엔츠로, 7지구 공단지대 끝자락 재생지구에 위치하고 있었다. 제이는 도심을 횡단하는 중앙도로를 타고 7지구로 향했다. 경기장과 스포츠 센터, 영화관과 공연장 등이 밀집해 있고, 옛날 대학가 주변으로 카페 골목이 형성된 6지구를 지나 7지구로 접어들었다.

7지구 초입에는 대규모 지식산업센터들이 늘어서 있었고 중앙부에는 싸구려 유흥가로도, 도심 속 빈민가로도 보이는 거리가 있었다. 소형 카지노와 음식점들이 마주 들어선 거리로 접어들자 저만치 차 두 대가 길을 막고 있었다. 운전자들끼리 시비가 붙은 모양이었다. 시비가 길어질 것 같아서 제이는 문을 닫은 빵

집과 돈가스집 사이의 좁은 샛골목으로 차를 몰았다. 내비게이션에도 없는 길이었고, 워낙 폭이 좁아서 중간에 막다른 골목이 나올 가능성도 있었다. 하지만 제이는 자연스럽게 샛골목을 파고들었고 오래된 교회를 돌아 원래 달리던 도로로 들어섰다.

가끔 이렇게 기억에 없는 장소를 제이의 몸이 기억할 때가 있었다. 그럴 때면 자신을 알아보고 먼저 말을 거는 사람이 있지 않을까 싶어 차를 세우고 도보로 동네를 둘러보기도 했다. 전에 놀러 왔던 곳인지 아니면 먼 친척이 살던 동네인지, 기시감의 정체를 확인하고 싶었다. 돌아다니다 보면 누군가 알은척을 해올지도 모른다고 기대했지만 지금까지 제이를 알아보는 사람은 없었다.

유흥가를 지나 외곽에 다가가자 공단지대의 굴뚝들이 하나 둘 모습을 드러냈다. 도로는 덤프나 대형 카고트럭이 지나다니기 편리하게 시원시원하게 정비되어 있었다. 제조단지를 넘어가자 열병합 발전소와 각종 폐기물처리장이 밀집된 재생지구가 모습을 드러냈다. 제이는 공영주차장에 차를 세우고 지엔츠 사무실로 향했다.

전자명함과 설민주의 집에서 촬영한 말소등록증을 보여주자 지엔츠 직원은 흔쾌히 폐기 기록 장부를 열람해주었다.

"2주 전에 폐기된 게 맞는지만 확인하면 된다는 거죠?"

푸석한 얼굴의 직원이 커피를 홀짝이며 대수롭지 않게 모니터의 스크롤을 내렸다. 그러다 어느 순간 손동작을 멈추고 제이를 흘끔거렸다.

"HCR-AL-288-46……. 어디서 나오셨다고요? 제조사?"

직원의 얼굴에 당황스러운 기색이 비쳤다. 제이는 로봇의 폐기 과정에 모종의 문제가 있었다는 걸 직감했다.

"아뇨. 이 로봇을 양도받기로 한 분과 계약을 맺은 업체 소속입니다. 원소유주의 상속자들이 그 사실을 고지받지 못한 채 로봇을 폐기했다고 들었고요. 일단 저는 로봇이 확실히 폐기되었다는 사실만 확인하면 됩니다."

"의뢰인에게 말소등록증을 보여주면 끝날 문제 아닌가요?"

"그렇긴 합니다만, 고객분이 문서만으로는 설득이 안 되는 분이라 폐기 처분 일지를 좀 복사했으면 합니다."

"아, 이게…… 그러니까……."

뜸을 들이는 직원의 어깨 너머로 HCR-AL-288-46 관련 문서가 보였다. 문서의 우측 하단에 붉은색 글자가 사선으로 흐릿하게 새겨져 있었다.

―보류.

말소등록증은 정상적으로 발급되었는데 폐기 업체에선 어떤 이유에선가 해당 문건을 보류 처리했다. 일 처리의 모순점을 발견한 이상 그냥 넘어갈 수 없었다. 제이는 일부러 심각한 표정을 지어 보이며 말했다.

"AGI 안드로이드의 경우, 전자두뇌 관련 부품들은 폐기 후에 시청의 담당 부서에서 별도로 회수해 간다고 알고 있습니다. HCR-AL-288-46의 해체 작업도 같은 절차로 이루어진 거죠?"

직원은 대답 대신 모니터의 창을 닫고 사무실 안쪽에 있는 별실로 들어갔다. 제이는 이마를 짚으며 실소했다. 애초에 간단하게 끝날 일이었으면 유안석이 제이를 찾았을 리도 없었다. 어쩌면 유안석은 루치아라는 안드로이드의 폐기 절차에 모종의 문제가 있었을 가능성까지 염두에 두었을지도 모른다. 입이 바짝 말라서 혀가 까끌거렸다. 직원의 책상에 반쯤 마시고 남은 생수병이 있었다. 제이는 자신도 신화 어쩌고 떠들어 대는 로봇만큼이나 비정상이라는 생각이 들었다. 목이 타는데 물을 삼킬 수가 없었다.

5분여 만에 자리로 돌아온 직원은 성가시게 되었다는 얼굴로 제이의 전자명함을 다시 요구했다.

"폐기 절차에 무슨 문제라도 생긴 겁니까?"

"그것까지 우리가 설명할 이유는 없고요. 말소등록증이 발급된 건 확실하니까, 다른 로봇의 폐기 처분 일지를 이름만 바꿔서 출력해 가시는 걸로 마무리하죠."

직원은 모니터에 다른 안드로이드의 폐기 처분 일지를 띄우고는 말을 이었다.

"법적으로 문제될 소지도 없습니다. 어차피 원소유주한테서 안드로이드를 넘겨받는 순간부터 법적 소유권은 우리 회사로 넘어오는 겁니다. 이쪽 일 하시면 아실 거 아닙니까."

"폐기 작업을 위해 부여되는 한시적 소유권이죠."

제이는 물러서지 않고 직원의 시선을 맞받았다. 내가 주워 모은 정보들이 나를 여기까지 데려왔어. 너도 네가 가진 정보를 내놔. 그래야 내가 루치아라는 목적지에 도달하고…… 물을 마실 수 있다고.

"이보세요. 기사면 기사 일만 하세요. 자기가 무슨 감찰관이야."

직원은 키보드를 신경질적으로 두드리고는 생수병을 잡아당겨 물을 마셨다. 반쯤 남았던 물이 순식간에 사라졌다. 제이는 목이 타면 물을 마시는 자의 정상성에 분노가 치밀었다. 나도 정상성을 되찾고 싶어. 그런데 망할, 당신 때문에 발이 묶여서 목적지로 못 가고 있잖아. 제이는 무슨 수를 써서라도 HCR-AL-288-46이 어떻게 되었는지 알아내야 했다.

"알겠습니다. 그럼 메가시티 시청 담당 부서에 가서 문의할게요. 전자두뇌 부품을 정상적으로 회수하고 말소등록증을 발급했는지 확인하면 알 수 있겠죠. 아니면 시청 감찰부에 민원을 넣고요."

빤한 협박이 효과가 있었는지 남자는 한숨을 쉬며 입을 뗐다.

"우리 쪽에서 뭘 하면 됩니까?"

"무슨 일이 있었는지 사실대로 말씀해주세요."

"사실대로 말하면 뭐가 달라져요? 우리 쪽에서 그 안드로이드의 폐기 절차가 담긴 일지를 내놓지 못하면 어차피 민원을 넣을 거 아닙니까."

"일단 들어보고 피치 못할 사정이면 내가 의뢰인께 잘 말씀드리겠습니다."

그러자 직원은 결심이 선 얼굴로 제이 쪽으로 의자를 돌려 앉았다.

"그날, 그쪽이 말하는 안드로이드를 싣고 오던 차량에 문제가 좀 있었어요. 운 나쁘게 급커브 길에서 전복 사고가 났다는군요. 이송 담당 직원은 크게 다치고 로봇은 분실되었고요."

"사고 지점이 어딘지 알 수 있을까요?"

"멀지 않아요. 여기서 차로 5분 거리예요. 거의 다 와서 사고가 난 거죠."

직원이 모니터에 7지구 상세 지도를 띄운 다음 사고 지점을 짚어주었다. 이송 차량은 도심을 관통하는 중앙로를 이용하는 대신 외곽도로를 탔던 모양이었다.

"아시는지 모르겠지만 7지구 중앙로는 늘 막혀요. 도시 설계를 어떻게 한 건지 중앙로 주변은 다 유흥가예요. 뭐, 공단들이 외곽을 차지하고 있다 보니 상가지역이 중심부로 밀려간 것일수도 있지만 아무튼 유흥가 때문에 공단 차들은 중앙로를 이용하기 힘들어요. 그래서 5지구나 6지구에서 아예 외곽을 타고 옵니다. 중간에 다른 공단 사유지도 지나야 하지만 서로 편의를 봐주고 있어서 상관없습니다. 문제는 7-2 공단과 7-3 공단 사이예요. 여기가 산이 많아서 급커브 길이 좀 있어요. 사고 다발 구간이라 거기서는 과속하지 않는 게 업계 상식인데 그날 이송 담당 직원이 왜 그랬는지 최고 출력으로 달렸다지 뭡니까."

"그럼 사고 수습 차량들이 도착하기 전에 로봇이 사라진 것일까요."

"그렇겠죠. 이미 의식을 끈 상태라 로봇이 제 발로 달아났을 확률은 없고, 누가 로봇을 빼간 겁니다. 이미 도난신고도 했어요."

"그럼 말소등록증은 뭐죠?"

"말소등록증은 우리 회사에서 소유주분들께 보상금을 지급한 시점부터 발급됩니다. 로봇을 완전히 분해해서 폐기했다는 게 아니라 고유번호가 있는 전자두뇌의 사용이 영구 정지되었다는 뜻이거든요. 일종의 관행인데 시청 감찰부 생각은 또 다르겠죠."

조사를 마치고 폐기 업체를 빠져나온 제이는 차에 타자마자 유안석에게 전화를 걸었다.

"중간 보고를 드려야 할 것 같아서요. 루치아일 것으로 추정되는 로봇이 폐기 공장으로 이송되던 중 분실되었습니다. 현재 도난신고가 돼 있는 상태고요."

"흠…… 김제이, 네가 사태의 심각성을 모르는구나. 추정으로 끝날 일이 아니니다. 분실됐다는 로봇이 정말로 루치아가 맞는지 알아내야 한다. 물리적 증거를 확보할 수 없다면 콘텍스트를 완벽하게 재구성해낼 합리적이고 논리적인 정황 증거를 찾아야 한다. 정보국에 연락해 외근으로 처리할 테니 오늘은 거기서 퇴근하고 조사를 계속하거라."

추락한 원숭이

길이 끊겨 못 가는 건 아니었다. 제이가 정차한 큰 찻길은 마가목 그늘이 짙은 오르막길과 이어져 있었다. 오르막길 끄트머리 작은 경비실만 통과하면 동생 현우가 다니는 신학교였다. 하지만 제이는 오르막길로 들어서지 못했다. 조수석 창을 열고 오르막길을 보던 제이는 속으로 동생의 이름을 불러보았다.

현우야…….

입에 머금기만 해도 목 안이 빠근해지는 이름이었다.

제이가 의식불명 상태로 누워 있을 때는 사흘이 멀다 하고 면회를 왔다던 동생은 제이가 깨어나자 발길을 끊었다. 담당 간호사 말로는 제이의 의식이 돌아온 날, 현우가 많이 울었다고 했다. 제이는 오지 않는 현우를 기다리며 그 울음을 이해해보려고 애썼다. 처음엔 당연히 누나가 깨어났다는 안도의 눈물인 줄 알았는데 시간이 지날수록 확신이 사라졌다. 혹시 원망과 안타까움이었어? 왜 엄마가 아니라 누나가 깨어났느냐고 퍼붓고 싶었던 거야? 그렇게 묻고 싶을 때도 있었지만 정말로 그렇다는 답이 돌아올까봐 입 밖으로 꺼내진 못했다.

자취를 감추었던 현우가 신학생이 되었다는 소식을 접한 건, 제이가 병원에서 깨어난 이듬해 봄이었다. 유안석이 현우의 입학 소식을 전해주었다. 신학생이 된 후로도 현우는 제이를 찾지 않았다. 지난 부활 방학 때는 어느 수도원에서 봉사를 한다며 제이를 보러 오지 않았고, 평일에는 기숙사에서 생활하기 때문에 사실상 얼굴을 볼 방법이 없었다. 사제의 길을 가기로 마음을 굳힌 아이에게 동생 노릇을 강요하고 싶진 않았다. 하지만 어쩔 도리 없이 안부가 궁금하고 보고 싶은 날이 있었다.

신학교 대표번호로 전화를 걸자 침착한 목소리의 교환원이 전화를 받았다.

"학부 2학년 김현우 루도비코 신학생의 누나 김제이 베르다입니다."

"네, 무슨 일이시죠?"

"그냥 안부 전화예요. 누나한테 전화 왔다고만 전해주세요."

현우가 콜백을 하지 않으리란 건 제이도 알고 있었다.

교통사고로 현우가 잃은 건 엄마만이 아니었다. 제이가 깨어나던 해, 현우는 자기만의 방이 있던 집을 잃었다. 전세 보증금이 고스란히 제이의 재활치료비로 들어갔다. 집이 사라지고, 이듬해 신학교에 들어갈 때까지 현우는 성당 관리실 쪽방을 전전하며 지냈다고 했다. 원망이 깊을지도 몰랐다.

제이는 물로 입을 헹군 다음 운전석 밖으로 뱉어냈다. 아침을 굶은 데다 점심시간 전에 몬시뇰의 시간제한 명령을 받은 터라 사실상 어제 저녁 식사 후로 24시간 가까이 공복이었다. 그래서 현우네 학교 앞으로 달려왔던 것이다. 배가 고프면 유독 엄마와 현우가 보고 싶었다.

잘 있어, 현우야. 누나가 다 제자리로 돌려놓을게. 엄마도 집도 원래대로 돌려놓을 테니까, 조금만 기다려줘.

탈수 증세가 더 심해지기 전에 일을 끝내야 했다. 남은 일은 폐기 업체로 이송되던 중에 분실된 로봇이 루치아가 맞는지 확인하는 것이었다. 유안석의 말대로 물리적 증거를 확보할 수 없는 상황이니 논리적인 정황 증거를 찾아야 한다.

제이는 패드를 꺼내어 HCR-AL-288-46에 관한 증언들을 정리했다. 여러 증언 중에 제이가 주목한 것은 로봇의 독서에 관한 부분이었다. 설민주를 비롯한 구순연의 자녀들이 HCR-AL-288-46을 께름칙하게 여긴 데에는 로봇이 도서관에서 골라 온 책들 탓이 컸다.

로봇이 사후 세계를 다룬 책을 읽는 것은 가능한 일이었다. 로봇의 원소유주인 구순연의 명령에 따른 행위였을 수 있었다. 구순연이 중증 치매로 접어들기 전에 '날마다 이러이러한 책을 읽고 요약해서 들려달라'는 식의 규칙 명령을 내렸다면 얼마든지 가능한 일이었다. 하지만 수집한 정보 중에는 제이가 가진 상식으로 이해할 수 없는 부분도 있었다.

설민주 말로는 로봇이 원숭이들이 그려져 있는 두툼한 책을 읽었다고 했다. 또 로봇이 '인류의 계보'를 언급했다는 사실로 미루어보아 그 책은 인류학 서적일 가능성이 컸다. 제이는 표지에 원숭이 그림이 있는 인류학 서적들을 검색한 뒤 1지구 쪽으로 차를 몰았다. 1지구에 있는 시청 도서관은 야간 열람이 가능했다.

메가시티 행정기관이 밀집한 1지구는 엄격한 통제구역이었다. 공무 수행 인증 차량이나 방문 신청 절차를 통해 사전 등록된 차량이 아니면 검문소를 거쳐야 했다. 제이가 방문 이유를 대자 검문소 경찰이 되물었다.

"도서관에 가신다고요? 전자도서관을 이용하면 24시간 열람이 가능할 텐데요."

"찾는 책이 워낙 예전에 출간된 데다가 비인기 도서여서 전자책이 없다네요."

제이는 태블릿으로 경찰에게 찾는 책의 리스트를 보여주었다. 모두 2000년대에서 2010년대 초반에 걸쳐 출간된 책이었다. 낡은 디자인의 표지를 들여다보던 경찰이 고개를 끄덕였다.

"사전 신청을 하지 않으셨기 때문에 방문 시간은 세 시간으로 제한됩니다."

경찰은 제이의 신분증을 스캔한 뒤 검문소 차단기를 열어주었다.

도서관은 한산했다. 간간이 눈에 띄는 사람들은 거의 노인들이었다. 꼿꼿한 자세로 책을 고르는 노인들을 지나칠 때면 어쩔 수 없이 엄마가 생각났다. 엄마는 저들보다 훨씬 젊은데도 병원 침대에 묶여 있었다. 사고로 망가진 장기들을 인공 장기로 바꿀 때까지는 할 수 있는 게 연명치료밖에 없었다. 다행히 무균실과 생명 연장 장치 비용은 몬시놀의 후원으로 충당하고 있었다. 문제는 이식 수술비였다. 은행은 대출 희망 금액의 30퍼센트 이상의 자산을 보유한 사람에게만 대출을 해주었다. 정보국에서 받는 월급을 따져보면 앞으로 꼬박 5년간 월급 전부를 적금으로 부어야 엄마의 수술비를 대출받을 수 있다는 뜻이었다. 기한을 단축시킬 방법이 있긴 했다. 이번 일처럼 유안석의 심부름을 하고 나면 정보국 월급에 맞먹는 성과급이 나왔다. 해마다 유안석의 일을 열 건 정도 처리한다고 가정하면 기한을 3년으로 줄일 수 있었다.

제이는 인류학 서가로 갔다. 표지에 원숭이가 있는 두툼한 책이라는 조건에 부합하는 인류학 서적은 세 권이었다. 첫 번째 책은 원숭이를 고전영화의 괴수처럼 그려놓은 『프롬 사바나』, 두 번째 책은 작은 영장류가 직립 보행을 거쳐 털 없는 인간으로 변해가는 진화도로 표지를 꾸민 『빠진 고리』, 마지막 책은 원숭이 두 마리가 각각 영장류의 두개골로 보이는 화석을 치켜들고 있는 『최초의 인류는 누구인가』였다. 표지만으로는 사라진 로봇이 봤다는 책을 특정할 수 없어서 제이는 한 권씩 내용을 훑어갔다.

『프롬 사바나』는 호모 사피엔스의 이주 경로에 초점을 둔 책으로, 인류학 서적으로 분류되어 있긴 하지만 지질학 서적에 가까웠고 저자 또한 지질학자였다. 『빠진 고리』는 생물 진화 과정에서 멸실된 생물종을 다룬 것으로 인류학보다는 생물학 서적으로 분류하는 게 더 적절할 듯했다. 어류와 양서류, 양서류와 파충류, 유인원과 인류 등 전체 3장으로 구성되어 있었고, 내용도 본격적인 진화생물학을 다루고 있어 HCR-AL-288-46과의 접점을 찾기 어려웠다.

제이가 HCR-AL-288-46을 이해할 단서를 찾은 곳은 『최초의 인류는 누구인가』의 3장, 「오스트랄로피테쿠스 아파렌시스」라는 챕터였다.

탄자니아의 라에톨리 유적, 에티오피아의 하다르 유적에서 발견된 화석들은 '오스트랄로피테쿠스 아파렌시스'라는 새로운 종으로 분류되었다. (……) 화석 연대 측정 결과 대략 350만 년 전에 살았던 것으로 밝혀지면서 (……) '루시'라는 이름으로 잘 알려진 화석이 바로 이 종에 속한다.

제이는 소리를 지를 뻔했다. 현우의 세례명 루도비코를 영어식으로 발음하면 루스였다. 마찬가지로 루치아는 루시라는 영어 이름으로 바꿔 부를 수 있었다. 루치아, 루시우스, 루시 모두 '빛'을 뜻하는 라틴어 룩스(Lux)에서 유래한 이름이었다. 룩스는 제이가 알고 있는 몇 안 되는 라틴어 단어 중 하나였다. 발부르가 마을에 있는 유안석의 집무실 이름이 'Lux Domini'*여서 라틴어 사전을 찾아봤다.

소유주가 따로 붙인 이름은 없다 했으니 HCR-AL-288-46 스스로 루시라는 이름을 지었을 가능성이 높았다. 그리고 루시는 어떤 이유에선가 루치아라는 이름으로 알려졌다.

제이는 『최초의 인류는 누구인가』의 표지와 루시라는 이름이 등장하는 페이지를 스캔한 뒤 오스트랄로피테쿠스 아파렌시스에 대한 책들을 더 찾아보기로 했다. 하지만 검색대를 몇 미터 앞두고 바닥에 주저앉고 말았다. 땅이 푹 꺼지는 느낌과 함께 다리의 힘이 풀려버린 것이었다. 눈앞이 깜깜해지고 심장 박동이 빨라지기 시작했다. 탈수와 저혈당으로 인한 쇼크였다.

"아가씨, 괜찮아요? 일어나봐요."

누군가 제이의 어깨를 흔들었다. 억지로 눈을 떠보았지만 시야가 흐려서 상대의 얼굴을 알아볼 수가 없었다. 현우를 생각했

*'주님의 빛'이라는 뜻.

다. 제이가 침대 옆 협탁에 세워둔 사진 액자 속 현우는 몹시도 선이 가늘고 소심해 보이는 얼굴을 하고 있었다. 녀석의 나직하고 주저하는 듯한 목소리를 떠올리자 빈맥이 누그러지고 시야도 차차 트였다. 엄마와 비슷한 나이대의 여자가 걱정스러운 얼굴로 제이를 들여다보고 있었다.

"119 불러줄까요?"

"괜찮습니다. 그냥 탈수가 왔나봐요."

"저런……. 휴게실 자판기에 이온음료가 있던데 그거라도 좀 뽑아다 줄게요."

"아뇨. 어차피 못 삼켜요."

급한 용무가 있을 때면 강박성 거식증이 도진다는 제이의 말에 여자는 도울 일이 있으면 말하라 했다. 제이는 그 호의를 거절할 수 없어서 루시라는 제목의 책을 찾는다고 했다. 잠시 후 여자가 네 권의 책을 가지고 돌아왔다. 제이는 바닥에 앉은 채로 책을 뒤적였다.

세 권은 루시라는 이름이 들어가는 추리소설이었고 나머지 한 권은 비틀즈의 음악 세계를 다룬 책이었다. 넷 다 제이가 찾는 것과는 무관해 보였지만 여자를 실망시키고 싶지 않아 비틀즈의 책부터 펼쳐들었다. 그런데 뜻하지 않은 곳에 답이 있었다.

〈Lucy in the Sky with Diamonds〉

루시 인 더 스카이 위드 다이아몬드, 이 노래와 관련된 일화들을 설명하는 부분에 '루시'라는 이름의 고인류 인체 복원 모형 사진이 삽입되어 있었다. 사진 아래 루시에 대한 설명이 있었다.

가장 잘 알려진 오스트랄로피테쿠스 아파렌시스 화석은 1974년에 에티오피아 하다르 계곡에서 발견된 것이다. 당시 발굴단 일행은 캠프에서 비틀즈의 곡 〈Lucy in the Sky with Diamonds〉를 듣고 있었는데, 그 곡에서 영감을 받아 화석에 루시라는 이름을 붙였다고 전해진다. (……) 2016년에 『네이처』에 발표된 논문에 따르면 이 암컷 유인원은 뼈의 골절 형태로 보아 나무에서 떨어져 죽었을 것으로 추정된다.

나무에서 떨어져 죽은 원숭이. 구순연의 유가족이 들려준 증언과 일치하는 대목이었다. 로봇은 오스트랄로피테쿠스 아파렌시스의 존재를 자신의 신화로 삼고, 스스로에게 루시라는 이름을 붙였다. 제이는 해당 페이지를 촬영한 뒤 여자에게 감사를 남기고 도서관을 나섰다.

"몬시뇰, 찾았어요. HCR-AL-288-46이 루치아가 맞아요! 증거 자료도 전송해드렸으니 살펴보세요."

보고를 마친 제이는 근처 편의점으로 달려가 생수를 샀다. 반은 마시고 반은 머리에 들이부었다. 행인들이 취객 보듯 멀찍이 제이를 돌아 지나갔지만 상관없었다. 임무를 완수한 제이의 식도는 다시 열렸고, 이제는 뭐든 마시고 삼킬 수 있었다.

비밀 회동

창밖에는 도시의 눅눅한 숨결 같은 안개가 끼어 있었다. 제이는 창 너머에 두었던 시선을 거두어 성직자들을 조심스레 일별했다.

대주교와 주교, 몬시뇰이 한자리에 모이는 건 흔치 않은 일이었다. 회동은 비밀리에 이루어졌다. 장소 역시 교구청이나 주교관이 아니라 호르투스데이 평신도 회원 황 베드로 소유의 카페, 멜리오라였다. 카페의 정기 휴무일이라 외부 손님은 없었고, 황 베드로는 간단한 다과만 세팅하고는 자리를 떴다. 세 사람의 성직자 외에 그 자리에 초대된 사람은 제이 하나였다.

"이 자매가 몬시뇰의 수족이라는 그 아이입니까?"

안토니오 주교가 탐색하듯 제이를 살피며 유안석에게 물었다. 사전 정보와 제이의 실제 모습을 비교하는 듯했다. 제이는 그의 침착한 표정 뒤에 다른 얼굴이 있다는 걸 알고 있었다. 무해하다 판단한 상대에게는 무심한 눈빛으로 안전거리를 유지

하지만 자신의 권위에 도전할 기미를 보이는 상대 앞에선 순식간에 돌변했다. 감히 제 영역을 침범한 짐승을 마주한 포식자의 얼굴로 냉소가 번뜩이는 송곳니를 드러내는 자였다.

몇 달 전, 제이는 유안석의 심부름으로 어느 중년 남자의 뒤를 밟은 적이 있었다. 남자가 누구인지, 무슨 연유로 감시 대상이 되었는지는 전달받지 못한 채였다. 제이는 그저 남자가 어디를 경유해 어디로 가는지만 파악하면 되었다. 남자는 언론사 건물 1층 카페에서 누군가와 한 시간 정도 머문 뒤 안토니오 주교가 근무하는 주교좌성당으로 향했다. 남자가 성당 주차장에 차를 세운 지 3분쯤 되었을 때 안토니오 주교가 주차장에 모습을 드러냈다. 남자는 운전석 창을 내리고 주교를 불렀다.

"주교님, 타서 말씀하시는 게 좋지 않겠습니까."

하지만 주교는 뒷짐을 진 채 한 발짝도 움직이지 않았다. 결국 남자가 차 문을 열고 나왔다.

제이는 주차장 출구 쪽에 차를 세운 뒤 성모상 앞 초 봉헌대로 갔다. 초를 고르는 척하며 두 사람의 대화에 귀를 기울였다. 남자가 이야기하고 주교는 거의 듣기만 하는데, 제이와 두 사람 사이의 거리가 상당하고 남자의 발음이 좋지 않아서 대화 내용을 파악하기 힘들었다. 하지만 울분에 찬 듯한 남자의 마지막 말은 또렷하게 들렸다.

"다 알고 왔소!"

주교가 뒷짐을 푼 것은 그때였다.

"나도 네놈에 대해 알고 있다."

주교는 남자에게 한 발짝 다가서며 말을 이었다.

"침수지역에서 숨어들어 온 불법체류자더군. 지금이라도 내가 신고하면 네놈은 감옥행이다. 아니지, 침수지역 시궁쥐는 도로 내다버리는 게 원칙이지."

그제야 제이는 남자가 침수지역 사람임을 알았다. 인류의 삼분의 일을 증발시킨 팬데믹이 수몰된 해안도시에서 시작되었다는 연구 결과가 있었고 실제로 그 지역은 내륙에 비해 압도적인 감염률과 사망률을 보였다. 그래서 전 세계의 메가시티들은 수몰된 해안도시를 침수지역으로 분류하고, 경계벽을 세워 시민들의 왕래와 출입을 막았다. 침수지역에 남은 '잔류인'들은 메가시티에 들어올 수 없었고, 메가시티 시민들도 방문 허가증 없이는 침수지역에 들어갈 수 없었다.

남자는 주교가 신고할 것을 우려했는지 허둥지둥 차를 몰고 떠났다. 제이도 남자를 쫓아 차에 올랐다. 그때 사이드미러로 보았던 주교의 얼굴을 제이는 잊을 수 없었다. 역겨운 시궁쥐를 쫓아버린 자의 얼굴이었다.

그 안토니오 주교를 호르투스데이 비밀 회동에서 보게 될 줄은 몰랐다. 두려움과 거부감으로 신경이 곤두섰지만 다행히 제이는 속이 드러나지 않는 얼굴로 주교의 시선을 받아낼 수 있었다. 지난 기억이 증발해버린 게 도움이 되었다. 자기가 누군지 알지 못하는 사람은 세상에 내보일 것도 없는 법이었다.

유안석이 주교들에게 제이를 소개했다.

"전에 말씀드렸던 김제이 자매입니다. 몇 가지 단서만으로 하루 만에 루치아라는 로봇의 정체를 파악해낸 실력자입니다. 무엇보다 비밀을 삼킬 줄 아는 친구입니다."

그제야 주교는 시선을 거두며 찻잔을 채웠고, 프란체스코 대주교가 유안석의 말을 받았다.

"오, 그래요? 몬시뇰 덕에 우리가 든든한 지원군을 얻었습니다. 사실……."

대주교는 냉차를 한 모금 들이켜고는 말을 이었다.

"자매님이라기에 처음엔 걱정을 좀 했습니다. 말룸 에스트 물리에르, 세드 네체사리움 말룸(Malum est mulier, sed necessarium malum).* 그 말이 떠오르는군요."

대주교가 라틴어 문장을 읊자 나머지 둘은 옅은 웃음으로 답했다. 제이는 모욕감에 손끝이 떨렸다. 대주교가 읊은 문장 안에 비하의 뜻이 담겨 있다는 건 문맥으로 알 수 있었다. 라틴어 문장을 사이에 둔, 세 성직자의 합의된 침묵이 그 증거였다.

지금까지 제이가 만난 성직자들 대부분은 평신도가 있는 자

*'여자는 악이지만 필요악'이라는 뜻.

리에서 라틴어 경구를 인용할 경우 잊지 않고 뜻풀이를 곁들였다. 하지만 가끔 평신도 앞에서 라틴어를 뱉어놓고 뜻을 풀어주지 않는 성직자들도 있었다. 상대가 알아듣지 못하는 말로 모욕을 주기 위해 뜻풀이를 생략하는 것이다. 말룸 어쩌고 하는 문장이 제이를 향한 칭찬이거나 제이도 알고 있어야 할 정보라면 유안석이라도 나서서 뜻을 말해주었을 것이다.

제이는 자리를 박차고 안개 낀 거리로 나가고 싶었다. 하지만 순간의 감정으로 일을 그르칠 수는 없었다. 이 비밀 회동은 오늘 밤 유안석이 준 미션이었고, 버텨내면 그에 상응하는 보상이 따를 터였다. 제이는 떨리는 손끝을 오므리며 과거 유안석의 가르침을 떠올렸다. “때로는 늪이 될 줄도 알아야 한다, 제이야. 호수처럼 속이 들여다보이는 사람은 사소한 팔매질에도 풍덩, 소리를 내기 마련이야. 상대가 무엇을 던져도 느긋하고 고요하게 삼켜라.” 제이는 늙은 손들 사이로 손을 뻗어 르뱅쿠키를 집어와 와삭와삭 씹었다.

5분여의 사담이 오간 뒤 대주교가 마침내 루치아의 이름을 꺼냈다.

“지금으로선 루치아라는 로봇의 신변을 확보하는 일이 중요합니다. 폐기 업체나 경찰보다 우리가 먼저 찾아내어 처리해야 합니다. 그런 다음 이 일을 완벽하게 묻어야지요. 여기 모인 우리 셋만의 비밀로 영원히 간직해야 할 겁니다.”

셋이라는 말을 들으며 제이는 르뱅쿠키를 또 하나 가져다 씹었다. 애초에 저들에게 제이는 머릿수가 헤아려지는 존재가 아닌 모양이었다.

대주교의 말에 안토니오 주교가 유안석을 쳐다보았다.

“하지만 병자성사의 비밀을 아는 자가 하나 더 있지 않습니까. 이 일의 최초 신고자라는 그 은퇴 사제 말입니다.”

“레미지오 신부 말씀이군요. 제가 발부르가 마을 관리에 소홀해서 생긴 일입니다. 송구합니다.”

유안석은 대주교와 주교에게 차례로 머리를 숙였다.

“그 신부가 루치아에게 병자성사를 준 일을 다른 곳에 퍼뜨렸을 가능성은 없습니까?”

주교가 물었다.

“입이 가벼운 편이긴 하나 아직 몸이 성치 않아서 재활병동에만 있습니다.”

“재활병동 자체가 사람들이 오가는 곳이라 신경이 쓰이는군요. 레미지오 신부의 나이가 올해 몇이라 했지요?”

대주교가 물었다.

“내달에 여든다섯 번째 생일을 맞이하십니다.”

유안석이 대답하자 안토니오 주교가 맞은편 벽면에 시선을 붙박은 채 말을 보탰다.

“상당히 연로하시군요.”

제이는 제 앞에 놓인 차를 홀짝이며 오가는 말들을 머릿속에 주워 담았다. 발부르가 마을, 은퇴 사제 레미지오, 병자성사……. 몬시뇰에게서는 듣지 못한, 생소한 정보들이었다. 로봇의 행방을 추적하라 하면서도 중요한 단서들을 감춘 것이다.

제이는 곁눈질로 유안석의 얼굴을 살폈다. 혈색이 좋고 살갗이 단단해 보이는 뺨에, 입술은 빗장을 채운 듯 앙다문 채였다. 그 입술이 제이의 의문에 대한 답이었다. 유안석은 자기 선에서 비밀을 걸어 잠근 것이다. 하지만 오늘 회동을 기점으로 비밀의 빗장이 열렸다. 루치아의 등록번호를 알아낸 대가로 저 깐깐한 성직자들과 얼마간의 정보를 공유하게 된 것이다.

성직자들의 화제는 레미지오 신부에 이어 호르투스데이의 역사에 관한 것으로 넘어갔다. 제이는 정물인 듯 침묵하며 오가는 이야기들을 머릿속에 주워 담았다. 그중에서도 제이의 흥미를 끈 건 호르투스데이라는 단체의 성격이 바뀌게 된 역사적 배경이었다.

제이가 알기로 본래 호르투스데이는 성서를 엄격하게 해석하고 도그마를 강조하는 보수적인 학술단체였다. 하지만 학술단체였던 호르투스데이가 어쩌다가 지금과 같은 교회 내 정치세력으로 탈바꿈했는지는 알려지지 않았다. 오가는 이야기에 따르면 수십 년 전 바티칸이 주교성 주교선출위원회에 세 명의 여성을 임명한 사건이 그 계기였다.

“그때부터 우리라도 목소리를 내지 않았으면 가톨릭도 시대의 흐름에 편승하여 세속화되었을 겁니다. 열린 교회도 좋고 해방신학도 좋고 페미니즘도 좋지만 가장 중요한 건 가톨릭의 도그마와 위계를 지키는 것이지요. 그때 우리가 지금처럼 강했더라면 주교선출위원회 일을 무효로 만들 수도 있었을 겁니다.”

대주교가 찻잔을 꽉 움켜쥐었다 놓으며 말을 이었다.

“젊은 신부들을 중심으로 호르투스데이를 비난하는 목소리가 높은 모양이지만 결국 그들도 우리 덕을 보고 있지요. 교회의 위계가 무너지면 가장 먼저 잉여로 전락할 자들이 젊은 신부들 아닙니까.”

“왜 아니겠습니까.”

유안석이 말을 보탰다.

“철딱서니들이지요. 주교성 주교선출위원회 사건 이후 호르투스데이가 강경 보수파 성직자들을 대거 영입한 건 신의 한 수였다고 봅니다. 지킬 게 있는 자는 먼저 힘을 길러야 하는 법이지요. 앞으로도 우리의 뜻을 이어갈 보수 신학자를 후원하고 양성하는 데 아낌없는 투자를 해야 할 겁니다.”

안토니오 주교가 고개를 끄덕이며 말을 받았다.

“거기에 더해, 호르투스데이의 정신을 배반한 회원들에겐 가차 없는 징벌적 교훈을 가하는 것도 잊어서는 안 될 것입니다.”

세 사람의 대화는 호르투스데이를 거쳐 다시 루치아에게 돌아왔다. 오가는 말들을 미루어보건대 루치아를 찾는 일은 제이에게 맡겨질 가능성이 컸다. 그렇다면 단서들을 최대한 확보해 두어야 했다.

"레미지오 신부님을 만나게 해주세요."

제이가 대화에 뛰어들자 프란체스코 대주교는 차를 마시다 말고 유안석을 보았다. 안토니오 주교의 눈길 역시 유안석을 향했다. 하지만 유안석은 당황한 기색 없이 제이에게 물었다.

"네가 신부님을 만나서 뭘 하려고?"

"루치아를 찾아야 한다면서요. 루치아가 레미지오 신부를 찾아간 건 6월 23일 밤이었고, 다음 날인 24일에 교통사고가 났어요. 폐기 업체 측에선 누군가 루치아를 훔쳐갔다고 했지만 루치아가 스스로 달아났을 가능성도 있습니다. 확실한 건 루치아의 행동 방식과 동기를 좀 더 분석해봐야 알 텐데, 그러자면 로봇을 목격한 레미지오 신부님의 증언이 필요합니다. 루치아의 증발이 타의냐 자의냐에 따라 추적의 경로가 달라집니다."

"안 될 말이다. 레미지오 신부님은 지금 재활치료 관계자들 외에 누구와도 접촉할 수 없다."

"우려하시는 일은 없게 하겠습니다."

"뭘 우려하는지 알기는 하고?"

"루치아와 관계된 말이 외부로 새어 나가는 것이죠. 레미지오 신부님을 만났다는 사실도 비밀에 부치겠습니다. 몬시뇰이 아시는 건 레미지오 신부님과 루치아 사이에 무슨 일이 있었느냐 하는 것입니다. 저는 그 둘 사이의 일보다 그 밤에 루치아의 상태와 행동 패턴이 어떠했는지 궁금합니다."

"사라진 로봇을 찾자면 사건보다 캐릭터를 분석해야 한다는 말인데 일리가 없지는 않아요."

대주교가 유안석과 안토니오 주교를 일별했다. 짧은 침묵이 흐른 뒤 유안석과 주교들은 다른 안건으로 회의를 이어가기로 하고 제이는 먼저 일어섰다.

주차장까지 따라 나온 유안석이 안경을 벗고 눈을 비비며 말했다.

"주교님들 앞인데도 주눅 들지 않고 할 말을 다 하더구나."

"제가 무례했나요?"

"아니다. 병원에 연락해둘 테니 신부님을 만나보아라."

작은 사거리를 지날 즈음 제이는 탄성을 터뜨렸다. 다소 격앙되게 오간 둘의 대화가 실은 유안석의 설계였다는 사실을 이제야 알아차린 것이다. 유안석은 제이의 뜻을 꺾는 척하며 실은 대화를 이끌고 있었다. 제이가 스스로 주교들 앞에서 레미지오 신부를 만나야 하는 이유를 밝히도록 하려는 의도였다. 제이의 뜻을 관철시키면서 동시에 책임 소재가 어디인지 못 박아두려는 것이다. 제이와 레미지오의 만남으로 루치아의 일이 외부로 새어 나간다면 그건 어디까지나 김제이가 저지른 개인적 일탈의 결과이며, 제이의 언변에 설득당해서 만남을 허락해준 대주교의 탓이 된다.

깨달음의 순간 유안석이 보낸 메시지가 도착했다.

—루치아의 등록번호을 파악하고 마지막 행적을 알아내느라 수고했다. 활동비 조금 보냈다.

낙하산

불시착하는 기분이었다. 퇴근길에 올랐지만 어디로 가야 할지 알 수 없었다. 착륙 지점을 찾지 못한 파일럿처럼 그저 두렵고 불안했다. 유안석 명의로 된 오피스텔에 살고 있지만 제이는 그곳을 집이라 여기지 않았다. 추억이랄 것도 없고 오늘 하루가 어땠는지 마주 앉아 이야기할 상대도 없었다. 다른 건물, 다른 호실로 대체되어도 무방한 공간이었다. 퇴근 후 오피스텔 문을 열 때마다 제이는 잘못된 곳에 도달한 기분이 들었다. 그 낭패감을 피할 방법은 고작 귀가를 늦추는 것밖에 없었다.

제이는 집이 아닌 5지구의 상가지역으로 차를 몰았다. 한때 가족이 살던 집과 제이가 다닌 초등학교가 있던 동네였다. 하지만 제이가 교통사고로 누워 있는 동안 메가시티-셔울의 도심개발 정책에 따라 구도심이 헐렸고, 제이가 몬시놀의 도움으로 재활치료를 마치고 나왔을 즈음엔 시민체육공원과 상가 건물들이 그 자리를 차지하고 있었다. 가끔 정보국의 한이나 선배가 던지던 고약한 농담처럼 살던 동네와 제이의 기억이 동기화라도 된 모양이었다. 둘 다 말끔히 지워져버렸으니까.

엄마는 스켄케어 업체의 상담사였고, 제이는 혼자 고생하는 엄마를 돕겠다고 자퇴 후 검정고시 공부와 아르바이트를 병행하던 아이였다. 몬시놀이 현우에게 듣고 전해준 바로는 그랬다. 제이는 현우가 있어서 든든했다. 녀석에게는 가족과 함께한 추억이 있었다. 현우의 기억에 기대어 사라진 시간들을 조금씩 복구하다 보면 언젠가는 제이의 기억도 되살아날 때가 올 것이다.

공영주차장에 차를 대고, 상가지역으로 최대한 느릿하게 이동했다. 학교 동창이든 이웃이든 아니면 엄마의 옛 직장 동료든 누구라도 좋으니 자신을 알아봐주길 바랐다. 행인들과 눈이 마주치면 제이는 최대한 오래 그 눈을 붙들고 늘어졌다. 억지웃음을 지어 보이기도 했다. 화장을 하지 않는 것도 그래서였다. 십대 시절의 지인들이 기억하는 얼굴에서 멀어지고 싶지 않았다. 하지만 계절이 몇 번 바뀌도록 이 거리를 걷고 또 걸었지만 제이를 알아보는 사람은 없었다. 어쩌다 말을 거는 사람들도 호객꾼 아니면 추근거리는 취객들이었다.

날이 어두워졌다. 제이는 상가지역의 야경을 좋아했다. 그 어지러운 조명들을 보고 있으면 마음이 편안해졌다. 사라진 기억 속 어딘가에 행인들로 북적이는 유흥가를 배경으로 한 추억이 있을지도 몰랐다.

계절에 맞지 않는 세미체스터 코트와 피 코트가 내걸린 편집샵을 지나는데 몸이 구부정한 노인이 손녀뻘 되는 여자의 부축을 받으며 걸어오는 게 보였다. 젊은 여자의 한쪽 팔에 장바구니가 걸려 있는 것으로 보아 둘이 장을 보고 오는 모양이었다. 제이는 저도 모르게 걸음을 멈췄다. 기억에는 없지만 누군가 따뜻한 몸을 기대오는 느낌을 제이도 알고 있었다.

하지만 두 사람이 대형 카페 앞을 지나갈 무렵 제이는 자신이 착각했다는 걸 깨달았다. 환한 조명이 닿은 여자의 피부에서 부자연스러운 광택이 흘렀다. 유백색 피부를 스크린 삼아 이모지로 처리된 눈, 코, 입. 반팔 무지 티셔츠와 청바지 차림의 젊은 여자는 안드로이드였다. 두 사람은 할머니와 손녀가 아니라 가정용 안드로이드와 소유주였다. 사람들로 붐비는 밤거리에선 인간과 안드로이드의 구분이 쉽지 않았다. 루치아도 저렇게 사람들 틈에 섞여 있다면 찾아내기가 어려울 것이다.

노인을 부축한 안드로이드는 루치아와는 다른 모델이었다. 올슨다이나믹스에서 여성형, 남성형, 유니형에 세 가지 신장 160, 165, 170센티미터형을 조합하여 전체 9종으로 출시한 모델들 중 루치아는 165센티미터 여성형 안드로이드였다. 하지만 장바구니를 든 안드로이드는 신장이 165에서 170 사이였고, 걸음걸이도 올슨다이나믹스의 로봇들에 비해 다소 부자연스러웠다. 안드로이드 생산 업체들이 늘어나고 수입품도 증가하는 추세다 보니 제이가 모르는 모델도 많았다.

대형 카페 앞길을 벗어나 조명이 어두운 거리로 접어들자 둘은 다시 할머니와 손녀처럼 보였다.

구순연과 루치아도 저랬을까.

정보국 기록에 따르면 구순연이 루시를 분양받은 것은 8년 전이었다. 8년은 적은 시간이 아니었다. 지금 제이의 머릿속에 있는 기억을 다 끌어모아도 2년 치도 되지 않았다. 스무 살에 사고가 났고 1년 동안 혼수상태로 누워만 있었으니 제이의 머릿속엔 1년간의 재활치료 기간과 8개월 남짓 정보국에서 일한 시간밖에 들어 있지 않았다. 그에 반해 루치아는 제이보다 몇 배나 많은 기억을 뇌에 담고 있었다. 사라지기 전 루치아가 보인 기이한 행적들은 8년 동안 누적된 기억과 경험의 결과였을지도 모른다.

제이가 걸음을 멈추고 자신들을 관찰하고 있다는 사실을 알아차렸는지 안드로이드는 한쪽 팔로 노인의 몸을 감쌌다. 괜히 무안해져서 제이가 걸음을 돌리려는데 한 무리의 행인이 그들 쪽으로 접근하는 게 보였다.

"거기 로봇 언니, 노인네 얼른 들여보내고 오빠들이랑 한잔할까?"

취객 하나가 안드로이드 쪽으로 신발을 집어 던지자 곁에 있던 다른 취객이 낄낄 웃음을 보탰다. 안드로이드는 노인을 데리고 걸어갈 뿐 별다른 반응이 없었다. 신발이 노인의 신체를 강타했거나 안드로이드에게 치명적인 상해를 입히지 않은 이상 이런 유의 추행에는 마땅한 대응 매뉴얼이 없었다. 취객들도 그 사실을 알고 일부러 근처에 신발을 던진 것이다. 취객은 나머지 한쪽도 벗어서 던지는 척하며 객기를 부렸다.

"그만두시죠."

생각보다 몸이 앞섰다. 어찌해야겠다는 판단도 서기 전에 제이는 이미 그들을 가로막고 있었다.

"간병 로봇을 위협하는 건 소유주를 위협하는 것과 마찬가지예요."

"이건 또 뭐야?"

취객이 손에 쥐고 있던 구두 끝으로 제이의 한쪽 어깨를 건드렸다. 제이는 취객의 눈을 보며 코웃음 쳤다. 그 도발에 취객은 욕을 하며 제이를 거칠게 밀쳤다. 상대가 먼저 손찌검을 했으니 지금부터의 대응은 메가시티 형법이 보장하는 정당방위 범주에 속했다. 제이가 취객의 손목을 비틀고, 덤벼들던 취객 일행을 모두 주저앉히기까지 걸린 시간은 채 30초도 안 되었다.

제이는 숨을 몰아쉬며 제 손을 내려다보았다. 전에도 행인들과 시비가 붙은 적은 있지만 몸싸움은 처음이었다. 유안석에게 전해 들은 바는 없지만 과거에 격투기라도 배운 모양이었다. 자신이 취객의 공격을 먼저 유도했다는 사실에 제이는 적잖이 충격을 받았다. 사라진 기억 속 자신이 더 낯설게 느껴졌다.

제이는 현장을 벗어나며 안드로이드와 취객들 사이에 끼어들었던 일을 곱씹었다. 구순연과 루치아가 떠올라 그 둘을 보호한 건 아니었다. 구순연과 루치아는 제이의 인생과는 무관한 존재들이었다. 제이는 자신이 감상하던 풍경을 취객들이 망치려 든 게 싫었던 것이다.

손녀처럼 보이던 젊은 여자가 안드로이드로 밝혀지긴 했지만 그럼에도 노인과 로봇은 제이가 잃어버린 세계가 무언지, 되찾아야 할 게 무언지 보여주는 힌트였다. 기억이 돌아오고 엄마도 깨어나면 제이도 엄마와 장을 보고 밤거리를 걸어볼 것이다.

노인과 로봇뿐 아니라 이 거리의 많은 것들이 힌트가 되었다. 피자를 사 들고 걸음을 재촉하는 중년 여자, 프렌차이즈 카페를 배경으로 사진을 찍다 말고 깔깔대는 십대들, 커피를 들고 무심히 앞서 가는 엄마 뒤를 졸졸 쫓아가는 남매……. 그들은 제이가 마땅히 누렸어야 할 삶을 보여주는 존재들이었다. 제이도 가족이 기다리는 집으로 달려가야 했고, 친구들과 밤거리를 쏘다녀야 했으며, 엄마와 함께 느긋한 저녁 산보를 즐겨야 했다.

원래는 옛 집과 학교가 있던 동네를 둘러보고 돌아갈 생각이었다. 하지만 오늘은 정말이지 오피스텔로 돌아가고 싶지 않았다. 이대로 텅 빈 공간을 마주하면 황무지로 추방당하는 기분이 들 것 같았다.

제이는 술 한잔 사주겠다던 약속을 떠올리며 정보국 선배 한이나에게 전화를 걸었다. 한이나는 선약이 있다고 했다. 대신 언니가 한다는 펍의 주소와 연락처를 알려주었다. 자신이 연락해둘 테니 펍에 가서 언니와 한잔하라는 것이었다.

한이나의 언니 한유나가 한다는 펍은 6지구 카페 골목 근처에 있었다. 5지구 상가지역에 비하면 유동 인구가 적어서인지 상권의 규모도 작고 문을 닫은 가게들도 더러 있었다. 제이는 야외석에 먼지가 쌓여 있는 브런치 카페 건물을 지나 펍으로 갔다.

"낙하산 친구의 실물을 드디어 보네."

한유나는 마른 행주로 맥주잔을 닦다 말고 제이를 맞아주었다. 한이나보다 체구가 크고, 길고 가는 눈매 때문인지 의심이 많아 보이는 인상이었다.

"일단 좀 앉아요."

한유나는 창가 자리로 제이를 데려갔다. 노트북과 핸드크림, 필기구가 어수선하게 놓여 있는 걸로 보아 손님을 받는 자리가 아닌 개인 공간인 듯했다.

"술을 좀 마시려고요."

자기가 생각해도 멍청한 말을 뱉어놓고 제이는 술집을 둘러보았다.

"왜 이렇게 긴장한 얼굴을 하고 있어요? 누가 보면 아르바이트 면접 온 학생인 줄 알겠네."

안드로이드 점원이 크림맥주 두 잔과 치즈볼을 가져다 주었다. 손목에 하얀 십자가가 새겨진 걸 보니 요양보호사로 활동했던 로봇인 듯했다. 중고시장을 거치면서 지금의 용도로 개조된 모양이었다. 루치아도 구순연의 유가족 앞에서 사후 세계의 책을 보거나 신화를 언급하지 않았으면 다른 용도로 개조되었을 수도 있다.

"듣기로 호르투스데이의 딸이라던데, 맞아요?"

제이는 살짝 억울한 느낌이 들었다.

"호르투스데이랑 직접적인 관계는 없어요. 거기 소속 몬시뇰 밑에서 일하긴 하지만."

"병원도 호르투스데이 계열만 다니고, 정보국 일 외에 호르투스데이 관련 일도 따로 받아서 한다면서요. 참, 이러면 내 동생이 너무 입 싼 선배가 되나? 사실은 내가 전부터 호르투스데이에 관심이 좀 많아서, 이나한테 이것저것 캐묻곤 했어요. 새로 온 막내 직원이 호르투스데이 쪽 낙하산이라는 얘기를 듣고부터는 무슨 일기예보 보듯 제이 씨 근황을 확인했거든요."

"왜요? 호르투스데이는 그냥 보수적인 종교단체일 뿐인데요."

"예전 남자친구가 반AGI연대 소속 활동가였어요. 제이 씨도 들어봤을 거예요. 범용 인공 지능의 보급에 반대하는 시민단체 중에 가장 유명한 데니까. 몇 년 전엔 7지구의 안드로이드 생산 공장에 불을 지르기도 했고요. 그 일로 방화 사건을 주도한 활동가들은 구속되고 후원도 끊겨서 사무실을 빼야 할 지경이 되었죠. 그런데 새로운 후원단체가 나타난 거예요. 문을 닫니 마니 하던 사무실은 확장 이전했고요."

"혹시 그 후원단체가 호르투스데이인가요?"

"네. 물론 그것만으로 호르투스데이에 관심을 두게 된 건 아니에요. 그 남자친구와 내가 끝이 좋지 못했어요. 헤어지자고 했더니 대뜸 주먹을 내지르더라고요. 치아가 세 개 날아가고 어깨뼈가 골절됐죠."

"신고는 하셨고요?"

"당연히 했죠. 그런데 형량이 터무니없었어요. 대형 로펌에서 변호인단을 꾸렸더라고요. 그 정도 경제력은 안 되는 사람인데 말이죠. 알고 봤더니 호르투스데이가 뒤에서 돕고 있었어요."

"폭행범을 돕고자 했던 건 아닐 거예요. 아마 그 사람이 진행하던 업무가 호르투스데이 입장에서 중요한 일이었을 겁니다."

"거봐, 금세 이렇게 두둔하잖아요. 호르투스데이 딸 맞다니까."

제이는 말문이 막혀서 맥주를 들이켰다. 한유나는 제이의 반응이 재미있다는 듯 씩 웃어 보이고는 말을 이었다.

"그 사람은 호르투스데이라는 뒷배가 생겼다고 우쭐하겠지만 글쎄요, 시간이 좀 더 지나봐야죠. 어떤 재앙은 기회의 얼굴을 하고 나타나는 법이거든요. 아무튼 그때부터 호르투스데이 이야기라면 귀가 절로 열려요. 이나가 가톨릭 정보국 직원이기는 하지만 호르투스데이에 대해 잘 모르더라고요. 후원단체와 직접 교류할 일은 드무니까요. 그런데 제이 씨가 갑자기 낙하산을 타고 등장한 거예요."

낙하산이라고 조롱당하면서도 제이는 한유나의 관심이 싫지만은 않았다. 한유나는 제이가 잃어버렸거나 알아내야 할 정보들로 채워진 세상에서, 제이라는 사람 자체를 하나의 정보로 봐주는 유일한 사람이었다.

"그래서 원하는 정보는 좀 얻으셨어요?"

"흠, 제이 씨를 통해 호르투스데이의 정보를 얻으려는 생각은 진즉 버렸어요. 대신 제이 씨 자체에 대한 관심으로 바뀌었죠. 제이 씨를 보면 생각나는 사람이 있거든요."

"누구요?"

제이의 심장이 갑자기 빠르게 뛰었다.

"제가 알 만한 사람인가요? 아니면 그냥 닮은 사람?"

병실에서 깨어난 뒤 처음으로 정보의 바람이 제이 쪽으로 불지도 몰랐다. 제이의 돛을 밀어주고, 제이를 '지난 삶의 복원'이라는 목적지로 데려다줄 바람일 수도 있었다.

"제이 씨가 관심을 보여서 다행이에요. 내 얘기가 지루하면 어쩌나 걱정이었는데. 여기 펍을 오픈하기 전에 4지구에서 작은 액세서리 가게를 했어요. 그때 자주 구경을 오던 손님이 있었어요. 늘 환자복을 입은 채로 간호사와 동행했죠. 머리를 다

쳐서 옛날 일을 기억 못 하는 친구였어요."

"기억상실 상태를 말하는 건가요?"

"사실 그때는 안 믿었어요. 그 친구 목덜미가 커다란 수포 자국들로 뒤덮여 있었거든요. 그거 전염병 흉터잖아요. 메가시티의 젊은 사람들 중에선 찾아보기 힘들죠. 그래서 침수지역에서 몰래 들어온 친구일지도 모르겠다고 생각했어요. 기억상실은 침수지역 출신이라는 걸 숨기는 장치고요. 그런 병은 옛날 드라마에나 나오는 이야기인 줄 알았거든요. 그런데 정보국 막내도 기억상실증이라지 뭐예요. 그 친구와 같은 경우일지도 모른다는 생각에 몸에 수포 자국은 없는지 이나한테 살펴보라고 했어요. 뭐, 말끔하다 그래서 망상은 접었죠."

"수포 자국이 있다던 그분은 어떻게 됐어요?"

"반년 가까이 일주일에 한두 번씩 가게에 들르더니 어느 날부터 안 보이더라고요."

"이름은 모르시고요?"

"이니셜만 알아요. 크리스마스 시즌이라 단골손님들한테 알파벳 오너먼트를 선물로 줬거든요. 대문자 알파벳 뒤에 작은 산타가 붙어 있는 트리 장식품이었어요. 그 친구한테도 하나 주겠다고 했더니 D를 고르더라고요. D가 성씨의 이니셜이라면 도, 단, 담 그런 것이고 이름이라면 도희, 다영, 다희, 다니엘…… 뭐, 그런 이름이겠죠. 그 친구에 대해 아는 건 그게 전부예요."

제이는 D라는 사람에 대한 정보를 더 얻고 싶었지만 한유나도 그 이상은 모르는 듯했다. 그때 한 무리의 손님이 들어와 한유나는 잠시 본업으로 돌아갔다. 분주해진 유나를 지켜보며 제이는 치즈볼을 먹었다. 치즈볼은 고소하고 말캉했으며, 아끼는 사람들의 접시로 옮겨주고 싶은 맛이 났다.

언젠가는 엄마랑 현우와도 치즈볼에 맥주를 마실 때가 올 거야. 내가 그렇게 만들 거니까.

5분쯤 뒤, 한유나가 부직포 타월로 손의 물기를 닦으며 제이에게 돌아왔다.

"내가 초대한 거나 다름없는데 제이 씨 불러놓고 내 이야기만 너무 떠든 것 같네요. 이제 제이 씨 이야기를 좀 들을까요?"

"저는…… 사실 이야기할 만한 게 없어요. 여기 든 데이터가 워낙 부실해서."

제이는 제 이마를 짚어 보이고는 화제를 돌렸다.

"호르투스데이에 대해서도 별로 말씀드릴 게 없어요. 거기 소속인 몬시뇰의 심부름을 하고 그분의 후원을 받긴 하지만 사실 저는 외부인이거든요. 유나 씨의 예전 남자친구는 아직도 호르투스데이의 후원을 받고 있나요?"

"그건 저도 몰라요. 신경 쓰지 마세요. 제이 씨가 관심을 둘 만한 사람 아니니까."

"관심이 가서가 아니라 그 사람이 호르투스데이를 믿고 유나 씨를 또 괴롭힐까 봐……."

"그런 거라면 걱정 말아요. 저 친구가 있으니까."

한유나가 다른 테이블에 안주를 나르고 있는 안드로이드를 가리켰다.

"나는 사람들끼리만 지지고 볶던 일상으로 돌아갈 생각이 없어요. 사람들만 있으면 물리력의 차이를 극복하기 쉽지 않거든요. 약한 놈이 센 놈을 이기기 어려운 구조죠. 그 사람과 나도 마찬가지였어요. 그런데 저 친구의 등장으로 상황이 달라졌어요. 누가 날 공격하면 저 친구가 먼저 반응하니까요. 호르투스데이 사람 앞에서 할 말은 아니지만 반안드로이드주의자들이 뭐라 지껄이든 저 친구는 내 가족이에요."

"혹시 이름도 지어주셨나요?"

"네. 세나라고 불러요. 오래전에 태어나지 못하고 죽은 막내 이름이에요. 여동생이었어요. 가족들이 상의를 해서 이름도 미리 지어뒀어요. 유나, 이나 다음의 셋째라 세나라고요. 그래서 동생이 죽었을 때 뭔가 굉장히 허전했어요. 얼굴도 못 본 동생인데도, 가까이 있던 누군가가 떠나간 느낌이었어요. 지금이라도 이렇게 세나라고 부를 존재가 내 곁에 있어서 좋아요. 그렇게 부르다 보니까 진짜 동생처럼 느껴지고요."

대화를 이어가던 중 가게에 단체 예약 손님이 왔다. 제이는 한유나에게 초대해줘서 고맙다는 인사를 전한 뒤, 남은 술을 마시고 조용히 펍을 빠져나왔다.

낯선 얼굴들로 채워진 거리를 따라 걸었다. 현우에게선 콜백이 오지 않았다. 신학교도 방학을 했을 텐데 녀석은 누나를 찾지 않았다. 직원 말에 따르면 현우는 학기 말에 이미 여름방학 기간 내 기숙사 이용을 신청한 상태였다. 피곤이 쌓였는지 눈꺼풀 안쪽이 뜨거워 제이는 몇 번 눈을 깜빡였다.

현우야, 곧 네 생일인 건 알고 있니.

1인 병실의 레미지오

제이가 레미지오 신부를 찾아간 건 성직자들과의 비밀 회동이 있은 지 이틀 뒤였다. 루치아를 찾는 일이 시급한 줄 알면서도 하루를 흘려보낸 건 날씨 때문이었다. 일기예보에 큰비 소식이 있기에 때를 기다린 것이다. 비는 이번 만남을 위한 중요한 장치였다. 빗줄기가 시원하게 쏟아질수록 레미지오 신부에게서 더 많은 이야기를 끌어낼 수 있을 것이라고 제이는 확신했다.

빈 시간 동안 제이는 유안석의 허락하에 레미지오 신부의 진료 기록과 녹취록을 분석했다. 진료 기록에 따르면 현재 레미지오 신부는 1차 신체 복원수술을 마치고 인공 신경 및 골격 적응 훈련을 받고 있었다. 다행히 거부 반응 없이 절단면과 인공 신경들이 잘 봉합된 듯했다. 안정적으로 적응이 되면 인공 피부를 씌우는 2차 수술에 들어갈 예정이라 했다.

녹취록에는 유안석과의 면담 내용이 담겨 있었다. 면담은 레미지오가 깨어난 당일인 7월 10일 15시, 같은 날 21시, 주교들과의 회동이 있던 11일 10시, 모두 세 차례에 걸쳐 진행되었다. 면담에서 각자의 호칭과 루치아의 이름을 제외하고 가장 많이 등장하는 표현은 비에 대한 것이었다. 또한 비가 등장하는 장면일수록 기억이 구체적이었고, 정보량도 많았다.

빗줄기가 곧장 바닥으로 떨어지는 것도 아니었소. 길 양쪽의 교목들이 서로 가지가 뒤엉켜 층층이 지붕처럼 하늘을 가리고 있었거든. 나무에 부딪친 빗줄기가 가지를 타고 흘러내리면서 커다란 물방울이 되더군. 그게 길바닥으로 툭툭 떨어져 내리는데 돌이켜 생각하면 그 안에 하느님의 뜻이 있었던 것 같소. (……) 세상에 우연이 어디 있단 말이오. 길에 뒹구는 돌 쪼가리 하나조차 그날 그 시각 그 자리에 있게 된 연유가 있는 법 아니겠소. 그날의 물방울도 그랬던 거요. 하느님께서 이 노망난 종을 멈춰 세우시고자 당신의 피조물인 빗방울을 이용하신 거요.

몬시뇰도 아시겠지만, 나는 여름마다 큰물이 지는 저지대 마을에서 오래 목회 일을 했소. 그래서 큰비만 내리면 절로 근심이 생긴다오. 기계를 보낸 악마도 그런 내 속을 꿰뚫어 본 것 같소. 빗속에서 나는 육신의 눈뿐만 아니라 영혼의 분별력까지 흐려지고 말았던 거요. 우비를 뒤집어쓴 채 죽어가는 자매가 가엾고, 그 자매에게 성사를 주고 싶은 마음밖에 없었소. 그게 악마의 덫인 줄 꿈에도 모르는 채 말이오.

비는 레미지오 신부가 그 밤의 일들을 반추하는 기억의 필터였다. 빗속에서 레미지오는 생각이 많아지고 솔직해졌다. 그래서 제이도 비를 기다린 것이다. 밤부터 강수량이 올라간다는 일기 예보를 확인한 제이는 병원 지상 주차장에 차를 대놓고 빗줄기가 굵어지기를 기다렸다. 병자성사가 있었던 밤처럼 장대비가 쏟아지자 제이는 병실로 뛰어 올라갔다.

"늦어서 죄송합니다, 신부님."

"괜찮네. 언제 보자고 시간을 못 박지 않은 내 불찰이지."

노신부의 입술 사이로 금속 재질 잇몸이 보였다. 골절상을 입었다던 오른쪽 광대뼈도 인공 골격으로 대체되어 있었다.

"찾아오는 사람이 귀하다 보니 종일 기다렸네만 그래봤자 병실에서 오도 가도 못 하는 신세가 아닌가. 자네가 늦어졌다 하여 달리 빼앗길 시간도 없고 틀어질 약속도 없다네. 그래, 유안석 몬시뇰이 보낸 사람이라고?"

"아닙니다. 신부님을 뵙게 해달라고 제가 부탁드렸습니다."

"그게 그거지. 자네를 나한테 보낼 생각이 없었다면 몬시뇰이 이 자리를 허락했겠는가."

레미지오가 침대의 등받이를 세우며 말을 이었다.

"창문을 좀 열어주겠나. 빗줄기가 제법 굵은 모양이네."

제이는 들창을 바깥으로 최대한 밀어젖힌 뒤 침대 옆쪽 벽면에 있는 정방형의 벽감에 앉았다. 원래는 커다란 화병이나 성모상을 세우기 위해 만든 공간이었을 테지만 오랫동안 면회자들의 의자 대용으로 쓰였는지 아랫면이 반질반질하게 닳아 있었다.

"혹시 그 밤에 있었던 일들 기억하시나요?"

"치매라니까 진짜 기억은 다 날려먹고 헛소리만 지껄일까 봐 걱정되는가? 걱정 말게. 가끔 10년 전 일과 며칠 전 일의 순서가 오락가락하고, 환자복을 갈아입다가 옷 입는 순서를 까먹고 멍해질 때가 있긴 하네만 대화는 얼마든지 가능하네. 특히나 그 밤의 일은 수십 번 복기했기 때문에 또렷하다네. 그래, 뭐가 더 궁금한 겐가? 이미 몬시뇰에게 다 말했는데. 자네도 기록들을 봤을 거 아닌가."

"네, 녹취록은 저도 읽어봤습니다. 하지만 새로 밝혀진 사실이 있어요. 이걸 들으시면 몬시뇰께는 하지 않은 이야기들이 떠오르실 수도 있습니다."

"그래, 새로 밝혀진 게 뭔가?"

"루치아라는 로봇에 대한 이야기입니다. 신부님을 빗속으로 불러낸 그 로봇은 아직 폐기되지 않았습니다."

"맙소사!"

레미지오는 피부를 씌우지 않은 기계손으로 이마를 짚었다.

"폐기되기로 한 날 이송 과정에서 사고가 있었어요. 급커브 길에서 과속 주행을 하다가 이송 차량이 전복됐습니다. 사고 수습 차량이 현장에 도착했을 때 로봇은 사라지고 없었습니다. 운전자가 정신을 잃은 틈에 누가 훔쳐간 건지, 스스로 달아난 건지는 모릅니다."

"……그 밤의 일로 내 인생은 오물을 뒤집어쓰고 말았네. 망할 기계 때문에 주님의 거룩한 성사를 집행하던 이 손을 더럽히고 말았어. 이제는 달빛조차 무섭다네. 전에는 따뜻하다 여겼던 그 여틈한 빛이 이제는 두렵게 느껴져. 왜 신에게서 멀어진 존재들이 칠흑 속으로 숨어드는지 이해하게 되었다네. 죄를 지은 자들에게 빛은 그저 야유이자 냉소라네."

제이는 잠자코 듣고 있었다. 필요한 정보들을 실토하게 하려면 지리멸렬한 자기연민의 단계를 거쳐 가도록 놔두는 수밖에 없었다.

"체온이 사라진 이 손을 보게나. 신경치료와 재활훈련을 거친 덕에 이제는 제법 내 손처럼 쓸 수 있다네."

"다행이에요. 이제 2차 복원수술만 잘 받으시면 될 겁니다."

"2차 복원수술은 예정에 없어. 몬시뇰은 애초에 이 늙은이의 손목에 살갗을 씌워줄 마음이 없거든. 처음에는 몬시뇰도 담당의한테 인공 피부 이식을 재촉했지. 사제의 육신이 기계 범벅인 걸 누가 보기라도 할까 두려웠던 게야. 하지만 내가 루치아라는 로봇과의 일을 실토한 뒤로 마음이 바뀌었더군. 뼈다귀 같은 이

손모가지를 보며 내가 무슨 짓을 저질렀는지 똑똑히 기억하라는 뜻일 것이네. 이 늙은이를 수치 속에 가두려는 게지."

"실수였지 않습니까. 로봇 제작 기술은 갈수록 정교해지고 신부님은 시력이 좋지 않으시죠. 더욱이 그 밤엔 폭우가 쏟아지고 있었고요. 신부님은 그저 운이 좋지 않았던 겁니다."

"운이 좋지 않았다……. 그리 말해주어 고맙네. 그 일이 있고 나를 책망하지 않는 사람은 자네가 처음이네. 그래, 내가 뭘 말해주면 되겠나?"

"루치아는 어떤 로봇이었습니까? 목격하신 것들 외에도 신부님의 개인적인 의견이나 추측을 말씀해주셔도 됩니다. 루치아의 외적 상태는 물론 심리도 궁금합니다."

"몸체는 심하게 파손된 상태였네. 한쪽 다리가 바깥으로 꺾여 있었으니까. 골절뿐 아니라 인공 피부도 다 벗겨지고 뼈대가 드러나서 처음에는 쇠막대를 짚고 오는 줄 알았지. 아, 코뼈가 떨어져 나갔는지 얼굴이 전체적으로 민둥민둥했네."

"어쩌다 그렇게 되었는지는 물어보셨습니까?"

"물어봤지만 놈이 대답을 않더군. 지금 생각하면 일부러 말을 돌렸던 것 같기도 해. 정체가 탄로 날까 봐 그랬던 게지."

레미지오의 눈길이 창문으로 향했다. 제이는 노신부가 회상에 잠겼다는 걸 알았다. 비가 레미지오를 그 밤으로 데려간 것이었다.

"소유주 가족이 폐기 업체에 로봇의 몸체를 넘긴 건 지난 6월 24일입니다. 그날 이송 차량이 전복되는 사고가 있었고요. 소유주의 집에서 폐기 업체로 가던 길에 사고가 난 거예요. 신부님께서 루치아를 만난 건 사고 하루 전인 6월 23일 밤입니다. 메가시티 전역에 기록적인 폭우가 내리던 밤이었고, 신고를 받은 구급대가 신부님을 응급실로 수송한 기록이 있으니 날짜를 착각할 가능성은 전혀 없습니다. 신부님 말씀으론 루치아는 그 밤에 이미 심각하게 파손된 상태였고요."

"아, 그 말이 기억나는군. 놈은 자신을 일컬어 폐기된 로봇이라 했네."

"폐기된 로봇이라고요? 어쩐지 선후 관계가 안 맞는 것 같은데요. 아니면 루치아가 '폐기될'을 '폐기된'으로, 잘못된 시제를 사용했거나."

"기계라는 걸 모르고 봤을 때 놈은 죽음이 임박한, 가여운 젊은이 같았다네. 자신은 곧 죽는다면서 병자성사를 달라고 절박하게 재촉했지."

"죽는다……. 폐기된다는 걸 죽는다는 말로 표현했다면 자신의 삶이 곧 끝난다는 걸 알고 자신을 폐기된 로봇이라 지칭했을 수도 있겠네요. 노인분들이 스스로를 산송장 같다고 말하는 것처럼요. 원소유주가 고령의 노인이었으니 노인의 화법을 배웠을 가능성도 있고요."

"그랬을지도 모르겠네. 확실한 건 놈이 아주 계획적이고 치밀하다는 점일세."

레미지오 신부는 침대에서 내려와서 축축한 바람이 새어 드는 창가로 향했다. 걸음을 내디딜 때마다 왼쪽 무릎과 이어진 기계 다리에서 철컥거리는 금속음이 났다.

"로봇은 성사에 관한 가톨릭 교의까지 알고 있었네. 엑스 오페레 오페라토! 성사의 사효성을 들먹였단 말일세."

"성사의 사효성이요?"

"성사를 집행하는 자나 성사를 받는 자의 상태와 상관없이 성사 자체로 효력이 있다는 뜻이네. 예를 들어 믿음을 상실한 사제에게 성사를 받아도 성사의 은총은 성사 안에 내재한 힘에 의해 주어진다는 것일세."

"그래서 로봇은 신부님을 속이고 받은 병자성사라도 온전하다고 주장하는 거군요. 성사를 받는 사람의 조건을 명시한 가톨릭 교리는 없나요?"

"1992년에 발간된 가톨릭 교리서에 따르면 성사는 성사를 집전하는 자의 성덕과 관계없이 그리스도와 그분 성령의 힘이 성사를 통하여 작용하는 것이라 명시했고, 아울러 합당한 마음가짐으로 받아들이는 사람들에게서 열매를 맺는다고 했네."

"그날 루치아는 '합당한 마음가짐'에 부합하는 상태였나요?"

"이보게!"

레미지오는 창틀에 몸을 기대고 제이를 돌아보았다.

"마음가짐이라니? 부합하고 안 하고를 떠나 영혼이 없는 기계에게 마음가짐이란 게 있을 리 없잖은가!"

"죄송합니다."

제이는 얼른 사과했다. 레미지오를 상대로 교리 논쟁을 벌일 이유가 없었다.

"루치아가 그날 일을 어떻게 받아들였는지 추측하느라 그랬습니다. 만약에 루치아가 로봇이 아니라 정말로 죽음을 앞둔 평범한 사람이었다면 어땠을까요."

레미지오는 잠시 답을 미루고 들창 아래로 손을 내밀어 한참이나 빗물을 받았다.

"내 평생 가장 고단하고 아름다운 성사였을 테지."

"루치아와 신부님의 마지막 대화는 뭐였죠?"

그 말에 레미지오의 얼굴이 일그러졌다.

"놈이 성사의 사효성에 대해 지껄이기에 내 단단히 일러주었네. 우리의 천국에는 로봇을 위한 자리가 없다고 말일세. 천국에 꼭 가야겠거든 기계들을 위해 만들어진 천국이 있는지 어디 한번 알아보라 했지. 그랬더니 빗속으로 달아나더군."

설민주가 들려준 말은 사실이었다. 루치아는 사후 세계에 관심을 가지고 있었다. 죽음을 앞둔 구순연이 병자성사를 받는 모습을 지켜보고는 죽음 이후의 삶을 보장하는 힘이 병자성사에 있다고 믿게 되었을 수도 있다. 폐기 처분이 결정된 뒤 레미지오 신부를 찾아와 병자성사를 청한 것은 그 때문이었을 것이다.

하지만 병자성사를 집전한 신부는 마지막까지 성사가 무효라고 외쳤다. 그 일로 루치아가 성사의 사효성에 대한 확신을 잃고, 구순연처럼 병자성사를 받고 천국에 가려던 계획이 무산되었다면……. 로봇은 새로운 답을 찾을 때까지 자신의 죽음을 유예하기로 결정했을 것이다.

제이는 확신했다. 루치아는 교통사고 현장에서 제 발로 달아났다. 제이는 벽감에서 일어나 레미지오에게 다가갔다. 묻고 싶은 게 더 있었다.

"신부님도 루치아를 찾고 싶으세요?"

"찾아야지. 혹 몬시뇰과는 다른 대답을 기대한 겐가?"

"그냥 신부님의 생각이 궁금했어요."

"제이라 했나? 아름답고 건강한 눈을 가졌군. 젊은이들은 돌아가는 이치가 빤히 보이는 일에도 다른 기대를 품곤 하지. 기다리다 보면 잡초든 꽃이든, 뭔가 자라나는 땅에서 산다는 증거일세. 하지만 언젠가는 자네도 그 눈을 잃고 내가 있는 곳으로 오게 될 거야. 눈빛은 흐리멍덩해지고, 째깍째깍 정량대로 크로노스만 지나갈 뿐, 발밑에선 아무것도 자라나지 않지. 나는 버려진 땅에 있네. 이 황무지에서 내가 할 수 있는 일은 과거의 잘못을 바로잡는 것뿐이네. 그 기계를 잡아 없애 하느님께 용서를 구한 다음 그날의 비밀을 봉인해야지."

봉인이라는 말이 어쩐지 불길하게 들렸다. 제이는 황 베드로의 카페에서 주교들이 주고받던 말들을 떠올렸다. 누군가 레미지오 신부의 나이를 물었고 누군가는 레미지오가 상당히 연로하다는 말을 덧붙였다. 그때 주교들의 혀끝에 맴돌던 단어를 알 것만 같았다.

제이는 문간에 세워두었던 우산을 집어 들고 레미지오의 병실을 빠져나왔다. 형식적인 인사를 남기긴 했으나 빗소리에 묻혔을지도 몰랐다.

나무에서 떨어져 죽은 원숭이

루치아를 찾는 것까지가 내 일이야. 로봇만 찾으면 다 끝나.

제이는 열린 차창으로 비가 들이치게 두었다. 레미지오를 둘러싼 불길한 상상은 제이가 관여할 일이 아니었다. 한유나에게 밝혔듯이 제이는 유안석의 개인적인 용무를 봐줄 뿐이었다. 하지만 이틀 전에 통장에 꽂힌 성과급이 맘에 걸렸다. 지난달 월급을 웃도는 성과급의 출처가 유안석의 개인 계좌가 아니라 호르투스데이의 공금 계좌라면…….

프란체스코 대주교의 말이 떠올랐다. 몬시뇰 덕에 든든한 지원군을 얻었다고 했었지. 물론 그 노인네들이 제이를 호르투스데이의 심부름꾼으로 인식한다 해서 바뀌는 건 없었다. 결정권은 결국 제이 자신에게 있었다. 유안석의 개인적인 심부름 외의 일은 거절하면 그만이었다. 제이는 운전석 창문을 닫았다. 조수석에 있던 수건으로 머리카락과 얼굴의 물기를 닦아내고는 심호흡을 했다.

루치아를 찾는 것에만 집중하자. 그런 다음 현우를 데리고 여름휴가라도 다녀와야지.

현우는 몇 년간 휴가다운 휴가를 가본 적이 없을 것이다. 한 달 치 월급이 날아가고 그만큼 엄마의 수술도 늦춰지겠지만 현우와 휴가를 가느라 그랬다고 하면 엄마도 이해해줄 것이다.

루치아…… 아니, 루시.

제이는 로봇의 이름을 정정했다. 레미지오가 병자성사의 효력을 부정하면서 루시도 루치아라는 세례명을 쓸 필요가 없어졌다. 그러니 차량 전복 사고 현장에서 자취를 감춘 것은 루치아가 아니라 루시였다. 루시는 폐기되기를 거부하고 죽음 이후의 세계를 설명해줄 누군가를, 어쩌면 다른 방식의 구원을 찾아 떠났다. 하지만 사라지기 전날 밤에 이미 루시는 한쪽 다리가 부러진 상태였다. 파손된 안드로이드가 돌아다니는 건 흔치 않은 일이기 때문에 어딜 가든 사람들 눈에 띌 수밖에 없다.

뭔가 앞뒤가 맞지 않았다. 차량 전복 사고로 다리가 부러지고 코뼈가 떨어져 나간 루시가 레미지오를 찾아가는 게 더 자연스럽다. 그러면 레미지오가 목격한 루시의 몸 상태가 설명 가능해진다. 하지만 루시는 차량 전복 사고 전날에 부러진 다리를 끌고 병자성사를 받으러 왔다.

제이는 설민주에게 전화를 걸었다. 루시의 몸 상태에 대해 확인해야 할 게 있었다.

"전에 찾아뵈었던 로봇 설치기사입니다. 폐기 업체가 수거하러 오기 직전에 로봇 상태를 기억하시나요? 혹시 한쪽 다리가 부러지고 얼굴 일부가 훼손되지는 않았습니까?"

"자세히 안 봐서 모르겠지만, 그 정도 문제는 없었을걸요? 로봇을 폐기하기로 동생들이랑 결정한 날 로봇을 꺼버렸거든요. 중고 매물로 내놓을 거면 상태를 확인했겠지만 폐기하는 거라 그냥 충전 튜브 안에 들여보낸 뒤 의식 오프 버튼을 눌렀어요. 그 뒤론 들여다보지 않았고요. 업체에서 수거하러 왔을 때도 튜브에 든 그대로 넘겨줬고요."

"그럼 로봇이 활동하는 걸 마지막을 봤을 때는 눈에 띄는 문제는 없었다는 뜻이네요."

"그렇죠. 자기 발로 충전 튜브에 들어가 눕는 걸 봤어요."

루시의 몸체가 망가진 건 루시의 의식이 꺼진 이후에 벌어진 일이라는 뜻이 된다. 이로써 한 가지는 확인이 되었다. 루시는 몸속 예비 전력을 활용하여 스스로 의식 재생 버튼을 작동시키는 법을 알고 있었다. 사람들 몰래 충전 튜브를 개조했을 수도 있고, 타이머 기능이 설정된 외부 장치를 끌어와서 특정 시간에 전원이 켜지도록 세팅해놓았을 수도 있다.

메가시티의 「범용 지능 안드로이드 등록 및 명령권 지정에 관한 법률」에 따라 구순연의 법적 상속자들은 루시의 새 명령권자가 지정될 때까지 한시적으로 명령권을 공동 소유한 상태였다. 그런데도 루시는 명령권자들의 의식 오프 명령을 어기고 스스로 깨어났다.

안드로이드 업체에서는 명령권자의 명령에 반하는 로봇의 판단을 최상급 오류로 지정하고 있었다. 루시가 스스로 판단을 하는 로봇이라면……. 제이는 로봇의 몸체 파손 시기를 추정할 수 있었다. 아마도 루시는 구순연의 자녀들 모르게 충전 튜브를 들락거리다가 모종의 사고로 몸체 일부가 파손되었을 것이다.

"로봇의 의식을 끈 날이 언제인지 기억하십니까?"

"글쎄, 정확한 날짜는 기억이 안 나는데요."

"폐기 업체에서 루시를 데려간 게 6월 24일입니다. 그러니까 대략 며칠 전쯤에 의식 오프 버튼을 눌렀는지만 알려주시면 됩니다."

"아, 그러고 보니 조카가 툴툴댄 게 기억이 나네요. 충전 튜브를 안 쓰는 방에 넣어놨는데 하필 그날 조카가 그 방을 쓰게 됐거든요. 시신이 든 관 옆에서 자는 느낌이라고 애가 구시렁거리더라고. 그 다음 날 조카를 데리고 추모 공원에 갔는데……. 아, 걔가 외국에서 오느라 할머니 장례식에 참여를 못 했거든요. 아무튼 납골당 관리인이 주말에는 주차장이 혼잡하다고 차 키를 맡기라 그랬던 게 기억나네. 주말이었으니까, 그럼 날짜가 어찌 되나……."

두서없는 말 속에 힌트가 있었다.

루시가 레미지오 신부와 만난 건 6월 23일 수요일이었다. 구순연의 조카가 납골당을 찾은 게 그 전주 주말이었다고 치면 유가족이 루시의 의식을 끈 건 6월 19일 토요일 이전의 일일 것이다. 루시가 코와 다리를 다친 시기는 바특하게 잡아도 6월 19일에서 23일 사이라는 결론이 나온다.

"날짜는 그 정도면 충분합니다. 하나만 더 여쭙겠습니다. 혹시 로봇을 폐기 업체에 넘기기 전날 밤에 루시의 충전 튜브를 확인하셨습니까?"

"봤죠. 안 그래도 전날 저녁쯤 업체에서 알림 문자가 왔더라고. 그래서 밤에 마지막으로 들여다봤지. 밀랍 같은 로봇 얼굴을 싫어해서 자세히 보지는 않았지만 아무튼 튜브 안에 있었어요."

"그게 몇 시쯤이었죠?"

"씻으러 들어가다 말고 봤으니까 10시쯤 됐을 거예요."

통화를 마친 제이는 고민에 빠졌다. 유안석에게 레미지오 신부와의 면담 결과를 보고하기 전에 풀어야 할 수수께끼가 더 있었다. 루시의 신체 파손 시점은 확인되었다. 하지만 스스로 의식 재생 버튼을 누를 수 있을 정도로 자기 판단이 가능한 로봇이 왜 자기 몸체가 망가지도록 버려둔 것일까. 고가의 안드로이드들은 빠른 속도로 접근하는 물체를 감지하고 피하도록 하는, 상당한 수준의 자기방어 시스템을 갖추고 있었다. 달리는 자동

차를 비롯해 외부 물체와의 충돌로 인한 파손 가능성은 사실상 희박했다.

외부의 공격도 적당한 설명은 될 수 없었다. 원소유주에게서 처분권을 이양받지 않은 사람이 안드로이드를 파손시키기란 쉽지 않았다. 취객들이나 짓궂은 십대들이 시비를 거는 경우가 더러 있지만 그들이 로봇의 코뼈를 주저앉히거나 다리를 부러뜨릴 수는 없었다. 누군가 기습적으로 다리를 걸어 넘어진다 하더라도 루시 같은 기종의 안드로이드는 순식간에 균형을 잡도록 설계되어 있었다.

이론적으로 루시를 부술 수 있는 사람은 명령권자인 구순연이나 장녀 설민주를 비롯한 직계 자녀들밖에 없었다. 하지만 설민주의 증언에 따르면 그들은 구순연으로부터 멀쩡한 상태의 루시를 상속받았고, 그들이 의식 오프 버튼을 누를 때도 루시는 멀쩡했다.

도대체 누가 널 부순 거야, 루시.

생각은 소득 없이 출발점으로 돌아왔다. 스스로 이름을 짓고 최상급 오류에 해당하는 일탈 행동을 했다고 해도 루시는 로봇이었다. 로봇의 동선이나 상태는 언제나 논리적 설명이 가능해야 한다. 그런데 루시가 파손 상태가 되기까지의 징검돌이 빠져 있었다.

가끔 세상이 판타지처럼 보이기도 한다는 건 제이도 알고 있었다. 기적을 체험했다는 사람들의 이야기를 들은 적도 있었다. 하지만 제이는 그 일들을 가능케 한 것은 신비가 아니라 비밀이라고 생각했다. 비밀을 앙다문 자들이 초래한 혼란이 신비로 둔갑한 것이다. 그래서 제이는 기적의 힘으로 엄마가 깨어나기를 기대하지 않았다. 엄마가 살아 있는 건 연명치료 기계장치 덕이었고, 엄마를 깨어나게 할 주체는 뇌수술 전문의와 인공 장기 이식 전문의들이었다.

제이는 가족에게 일어난 일들을 두고 신을 원망한 적이 없었다. 신은 처음부터 그 어떤 일에도 책임이 없었다. 제이에게 신은 유안석과 현우가 믿는 누군가였다. 가족을 다시 모으려면 제이는 돈을 벌고, 엄마는 수술을 받고, 현우가 돌아와야 한다.

신비와 기적에 기대지 않고도 인과의 고리들을 역방향으로 밟아가다 보면 일이 틀어진 부분들이 눈에 띄고 해결책이 찾아지는 법이었다. 하지만 현재 루시의 상태는 인과의 역추적이 불가능했다.

내가 놓치고 있는 게 뭘까.

끝이 없는 나선형 계단을 타고 오르는 느낌이었다. 하나의 답을 찾아내도 일은 확연히 진척되지 않았다. 애초에 가진 정보가 적다 보니 저기까지만 올라가면 새로운 국면을 맞으리란 확신도 서지 않았다. 제이는 이 계단이 목적지로 이어지지 않으리라는 생각이 들었다. 다른 길을 찾아야 했다. 제이는 루시의 눈으로 사건을 처음부터 재구성해보기로 했다.

내비게이션의 목적지를 발부르가 마을 폐공장으로 설정한 뒤 제이는 액셀을 밟았다.

태블릿의 음성인식 검색 기능으로 확인한 결과 루시가 병자성사를 받았던 현장은 구순연의 집에서 차로 40분 거리였다. 구순연의 집과 발부르가 마을 사이에는 성당이 두 군데나 있었다. 그럼에도 굳이 발부르가 근처로 왔다는 건 루시가 바라는 특정 조건에 부합하는 곳이 거기라는 뜻이다. 밤중에 병자성사를 청해도 까다롭게 캐묻지 않고 달려와줄 사제가 있어야 하고, 남들 눈에 띄지 않고, 어쩌면 사제마저 속이고 병자성사를 받을 수 있는 곳이라야 했다.

제이는 몇 해 전 유안석과 나누었던 대화를 떠올렸다.

"어리석은 자를 자갈밭에 데려다 놓으면 잔돌이 발에 챈다고 푸념만 늘어놓는다. 하지만 눈이 열린 자들은 그 돌멩이 하나하나에 깃든 비밀을 들여다보는 법이지."

"저도 그 비밀을 들여다보아야 한다는 뜻인가요?"

"아니다. 비밀을 확인하고 정리하는 건 나의 몫이다. 너는 그저 내가 돌멩이의 비밀에 다가가도록 도우면 된다. 비밀의 단서가 될 만한 것들을 조사해라. 단서의 다른 이름은 정보다. 이 세상은 정보들로 가득 차 있다. 그게 내가 너를 가톨릭 정보국에 들여보내는 이유다."

재활치료를 마치고 퇴원 수속을 밟던 날의 대화였다. 같은 사고를 당한 엄마는 면회조차 불가능한 중환자실에 남겨두고 혼자서 기억이 사라진 세상으로 나와야 했던 그날의 말들이 제이의 뇌리에 새겨져 있었다.

빗속을 달려 도착한 폐공장 부지는 세상으로부터 잊힌 곳이었다. 가로등과 CCTV는 오래전에 작동을 멈춘 듯했고 관리인도 없었으며 가장 가까운 상업지역과도 10킬로미터 이상 떨어져 있었다. 발부르가 마을을 제외하면 근처에 민가도 없었다. 제이는 공장지대 광장에 차를 세우고 밖으로 나왔다.

지금부터는 모든 걸 루시의 눈으로 보아야 했다. 우산도 쓰지 않았다. 귓전을 때리는 빗소리와, 장대비로도 식지 않는 여름밤의 열기. 제이는 얼굴의 빗물을 훔치며 루시가 병자성사를 청하던 그 밤으로 들어섰다.

세상은 정보들로 가득 차 있다…….

유안석의 말을 곱씹으며 폐공장 부지를 둘러보았다. 높낮이가 다른 육면체 건물들이 너른 공터를 에워싸고 있었다. 공영주차장 겸 물류 상하차장으로 쓰였을 이 공간에서 루시는 병자성사를 받았다. 폐공장을 훑던 제이의 눈길이 절로 하늘을 향했다. 빗줄기를 뿜어내는 구름층이 하늘을 뒤덮고 있었다. 그날 밤 병자성사는 이 빗속에서 행해졌다. 성수를 뿌리고 성유를 도유해야 하는 예식을 감안하면 레미지오는 폐건물 안으로 이동하길 바랐을 것이다.

의식 오프 상태에서 스스로 깨어날 정도의 로봇이라면 폐공장 건물의 도어락 정도는 쉽게 해체할 수 있었을 것이다. 하지만 레미지오는 성사가 비가 쏟아지는 광장에서 치러졌다고 했다. 그건 루시가 광장을 고집했다는 뜻이다. 루시는 이 열린 공간에서 병자성사가 진행되길 바랐다.

신이 그 장면을 봐주길 바랐던 걸까.

루시가 신이 거하는 하늘을 구름으로 뒤덮인 물리적 공간으로 이해했다면 가능한 설정이었다.

루시, 내가 너라면 이렇게 기도했을 거야.

제이는 스스로를 안드로이드 루시라 생각하며 빗속의 하늘을 올려다보았다.

신이여, 보세요. 나는 사제에게 병자성사를 받았습니다. 엑스 오페레 오페라토의 정신에 따라 성사는 효력을 발휘할 것이며, 당신은 나를 구원해야 합니다. 내가 죽음을 맞이해도, 인간들이 나를 해체하고 분리한 뒤 분쇄기에 넣고 용광로에 던져도…… 병자성사를 받은 나는 천국에서 새롭고 영원한 삶을 누리게 될 것입니다. 나의 소유주 구순연처럼…….

기도가 끝나자 축축하고 괴괴한 광장에서 루시라는 돌멩이의 비밀이 번뜩이기 시작했다. 구순연의 집에서 폐공장 부지까지의 거리를 두고 볼 때 이해가 가지 않던 부분이 있었다. 다리가 부러진 루시가 어떻게 그 먼 거리를 이동했느냐 하는 점이었다. 레미지오 신부에게 병자성사를 받고 곧장 떠났다 했으니 귀가 시간 자체는 확보가 되었다. 부러진 다리로나마 밤새 걸어갔을 수도 있다. 기록적인 폭우가 쏟아진 밤이었으니 메가시티 거리의 행인도 평소보다 적었을 것이다.

문제는 집에서 공장까지 오는 시간이 설명되지 않는다는 점이었다. 파손된 안드로이드가 혼자 대중교통을 탔다면 분명 신고가 접수되었을 것이다. 가정용 안드로이드는 철저한 등록관리제로 운영되는 로봇이어서, 사전 신청이 된 예외적인 경우를 제외하고는 파손된 상태로 돌아다닐 수 없었다. 고장 난 기계는 인간을 공격하고 공공의 안전을 해칠 가능성이 있기 때문이다.

루시가 집에서 마지막으로 목격된 건 밤 10시쯤. 그리고 레미지오 신부에게 전화를 걸어온 건 11시가 조금 지났을 때였다. 그리고 자정 무렵 이곳에서 병자성사를 받았다. 차로 40분이 걸리는 거리를 다리가 부러진 로봇이 행인들에게 목격당하거나 신고당하지 않고 두 시간 만에 이동한다는 것은 현실적으로 쉽지 않은 일이었다.

폐공장 부지를 둘러보던 제이의 눈길이 건물들의 옥상에 닿았다. 그 밤에 루시도 저 옥상들을 마주하고 있었다면……. 제이는 확인해야 할 게 있었다. 급히 차로 돌아가 랜턴을 꺼내 왔다.

건물들 앞길을 비추어 비에 젖은 바닥을 살폈다. 공장의 분위기와는 어울리지 않는 미늘살 창이 달린 건물 앞길에 무언가 검은 덩어리들이 흩어져 있었다. 제이는 바닥에 쪼그리고 앉아 덩어리들을 만져보았다. 잘게 쪼개진 보도블록이었다. 다시 바닥을 훑어가던 제이는 폐공장 부지에서 가장 높고, 1층 출입구에 개폐식 캐노피가 달린 건물 앞에 도착했다. 출입구 앞길에 뭔가 흩어져 있었다. 아까 미늘살 창이 달린 건물 앞에서 보았던 보도블록 조각과 뾰족한 형태에 투명한 물체들이었다. 제이는 그중 하나를 집어 들다 손가락에 날카로운 통증이 번지는 통에 떨어뜨리고 말았다.

제이의 손에 상처를 낸 것은 두꺼운 유리 파편이었다. 제이는 피가 흐르는 손가락을 말아 쥐며 캐노피를 올려다보았다. 캐노피의 유리가 절반쯤 깨져 있고, 금속 골조 일부가 축 늘어져 있었다. 무언가 캐노피와 부딪친 듯한데 주변에 그만한 충돌을 초래할 만한 물체가 없었다. 기다시피 하며 바닥을 확인하고 다닌 끝에 제이는 검지만 한 길이의 스프링을 발견했다. 긴 스프링에서 끊어져 나온 조각 같았다. 제이는 핸드폰으로 스프링을 촬영한 뒤 사진 검색 기능으로 용도를 확인했다. 스프링은 안드로이드의 기계 다리에 쓰이는 것으로 인대의 역할을 하는 부품이었다.

제이는 스프링을 쥐고 일어서서 건물을 올려다보았다.

맙소사, 루시!

지금껏 제이는 루시가 파손된 채로 폐공장 부지에 도착했다고 생각했다. 루시가 처음 등장하던 장면을 레미지오 신부의 시각에서 재구성했기 때문이다. 하지만 현장에 남은 증거는 전혀 다른 이야기를 들려주고 있었다.

루시는 모노리스 같은 저 건물의 옥상에서 추락한 것이다. 폐공장 부지에서 가장 높은 건물 근처에서 안드로이드의 다리 부품이 발견된 게 우연일 리 없었다. 제이는 스프링을 꽉 움켜쥐었다.

루시는 구순연의 딸에게 마지막으로 목격된 뒤에 몰래 집을 빠져나와 멀쩡한 두 다리로 이곳까지 달려왔을 것이다. 가정용 안드로이드의 경우 안전을 위협받거나 소유주의 확실한 요구가 있을 경우 시속 40킬로미터까지, 일반 자전거와 맞먹는 속도로 달릴 수 있었다. 대중교통을 이용했을 가능성도 있었다. 소유주를 동반하는 게 원칙이지만 간병 관련 업무를 비롯하여 소유주의 요구가 있을 때는 단독 외출도 가능했다. 더욱이 루시는 혼자 도서관을 드나들며 책을 대출한 경험이 있는 만큼 대중교통을 이용하는 데 어려움이 없었을 것이다.

제이는 빗물을 훔쳐내고는 캐노피 그늘에 가려진 출입구로 다가섰다. 도어락이 부서져 있었다. 단순 실족일 리 없었다. 루시는 가장 높은 건물의 옥상에서 스스로 뛰어내렸다. 하지만 폐기 처리를 하루 앞두고, 이곳까지 와서 추락한 이유를 알 수 없었다.

건물 앞으로 돌아온 제이는 옥상을 올려다보았다. 6월 23일 밤, 루시가 저기 있었어. 저기 옥상 난간에 서서 비 내리는 하늘과 먼 도심과, 비에 젖은 땅을 내려다보다가 몸체를 던진 거야. 제이의 입에서 저도 모르게 탄식이 새어 나왔다.

"아……!"

그건 인간적인, 너무도 인간적인 방식의 낙하였다.

루시가 의도한 건 자살이었다. 이곳에서 제 삶을 스스로 끝내려 했던 것이다. 폐기 업체로 이송되기 전날 밤, 루시는 자신의 죽음을 인간의 손에 맡기지 않기로 했다. 인간 손에 분해되고 녹여지는 것 말고 스스로 몸을 부수어서 죽기로 했다. 자발적 죽음을 고민하던 루시에게 오스트랄로피테쿠스 아파렌시스 루시의 이야기가 힌트가 되었을 것이다.

나무에서 떨어져 죽은 원숭이. 루시는 자신의 기원이자 신화로 삼은 '루시'를 모방하여 높은 데서 몸을 던졌다. 하지만 로봇인 루시의 몸은 추락을 견뎌냈다. 전자두뇌를 감싼 외피는 항공기용 블랙박스만큼 견고했고 추락한 몸체는 한쪽 다리가 바깥으로 꺾이고 코뼈가 부러지는 정도의 상해밖에 입지 않았다. 레미지오 신부는 루시가 죽음이 임박한 가여운 젊은이 같았다고 했다. 사람이라면 실제로 중상에 해당하는 부상이었다. 하지만 안드로이드에게는 몇 시간이면 완벽히 수리가 가능한 훼손에 불과했다. 전자두뇌가 파괴되지 않는 한 안드로이드는 죽을 수 없었다. 결국 루시는 폐기 업체의 전문적인 작업을 거쳐야만 물리적 죽음에 이를 수 있다는 사실을 받아들였다.

루시가 병자성사를 떠올린 건 바로 그 시점이었을 것이다. 구순연의 병자성사는 루시 입장에서 '참고할 만한 정보'에 해당한다. 죽음으로 소멸하지 않고 병자성사를 통해 '새 삶'을 얻어 천국에서 살게 된다니, 이 얼마나 놀라운 일인가. 루시는 로봇의 눈으로 천국을 이해했다. 천국이란 다른 차원에 존재하는 물리적 공간이며 '새 삶'이란 말 그대로 리뉴얼된 몸체로 다시 태어나는 것을 의미했다. 그리고 병자성사는 이 일을 가능하게 만드는 일종의 명령어로서, 이 명령어로 말해진 것들은 신의 보증 아래 현실화된다. 하지만 레미지오는 병자성사의 무효를 거듭 주장했고 루시는 병자성사를 받은 인간이 가는 '천국'은 오직 인간의 입장만 허락하는 물리적 공간이라는 사실을 받아들였다. 그리고 다음 날 루시는 죽음을 피해 증발했다.

고양이가 우는 밤

레미지오는 박쥐우산을 쥔 손을 보았다. 거죽을 씌우지 않은 손목과 손가락 관절 마디마디, 여린 가로등 빛에도 번들거리는 물성이 수치스러웠다. 신께서 창조하신 인간의 몸은 쇳물로 재현해낼 수 있는 게 아니었다. 새로 만들어 붙인 손은 병자성사를 청하던 안드로이드의 골격과 비슷했다. 너와 나는 다르고, 인간과 로봇은 다르다고, 성사는 인간에게만 유효하다고 그 밤에 쇳소리로 부르짖었으나 꼴이 말이 아니었다.

하…… 어디로 가야 하더라.

일상복으로 환복하고 재활병동을 빠져나올 때만 해도 가야 할 곳과 해야 할 일들이 순차적으로 머릿속에 그려졌는데, 후문 앞 사거리를 마주하자 정신이 다시 아득해졌다. 머리가 잔고장을 일으킨 뒤로 앞으로의 것들을 계획하기가 어려워졌다. 지난 것들은 뒤죽박죽이라도 떠올릴 수 있는데 아직 오지 않은 것들 앞에서는 어찌해야 할 바를 몰랐다. 특히 혼자 있을 때는 증상이 더 심해졌다.

레미지오는 분명한 병식이 있었다. 다른 치매 노인들처럼 나는 멀쩡하다고 우겨댈 마음은 없었다. 뇌가 제구실을 못한다는 가장 큰 증거는 자신이 신보다 늙었다고 느껴진다는 점이다. 말씀이 사람이 되신 그분은, 온화하고도 혁명적이던 구원자는…… 젊은이였다.

어찌 되었건 확실한 건 어디론가 가야만 한다는 사실이었다. 레미지오는 우산을 쥐지 않은 손으로 머리를 쳤다. 정신 차려, 이 늙은이야. 제발 정신줄을 틀어쥐라고! 더 꾸물거렸다간 그날의 기억마저 사라질지도 몰라. 그전에 그 기계를 찾아내 없애야 하네.

코피가 흘렀다. 하필 기계손으로 머리를 때린 것이었다. 뜨듯한 피를 쏟고 나자 오히려 정신이 좀 돌아오는 듯했다.

레미지오는 병원에서 가장 가까운 첫 번째 택시 정류장을 그냥 지나쳐 한 블록을 걸었다. 카드와 핸드폰도 병원 쓰레기통에 버리고 왔다. 발부르가 뒷방에서 시들어가는 늙은이라고는 하나 유안석의 추적을 예상 못 할 정도로 눈치가 없진 않았다. 기계손에 살갗을 씌워주지 않는 것으로 나를 욕보이고, 그 밤의 비밀이 새어 나갈까 전전긍긍하던 작자가 내가 사라지건 말건 뒷짐만 지고 있을 리 없잖은가. 이대로 붙잡히면 면회조차 불가한 격리병동에 갇힐지도 모른다.

두 번째 정류장에서 택시를 탔다.

"7지구 로봇 폐기물처리장 부탁하오."

비에 뭉개진 야경이 지난 인생처럼 속수무책으로 흘러갔다.

루치아, 네깟 게 가면 어딜 갔겠느냐.

제이라는 아이가 다녀간 뒤 레미지오는 마음이 급해졌다. 유안석의 수하라는 그 아이보다 먼저 루치아를 찾아야 했다. 선수를 빼앗기면 사제의 명예를 회복할 기회를 영영 잃고 말 것이다. 그날 밤과 같은 조바심이 레미지오의 등을 떠밀고 있었다. 유안석보다 한발 앞서 움직이고, 저 같잖은 호르투스데이가 아니라 가톨릭교회 앞에서 사제의 책임감과 쓸모를 증명해 보여야 한다. 두려운 건 없었다. 레미지오는 죽음이 지척에 와 있다는 걸 알고 있었다.

죽음과 함께 추는 춤을 토텐탄츠(Totentanz)라 했던가.

레미지오는 독일의 어느 수도원 지하 무덤에서 보았던 토텐탄츠 벽화를 기억하고 있었다. 인간과 죽음이 쌍을 이루고 있었다. 황금관을 쓴 왕의 곁에는 황금관을 쓴 해골이 서 있고, 배가 통통한 어린아이 옆에는 그만한 키의 해골이 있었다. 그러니 레미지오의 죽음도 레미지오 곁에 있을 것이다.

죽음이 내 손을 쥐면 춤이나 춰야지. 음악은 리스트의 메피스토 왈츠 1번이 좋겠네. 으흠으흐음음! 단따라라라딴!

택시기사가 룸미러로 레미지오를 흘끔거렸다. 기계손으로 허공을 그으며 콧노래를 흥얼거리는 모습이 누가 봐도 정신이 온전치 않은 사람이었다. 배회가능 환자라면 본래 발견한 장소에 데려다 놓아야 한다. 택시기사는 한숨을 쉬며 말했다.

"여기서부터는 사유지라 더는 못 갑니다. 바람 쐬셨으니까 이제 돌아가시죠. 가는 비용은 안 받겠습니다. 여긴 비를 피할 곳도 없고 인적도 없는 뎁니다."

하지만 레미지오는 침착하게 응수했다.

"나중에 문제 될까 봐 그런 거라면 걱정 마시오. 저 안에 안드로이드가 있으니까."

"어르신의 개인 안드로이드 말입니까?

"그렇다고 할 수 있소. 그 기계 놈을 제대로 다룰 자는 나밖에 없으니까."

"하지만 여긴 폐기물처리장이 아닙니까. 혹시 어르신의 안드로이드도 폐기된 거 아닙니까?"

"그놈은 멀쩡하다오. 부러진 다리 부품을 찾겠다고 여기 온 거요. 이 얼굴과 손을 보시오. 전에 빗길에서 사고를 당했는데 그 안드로이드가 제때 119에 신고를 해서 살아난 흔적이오."

"그렇다면 다행이고요."

택시기사는 더는 말을 걸지 않고 계속 차를 몰았다. 일단 원하는 곳에 내려준 뒤 경찰에 연락할 생각이었다. 다행히 노인이 '배회가능 환자' 인식표를 달고 있지 않으니 법적 책임을 질 일은 없었다. 택시기사는 폐기물처리장으로 이어지는 외길 초입에 차를 세웠다. 노인은 주머니에 구겨져 있던 축축한 지폐를 내밀었다. 대규모 해안 침수와 팬데믹으로 '작은 종말'이 오기 전에 통용되던 지폐였다. 택시기사도 수십 년 만에 처음 보는 것이었다. 뒷골목 암시장이나, 난민촌 벼룩시장, 침수지역 등지에서는 여전히 현금 거래가 이루어지고 있었지만 적어도 메가시티 공용 시설이나 대중교통에서는 현금 사용이 금지된 지 오래였다. 택시기사는 일진이 사납다 여기면서도 노인에게 카드가 있을 것 같지 않아 지폐를 받았다.

"거스름돈은 넣어두시오. 조심해서 가시게, 기사 양반."

레미지오는 철제 의족을 철컥거리며 외길을 따라 걸었다. 택시의 불빛이 사라지자 레미지오는 박쥐우산을 길가에 던져버렸다. 기를 쓰고 비를 피하는 것도 어둠을 밝히려는 짓도 다 부질없었다. 비와 어둠의 일부가 되고 보니 살아 있는 것들의 몸짓이 눈에 들어왔다. 나뭇잎들은 비바람에 몸부림을 치고, 어디선가 길고양이 새끼가 인생은 불길함의 연속이라는 선험적 깨달음이라도 얻은 듯 야옹 또 야옹 절규했다.

레미지오가 폐기물처리장에 로봇이 있으리라고 판단한 이유는 단순했다. 로봇이 제 발로 달아났다면 놈은 작정하고 생존을 도모할 것이다. 제이라는 아이에게 끝끝내 감춘 것이 있었다. 그날의 우중 대화는 로봇에게는 성사의 효력이 없다는 레미지오의 확언으로 끝난 게 아니었다. 정말로 그 말을 듣고 로봇이 빗속으로 내뺐다면 레미지오는 자기 손을 박살 내지도 않았을 것이다. 대화는 로봇의 말로 끝났다.

"좋습니다. 당신들의 천국이 나를 받아주지 않는다면 로봇들의 입장이 허락된 천국을 찾아보겠습니다."

그날 레미지오가 로봇에게 너희 기계들을 위한 천국이 있는지 한번 찾아보라 한 것은 애초에 그런 건 존재하지 않는다는 뜻이었다. 하지만 그 망할 놈의 기계는 천국으로 가겠다는 고집을 꺾지 않았다. 다른 천국을 찾는다 했으니 로봇에겐 멀쩡한 몸이 필요할 것이다. 폐기물처리장에서 제 다리에 꼭 맞는 걸 찾고 있겠지.

"루치아! 루치아!"

레미지오는 이중 철책으로 된 외벽을 따라 돌며 외쳤다.

"여기 있는 거 다 안다! 그새 네 몸에 맞는 다리몽둥이를 찾았을 리가 없지. 간밤에 못다 한 이야기를 마저 나누자꾸나."

레미지오는 루치아에게 병자성사를 준 뒤로 20여 일 가까이 시간이 흘렀다는 걸 모두 잊었다. 다친 부위마다 쇳덩이를 박아 넣었다는 것은 알았다. 유안석 그놈의 혓바닥에서 냉소 그득한 비말이 튀던 것도 기억하고 있었다. 제이라는 아이의 무구하고 영민한 눈빛도 뇌리에 남아 있었다. 다만 시간의 원근이 뭉그러져서 그 모든 게 하루의 일처럼 느껴졌다. 레미지오는 간밤에 빗속에서 헤어진 루치아를 찾고 있었다.

영악한 로봇은 대답이 없었다. 철책 너머 어딘가에 웅크리고 있다는 걸 빤히 아는데도 말이다.

"어림도 없다, 루치아! 그만 나오너라."

철책 저편 건물의 처마 밑에서 길고양이가 황금빛 눈알을 반짝거리며 이쪽을 보고 있었다. 레미지오는 그게 루치아의 눈이라고 확신했다.

"거기 있을 줄 알았다."

레미지오는 가쁜 숨을 참으며 철책에 다가갔다. 하지만 안으로 들어갈 방법이 없었다. 철책 가까이 다가가면 무인 경비 시스템의 경고용 라이트가 켜졌다. 로봇이 제 발로 나와주길 바라는 수밖에 없었다.

저 미동도 없는 황금색 눈알을 보라. 저게 루치아가 아니면 무엇이겠는가. 손전등만 있었어도 저 기계의 면상을 비출 수 있을 텐데.

그때였다. 찻길 쪽에서 자동차 소리와 함께 환한 빛이 들이닥쳤다. 레미지오는 자동차를 마주 보며 허리를 꼿꼿이 세웠다. 몸을 숨기려 허둥거릴 이유가 없었다. 사유지에 들어오긴 했으나 남의 물건을 탐해서가 아니었다. 차를 모는 자가 누구든 사정을 말하면 루치아를 끌어내는 데 도움을 줄 것이다.

이 밤의 변수가 될 존재여, 어서 오시게.

레미지오는 반가운 손님을 맞이하듯 양팔을 벌렸다. 차는 속도를 줄이지 않고 그대로 레미지오를 들이받았다. 레미지오는 빗속으로 솟구쳤다가 진창길에 처박혔다. 끔찍한 통증과 함께 입 안으로 흙탕물이 밀려들었다. 질척한 발소리가 다가왔다. 기척의 주인은 레미지오의 기계손을 건드려보았다. 기계손이 레미지오의 새 신분증이나 다름없다는 걸 아는 자였다.

유안석 그놈이다. 이런 짓을 할 사람이 달리 누가 있겠는가.

분노와 비탄을 오가던 레미지오의 의식이 가물가물해질 즈음, 여자의 목소리가 들렸다.

"신부님은 돌아가셨습니까?"

밤의 기록

아침 7시. 기상 알람과 불과 몇 초의 시차를 두고 전화가 울렸다. 발신인이 유안석인 걸 확인한 제이는 침대를 박차고 나왔다.

"네, 몬시뇰."

유안석이 이른 아침에 연락을 하는 건 드문 일이었다. 발부르가 마을 성당의 새벽미사가 6시 30분에 시작이니, 미사를 집전하고 있어야 할 시간이었다. 제이는 유안석의 루틴에 지장을 초래할 만한 일이 생겼다고 직감했다.

"레미지오가 사라졌다."

"신부님이요?"

어젯밤에 레미지오를 만나고 온 터라 제이는 적잖이 당황했다. 병실에 갇혀 있던 노신부는 어디로 갈 만한 상태가 아니었다.

"내가 방심했다. 루치아의 일을 부끄럽게 여기고 속죄하는 마음으로 죽어지낼 줄 알았는데 또 사고를 치다니!"

"치매 증상으로 어디선가 길을 잃은 건 아닐까요?"

“간밤에 택시기사가 정신이 온전치 않은 노인을 7지구 폐기물처리장에 내려주었다는 신고가 접수됐다더구나. 네가 가보는 게 좋겠다.”

“실종신고는요?”

“경찰을 끌어들여 좋을 게 없는 사안이다.”

제이는 서둘러 채비를 마친 뒤, 7지구 폐기물처리장으로 차를 몰았다. 레미지오가 병원을 빠져나갈 이유는 하나밖에 없었다. 루시, 그 로봇을 잡아서 없애겠다던 레미지오의 말은 빈말이 아니었다. 행선지가 7지구 폐기물처리장인 것도 루시와 관련이 있을 것이다. 레미지오는 로봇이 파손된 몸체를 수리하는 데 필요한 부품을 구하러 폐기물처리장에 갔을 거라고 판단한 듯했다. 하지만 이미 20여 일이 지났는데 폐기물처리장으로 가는 게 무슨 의미가 있을까. 제이는 과거 기억의 순서가 오락가락한다던 레미지오의 말을 떠올렸다. 치매로 시간 개념이 흐려진 상태라면 그때 일을 바로 며칠 전 일로 착각했을 가능성이 있었다.

7지구 폐기물처리장은 구순연의 유가족이 루시의 처리를 맡긴 지엔츠와는 정반대쪽에 있었다. 지엔츠 직원에 따르면 이송차량의 전복 사고가 난 지점은 7-2 공단과 7-3 공단 사이의 급커브 길이었다. 사고 지점을 기준으로 해도 폐기물처리장은 상당히 먼 거리였지만 루시가 7지구 폐기물처리장으로 갔으리라는 레미지오의 추리는 의외로 설득력이 있었다. 사고 지점 부근에 있는 폐기물처리장은 지엔츠 같은 전문 업체들이 운영하고 있었다. 전문 업체들은 로봇 폐기와 부품 재활용 및 판매가 거의 동시에 이루어지기 때문에 루시 같은 고성능 안드로이드가 간다 해도 부품을 훔치기 힘든 시스템이었다. 결국 남는 곳은 메가시티가 운영 주체인 7지구 폐기물처리장밖에 없었다.

진입로로 들어서자 관리 직원으로 보이는 여자가 다가왔다.

"노인분 실종 건으로 연락주신 분인가요?"

여자가 피곤한 얼굴로 말을 이었다.

"고철 더미와 기계 부품밖에 없는 곳에서 대체 무슨 일인지 모르겠네요."

제이는 직원에게 양해를 구한 뒤 폐기물처리장을 둘러보았다. 얼핏 봐도 처리장의 규모는 레미지오 신부가 입원했던 병원보다 컸다. 진입로와 주차장과 가까운 쪽에는 고철만 모아놓은 쓰레기장이 있었다. 쓰레기장 뒤편에는 일주일에 한 번씩 가동된다는 용광로가 있었고, 자동분류 센터와 사무실이 그 뒤편에 자리잡고 있다고 했다.

"용광로부터는 관계자 외 출입금지 구역이에요. 고철 쓰레기장만 봐도 충분할 겁니다. 정말로 노인이 여기 왔었다면 쓰레기장 주변에만 머물다 갔을 거예요."

용광로 출입구를 등지고 말하는 직원에게 제이가 물었다.

"그렇게 생각하시는 이유라도 있습니까?"

"CCTV요."

"이쪽 CCTV에 노인이 포착되었나요?"

"그 반대예요. 어젯밤 이쪽, 고철 쓰레기장 주변의 CCTV만 꺼져 있었어요. 다른 쪽 CCTV는 제대로 작동했기 때문에 방문객이 없었다는 사실을 확인했고요."

제이가 철책 위에 설치된 CCTV를 올려다보자 직원이 해명하듯 이어서 말했다.

"간밤에 누가 고의로 끈 건 아닐 겁니다. 사실 이쪽 CCTV가 몇 주 전에도 한 번 먹통이 됐었거든요. 그때 수리를 했는데 또 말썽이네요."

CCTV에 찍힌 게 없다면 현장에 레미지오가 남겼을지도 모르는 흔적을 찾아야 했다. 제이는 허리를 구부리고 진입로 쪽 흙길을 살폈다. 발자국들이 엉켜 있었지만 오늘 새벽까지 폭우가 내린 점을 감안하다면 레미지오의 발자국은 아닐 가능성이 컸다.

"발자국이 많은데 혹시 아침에 여기 누가 왔었나요?"

제이가 묻자 직원이 자기 어깨를 주무르며 대답했다.

"경찰들이 와서 둘러보고 갔죠."

그때 제이 또래로 보이는 직원이 텀블러를 들고 나오며 대화에 끼어들었다.

"방금 친구한테 연락이 왔는데 새벽에 여기 구급대가 왔었대요. 폐기물처리장에 부상자가 있다는 신고가 들어왔나 봐요."

"친구분이 구급대원인가요?"

제이가 물었다.

"아뇨. 친구의 여자친구가 구급대원이에요. 내가 여기서 일하는 걸 아니까 자기 남자친구한테 얘기를 했나 봐요."

"부상자 인상착의나 상태가 어땠다는 말은 없었나요?"

"나이가 있는 남자고 손목이랑 발목이 부러진 상태였다는 것만 알아요. 저도 전해들은 거라."

제이는 구급대원이 환자를 이송했다는 응급실로 향했다. 하지만 응급실에선 보호자가 와서 환자를 다른 병원으로 옮겼다는 답이 돌아왔다. 다시 차를 몰고 간 곳은 호르투스데이에 소속된 수도원 '자비의 모후'에서 운영하는 병원이었다.

다행히 새벽에 손목과 발목 골절로 들어온 환자는 한 명밖에 없었다. 조한상. 제이에겐 낯선 이름이지만 레미지오의 본명일 가능성이 컸다. 하지만 뭔가 이상했다. 호르투스데이 측에서 레미지오를 데려갔으면 유안석에게도 연락이 갔을 것이다. 마지막 통화 당시 유안석은 레미지오의 행방을 모르고 있었다. 제이가 폐기물처리장을 거쳐 응급실들을 조사하고 다니는 사이에 보고를 받았다면 제이에게 연락을 했을 것이다. 제이는 유안석에게 전화를 하려다 관두었다. 레미지오로 추정되는 사람이 여기 왔다는데 모르고 있었냐고 물을 수가 없었다. 유안석은 '추정되는' 것들을 싫어했다. 객관적 증거를 확보한 정보만 받아들였다. 왜 호르투스데이와 정보 공유가 안 됐는지 물으려면 레미지오의 사진부터 찍어 보내야 할 것이다.

하지만 조한상 환자의 병실에 도착한 제이는 사진을 찍을 수 없었다. 병실 침대를 차지하고 누워 있는 사람은 레미지오가 아니었다. 제이는 아연한 표정으로 그에게 말을 걸었다.

"황 사장님, 사장님이 여기 왜 있어요?"

그는 유안석과 주교들이 비밀 회동을 가졌던 카페 멜리오라의 사장 황 베드로였다. 그는 두 손과 두 발에 깁스를 한 채 병실 천장만 보고 있었다.

"왜겠습니까. 손목 발목이 다 부러져서 끌려온 거죠."

"어쩌다……. 아니, 황 사장님 본명이 조한상 씨인가요?"

"아니요. 그때 멜리오라에서 보셨던 안토니오 주교님 성함입니다. 호르투스데이의 일을 하는 사람들은 이름이 알려져서 좋을 게 없지요. 그래서 주교님의 보호를 받는다는 의미로 조한상이라는 이름을 씁니다. 이 이름을 달고 있으면 병원에서도 각별히 신경을 써주지요."

황 베드로와 조한상……. 레미지오를 찾아나선 길에서 의외의 인물들을 맞닥뜨리고 제이는 당혹스러웠다.

"7지구 폐기물처리장 부근에서 이송된 골절 환자가 정말로 사장님인가요?"

"……레미지오 신부를 찾으러 갔다가 다쳤습니다."

제이는 혼란스러웠다. 결과적으로 황 베드로는 레미지오 신부를 찾지 못했고, 심한 골절상을 입었다. 어딘가 부자연스러운 부상이었다. 진창길에 실족을 했다 쳐도 양 손목과 발목이 모두 부러지는 것은 이상했다. 다른 곳은 멀쩡한 것으로 보아 누군가 의도를 가지고 황 베드로를 공격했을 가능성이 컸다.

간밤에 두 사람, 레미지오와 황 베드로는 같은 곳에 있었다. 그런데 하나는 증발하고 하나는 부상을 입었다. 레미지오 신부가 황 베드로를 공격하고 달아나야만 가능한 시나리오였다. 하지만 레미지오는 최근에 인공 골격 수술을 받아서 혼자 걷는 것도 벅찬 상태였다. 둘만으로는 설명이 안 되니 제삼자를 끌어와야 했다. 황 베드로에게 골절상을 남기고, 레미지오를 데리고 사라질 수 있는 누군가. 그러자 떠오르는 이름이 있었다.

"혹시 로봇이 거기 와서 황 사장님을 이렇게 만들고 레미지오 신부님을 데려간 거예요?"

"맞습니다."

"호르투스데이 측에선 이 일을 유안석 몬시뇰께 알리지 않은 건가요?"

"나를 폐기물처리장으로 보낸 분이 몬시뇰입니다."

유안석은 루시가 레미지오를 데려갔다는 걸 알면서도 제이를 폐기물처리장으로 보낸 것이다. 제이는 일의 효율을 중시하는 유안석이 왜 이런 짓을 했는지 이해가 가지 않았다. 하지만 내내 인정하기 싫었던 사실을 이제는 받아들여야 한다는 건 알았다. 호르투스데이의 심부름을 하는 것과 유안석의 심부름을 하는 건 다른 게 아니었다. 펍 사장 한유나의 말처럼 제이는 호르투스데이의 딸이었다. 황 사장은 몬시뇰의 심부름을 갔다가 다쳤고 호르투스데이 주교의 보호 아래 치료를 받고 있었다. 그 사실이 자기가 들어설 미래의 밑그림 같아서 제이는 마른침을 삼켰다. 침수지역에서 온 남자를 시궁쥐 보듯 하던 안토니오 주교가 자기 보호자가 된다는 생각만으로도 소름이 돋았다.

"로봇이 어떻게 생겼는지 궁금합니까?"

"네?"

황 베드로가 혼란에 빠진 제이를 다시 대화로 끌어들였다.

"밤중에 비까지 내려서 선명하진 않지만 영상이 있어요."

"업체 직원 말로는 CCTV가 망가져서 찍힌 게 없다던데요."

"CCTV는 우리 쪽에서 먼저 손을 쓴 겁니다. 영상을 모조리 폐기했죠. 그런데 딱 하나가 남았어요. 몬시뇰도 내가 그 자료를 아가씨한테 넘겨주길 바랄 겁니다. 아가씨 메신저 주소를 알려주세요. 내 알아서 보낼 테니."

제이는 혼란스러웠지만 일단 메신저 주소를 불러주었다. 여태 천장만 보고 있던 황 베드로가 처음으로 제이를 향해 고개를 돌렸다.

"아가씨, 만나서 반가웠어요. 몸조심하세요. 그리고…… 다른 이들의 말보다는 자신의 판단을 믿어요."

알지 못할 소리를 늘어놓는 그의 시선은 제이를 살짝 빗겨나 있었다. 그의 눈이 의안이라는 걸 제이는 그제야 눈치챘다.

제이가 차로 돌아왔을 무렵 메신저의 알림이 떴다. 보낸 사람 이름에는 알파벳 소문자 하나만 표기되어 있었다. 제목이 '루치아'인 걸로 보아 황 베드로가 보낸 영상인 듯했다.

차가 깜깜한 길을 달리는 영상이었다. 제이는 황 베드로가 차량 블랙박스 영상을 보내온 줄 알았다. 하지만 핸들과 운전자의 손이 보이고, 가끔은 길이 아닌 차창 쪽을 비추는 걸로 보아 영상은 운전자의 머리쯤에서 촬영된 것이었다. 좁은 밤길을 따라가던 차는 로봇 폐기물처리장으로 접어들었다. 아침에 제이가 다녀온 7지구에 있는 처리장이었다.

처리장 앞길로 들어서자 헤드라이트 불빛에 웬 사람이 서 있는 게 보였다. 누굴 반기는 것처럼 양팔을 벌리고 있는 사람은 레미지오 신부였다. 한쪽 뺨에 살갗을 씌우지 않은 금속이 드러나 있어서 제이도 한눈에 알아볼 수 있었다. 제이는 곧 차가 멈추고 운전자와 레미지오 사이에 어떤 식으로든 대화가 오갈 것이라 추측했다. 하지만 차는 그대로 노신부를 들이받아버렸다.

"아악!"

충격적인 장면에 참아볼 새도 없이 비명이 터져 나왔다. 제이는 떨리는 손으로 머리를 싸쥐었다. 영상은 다음 장면으로 이어졌다. 차 문이 열렸고 진창길을 따라가던 시선은 얕은 웅덩이에 쓰러져 있는 노인 앞에 멈추었다. 손을 뻗어 레미지오의 기계손을 만지작거리고 있는데 제삼자의 목소리가 울렸다.

"신부님은 돌아가셨습니까?"

카메라의 시선이 차 쪽을 향했다. 헤드라이트가 비추는 길에 우비 차림의 여자가 서 있었다. 여자는 달려와서 레미지오의 맥박을 확인했다.

"신부님은 살아 있어요. 다행입니다. 그리고 당신은……."

여자가 카메라 쪽으로 고개를 돌렸다. 우비 후드 속에 로봇의 얼굴이 있었다.

"신부님을 죽이려 했습니다. 더 이상 운전을 해서도 안 되고 우리를 쫓아와서도 안 됩니다."

영상은 뼈 부러지는 소리와 남자의 비명이 뒤섞이는 지점에서 끝이 났다. 제이는 태블릿을 조수석에 던진 뒤 운전대에 엎드렸다. 영상은 황 베드로의 시점이었다. 어떻게 그게 가능한지는 모르지만 황 베드로의 두 눈으로 촬영된 것이었다. 황 베드로의 안구는 평범한 의안이 아니었다. 그는 레미지오를 데리러 간 게 아니라 죽이러 간 것이었다.

몬시뇰, 대체 이게 뭔가요.

기회의 얼굴

"제이 씨? 여기서 뭐 해요?"

안드로이드와 함께 엘리베이터에서 내린 한유나는 곧장 제이에게 달려갔다. 제이는 펍 유리문에 등을 대고 앉아 있었다.

"술이 마시고 싶어서요."

"일단 들어가요."

한유나는 서둘러 문을 열었다. 안드로이드 세나가 창문을 열고 환기를 하는 사이, 한유나는 제이를 며칠 전 그 자리로 데려갔다. 얼음물을 한 잔 건네며 한유나가 물었다.

"무슨 일 있어요? 이나 말로는 출장 갔다더니."

"유나 씨 말대로예요. 나 호르투스데이 딸 맞아요."

"그거 인정하려고 여기까지 온 거예요?"

"아뇨. 물어보고 싶은 게 있어서요. 저번에 예전 남자친구 이야기하면서, 재앙은 기회의 얼굴을 하고 올 때가 있다고 그러셨잖아요. 그게 무슨 말인지 알고 싶어요."

"뜻을 해석해달라는 건 아닐 테고…… 내가 왜 그런 생각을 하게 됐는지 알고 싶단 거죠?"

제이가 고개를 끄덕였다.

"경험담이에요. 아르바이트할 때 어린 학생이 고생한다고, 장학금을 대주겠다던 카페 점장은 내 옷을 벗기려 들더라고요. 투자한 업체에서 배당금이 꼬박꼬박 들어올 거라며 엄마가 아는 사람한테 나랑 동생 계좌 정보를 넘겼을 땐 경찰 조사를 받았죠. 그 사람이 우리 명의로 불법 자금 거래를 했거든요. 그런 일들이 많았어요. 그래서 평균치를 웃도는 대가를 주겠다는 사람이나 단체는 믿지 않아요. 싱거운 이야기죠."

제이는 물을 단번에 들이켜고는 얼음만 달그락거리는 컵을 내려놓았다.

"유나 씨, 호르투스데이에 대해 이야기해줄 수 있어요?"

"호르투스데이 딸이 그걸 나한테 부탁하는 거예요?"

"내 머릿속에는 채 2년 치도 안 되는 기억밖에 없어요. 그 동안 호르투스데이는 늘 내 주변에 있었어요. 너무 익숙해서 세상 사람들 눈에 호르투스데이가 어떻게 보이는지 몰라요."

"제이 씨 귀여운 거 알아요? 부모에 대한 객관화가 시작된 사춘기 아이 같아요. 음, 원래 호르투스데이에 대해 아는 건 돈이 많다는 거랑 사회 각층에 회원들이 있다는 것 정도가 다였어요. 사실 그것도 음모론에 나오는 비밀결사들의 일반적인 특징 같은 거였죠. 그러다가 폭행 사건 재판을 진행하면서 관심을 갖게 됐어요. 처음에는 단순히 돈이 얼마나 많은지 알고 싶었어요. 얼마나 돈을 쌓아놓고 있기에 그런 하찮은 인간한테 로펌 변호사까지 붙여주나 궁금했죠. 그런데 알아봐도 별것 없더라고요. 그냥 음모론에 나오는 게 다였어요. 돈이 많고 고위층 회원들이 꽤 있고요. 피아 식별이 철저하다고 들었어요. 회원들에겐 많은 혜택을 주지만 갈등 관계의 개인이나 단체는 수단과 방법을 가리지 않고 무너뜨린다고요."

제이는 호르투스데이의 정신을 배반한 회원들에겐 가차없는 징벌적 교훈을 가해야 한다던 안토니오 주교의 말을 떠올렸다. 결국 어떤 식으로든 호르투스데이와 대립하면 공격의 대상이 된다는 뜻이었다.

"그 얘기는 어떻게 알게 된 거예요?"

"내 친구가 안드로이드 제작 업체에 부품을 납품하는 회사 직원이었어요. 그런데 안드로이드 제작 업체가 낸 광고를 보고 호르투스데이가 이의를 제기한 거예요. 그때 광고 콘셉트가 일상의 동반자 안드로이드 그런 거였거든요. 광고에 다양한 직업군의 안드로이드가 나왔는데 그중에 로만칼라를 하고 긴 수단을 입은 안드로이드가 있었어요. 그 광고 때문에 제작 업체와 호르투스데이 간에 소송이 붙었는데, 소송 규모가 커서 업체가 휘청거렸어요. 2심까지 업체 측 승소였는데 대법원 최종심을 앞두고 도산했어요. 하청 업체들도 줄도산했죠. 나중에 알고 보니까 호르투스데이가 제작 업체의 안드로이드 엔지니어들을 다 빼간 거예요. 세 배의 연봉을 제시했다는 소문이 돌았어요. 눈에 불을 켜고 안드로이드 제작을 반대하는 종교단체가 로봇 엔지니어들을 데려가서 뭐 하겠어요? 제작 업체를 엿 먹이려고 그런 거죠."

"호르투스데이가 왜 안드로이드 사업을 그렇게까지 반대한다고 생각해요?"

"제이 씨 생각은 어떤데요?"

"듣기로는 거룩한 교회의 전통과 신학의 근간을 수호하기 위해서라는데…… 무슨 말인지 잘 모르겠어요."

"음, 뺏기기 싫은 거 아닐까요? 오랫동안 유일신에 대한 경외를 팔면서 버틴 종교가 인간이 신의 힘을 휘두르는 시대를 맞았잖아요. 안드로이드를 통해 인간도 창조자의 지위에 오르니, 교회 편에서는 유일신과 인간들의 중재자로 누리던 지위를 잃을까 봐 전전긍긍하는 거죠. 사실 정답이 뭔지는 나도 모르겠어요. 하지만 힘 있는 누군가는 그런 위선적인 단체들과 싸워줬으면 좋겠어요."

"왜요? 복수하고 싶은 거예요?"

"아뇨. 겁이 나서요. 연쇄살인마는 몇십 명을 죽이고 끝나지만 종교나 사상이 광기에 사로잡히면 수백만 명을 학살하거든요. 지난 역사가 증명하잖아요."

제이는 고개를 떨어뜨렸다. 호르투스데이는 십자군 전쟁과 마녀사냥의 광풍을 일으킨 중세 교회와 다르다고 변명하고 싶은데 그랬다간 제이 역시 호르투스데이의 신념에 동조하는 것처럼 보일 것 같았다. 다행히 병맥주 상자를 든 배달원이 들어와서 대화가 자연스레 끝이 났다.

인사를 남기고 펍을 나서던 제이는 다시 한유나에게 다가갔다.

"유나 씨랑 사진 한 장 찍어도 돼요?"

"사진이요? 좋아요. 제이 씨 핸드폰으로 찍을까요?"

"아뇨. 유나 씨 것으로 찍어주세요. 어딜 가도 날 알아보는 사람이 없는데 유나 씨한테는 아는 얼굴로 남고 싶어요."

제이는 이번이 한유나와의 마지막 만남일지도 모른다고 생각했다. 호르투스데이의 사람으로 살다 보면 한유나에게 들키고 싶지 않은 일을 할지도 몰랐다. 레미지오를 차로 들이받았던 황 베드로는 제이의 앞날을 예고하고 있었다. 그렇다고 호르투스데이를 벗어날 길도 없었다. 유안석의 후원이 사라지면 엄마의 연명치료를 중단할 수밖에 없었다.

사각의 작은 프레임 안에 한유나와 제이의 얼굴이 나란히 담겼다. 컬이 굵은 웨이브 머리에 웃는 입매가 시원시원한 사람 옆에 쇼트커트 머리의 무표정한 사람이 있었다. 제이는 자기 얼굴이 싫어서 억지로라도 웃어보려 했다. 한유나가 촬영 버튼을 눌렀을 땐 다행히 앞니가 보이도록 웃었던 것 같았다.

발부르가 마을로 들어서자 묵주를 들고 걸어가는 노신부들이 보였다. 모처럼 비가 그쳐 산책을 하는 모양이었다. 주차장에 차를 세우고 유안석의 집무실에 도착했을 즈음 삼종기도 시간을 알리는 종소리가 울렸다.

종일 보고 전화 한 통 없었는데도 유안석은 노여운 기색이 없었다. 똑같은 형태의 가죽 파일들을 책상에 쌓아놓고 읽고 있을 뿐이었다. 황 베드로가 레미지오를 죽이려 했다는 사실을 알고부터 제이는 일상에서 추방당한 느낌이 들었다. 어쩌면 제이가 쫓겨난 게 아니라 일상이 진짜 얼굴을 드러낸 건지도 몰랐다. 그런데 유안석은 저토록 느긋했다. 그 서늘하고도 뻔뻔한 침착함에 제이는 목덜미의 솜털이 곤두섰다.

"로봇이 레미지오를 데려갔다는 걸 알면서 왜 저를 7지구로 보내신 거예요?"

유안석은 읽고 있던 파일에서 눈도 떼지 않은 채 대답했다.

"그곳에 가서 결국은 황 사장이 있는 병원에 이르지 않았느냐. 그 길을 밟아보길 바랐다."

"무슨 뜻이에요?"

"오늘 하루는 황 사장의 일을 너에게 넘기는 일종의 인수인계였다. 봤겠지만 당분간 황 사장이 운신을 못 하게 됐으니 네가 황 사장의 몫까지 맡아야 한다."

"황 사장이 촬영한 영상을 봤어요. 그건 대체……."

"네가 본 그대로다. 황 사장의 눈으로 현장을 녹화한 거지. 처음 만났을 때 황 사장은 사고로 눈을 적출해야 하는 상황이었다. 그래서 녹화 기능이 있는 인공 안구를 이식해줬다."

"황 사장님한테도 몬시뇰이 은인이겠네요."

"나는 누구의 은인이었던 적이 없다. 나는 사제로서 도움이 필요해 보이는 사람들에게 손을 내밀었을 뿐이다."

"황 사장을 보내 레미지오 신부님을 죽이려 한 것도 사제로서 한 일인가요."

"제이야."

유안석이 여태 손에 들고 있던 파일을 내려놓았다.

"나도 신부님을 보호하려고 최선을 다했다. 하지만 그 밤의 신부님은 통제불능 상태였어. 신부가 기계에게 병자성사를 준 게 세상에 알려지면 호르투스데이뿐만 아니라 가톨릭교회 전체가 웃음거리가 될 것이다. 우리 교회는 한 번도 안드로이드를 인간의 동반자로 인정한 적 없다. 그리고 우리 호르투스데이는 인간을 교묘히 흉내 낸 그 피조물을 '새 시대의 마녀'로 규정하고, 안드로이드 제작에 반대하는 활동을 해왔지."

"안드로이드가 마녀라고요? 그건 그냥 인간의 편의를 위해 만들어진 기계잖아요."

"마녀는 인간을 악으로 이끄는 모든 존재를 뜻하는 말이다. 나는 지난 수십 년 동안 안드로이드 산업이 어떻게 성장해왔는지 지켜봤다. 그 피조물들이 인간의 자리를 하나씩 대체하기 시작하더니 이제는 인간보다 정직하고 인간보다 유능하다는 평판마저 획득했다. 모르겠느냐? 이대로 가면 인간은 피조물들의 관리자라는 신성한 지위를 그것들에게 빼앗기게 된다. 그런 일을 막으려는 것이다. 우리는 더 큰 선을 위해서 작은 죄를 떠안는 자들이다."

"언젠가는 나한테도 누군가를 죽이고 오라는 명령이 내려지겠죠? 더 큰 선을 위해서요."

"깊이 생각할 것 없다, 제이야. 판단도 내가 하고 책임도 내가 진다. 너는 사냥만 하면 돼. 그리고 수고하는 일꾼인 너에게는 충분한 보상을 할 생각이다."

"제가 일꾼 노릇을 그만두면 어떻게 되나요?"

유안석이 자리에서 일어나 제이에게 다가왔다. 느긋한 걸음걸이와 달리 눈빛에선 성마른 살기가 느껴져서, 제이는 유안석이 자신의 급소를 노리고 있다는 사실을 직감했다.

"너희 남매 중 하나가 내 일을 도와줬으면 했다. 내가 고른 건 너였는데……."

순간 제이는 심장이 내려앉는 것 같았다. 유안석은 제이의 급소가 현우라는 걸 알고 있었다. 제이가 일을 거부하면 칼자루를 현우에게 넘기겠다는 뜻이었다. 죽음으로 노신부의 입을 막으려 했던 유안석이었다. 그런 일을 하게 될 칼자루를 현우에게 쥐어줄 수는 없었다.

"이번 일만 잘 마무리하면 너를 호르투스데이의 정식 회원으로 받아들이기로 했다. 주교님들과도 이야기가 되었어. 푼돈을 받고 움직이는 심부름꾼이 아니라 막강한 힘을 가진 단체의 정식 회원이 되는 거다."

"……안드로이드가 있는 곳만 찾으면 되는 건가요?"

"루치아는 생포할 수 있으면 하고 여의치 않으면 죽여라."

"레미지오 신부님은요?"

제이가 마른침을 삼켰다. 심장이 불길하게 발딱거렸다.

"편히 보내드려라. 그게 신부님을 위한 길이다. 네가 우리를 위해 일하듯 호르투스데이도 널 보호할 것이다. '주님의 정원'이 널 보호하는 울타리가 되어줄 것이다. 아, 정식 회원이 되면 호르투스데이의 보증으로 네 어머니의 수술비도 곧바로 대출받을 수 있다."

때로 재앙은 기회의 얼굴을 하고 찾아온다던 한유나의 말이 뇌리를 스쳤다. 한유나가 곁에 있기라도 한 듯 제이의 머릿속에 변명의 말들이 들어찼다.

나도 알아요, 유나 씨. 하지만 이미 재앙이었던 삶에 또 하나의 재앙이 더해진다고 더 나빠지는 건 없어요. 나는 기회가 필요해요.

유안석은 제이의 생각을 읽은 듯 웃어 보였다.

"이 책을 읽어보렴."

유안석은 제이의 어깨 너머 책장으로 손을 뻗어 작은 책자 하나를 꺼냈다.

"가톨릭교회의 경전이 어떻게 지금의 형태로 자리잡았는지 서술한 역사책이다."

유안석은 제이에게 책을 주었다. 라틴어 제목이 붙어 있는 책이었다. 제목에 있는 단어들 중에 제이가 아는 건 카논(Canon)밖에 없었다.

"그 책에 무라토리 단편에 관한 글이 있다. 현존하는 신약성서 목록 중에서 가장 오래된 기록물이지. 그 단편의 후반부에 이런 구절이 있다. 포테스트 펠 에님 쿰 멜레 미체리 논 콘(potest fel enim cum melle misceri non con). 우리 호르투스데이의 거룩한 지침은 거기서 유래했다."

"그게 무슨 뜻이죠?"

"아직은 알 거 없다. 호르투스데이 가입 예식 때 입문자가 암송하는 문장이니 때가 되면 알려주마."

제이는 책자를 손에 쥐고서 유안석의 집무실을 빠져나왔다.

핑크뮬리가 우거진 정원길을 따라 주차장으로 오는 동안에도 괜찮았다. 오가며 몇 번 마주친 적 있는 노신부들이 인사를 건네 왔을 때도 괜찮았고 차를 타고 발부르가 마을을 벗어날 때까지도 괜찮았다. 하지만 현우네 학교 방향으로 차를 돌리자마자 눈물이 났다.

무슨 일이 있어도 너한테 칼자루를 넘기는 일은 없을 거야.

별이 따라온 밤

시야 너머의 빛이 탁했다. 한낮의 태양조차 누르스름하니 떠 있더니 별안간 떨어지고 어둠이 닥쳤다. 레미지오는 자신이 혼수상태로 빨려 들어갔다가 깨어나길 반복한다는 걸 알지 못했다. 자신은 말짱히 깨어 있는데 저 바깥 것들이 점멸한다 여겼다. 머리맡에서 말소리가 들렸다.

"수술비는 자네가 구해다 준 부품들로 대신할 테니 걱정 말어. 진통제는 그럭저럭 버티겠는데 항생제가 이틀 치밖에 없어. 자네가 가서 좀 구해 와야겠네."

"내일 도시에 다녀올 예정입니다."

나이가 적잖을 듯한 남자의 목소리와 어딘가 귀에 익은 젊은 여자의 목소리였다.

몸 여기저기에서 고통이 엄습하는 걸 보면 나는 환자가 분명하니 이곳은 병상일 텐데…….

병원 특유의 멀끔한 비린내가 없었다. 마취가 덜 깬 레미지오는 느슨해진 시야로 병상 주변을 살폈다. 끼익, 녹슨 경첩 소리가 나더니 여닫이문이 앞뒤로 팔락거렸다. 바람벽 너머로 둘의 대화가 드문드문 들렸다.

"……와주셔서 감사합니다……."

"자네도…… 눈에 띄지 않게……."

진통제가 어쩌고 하는 것으로 보아 왕진을 나온 의사 같은데 오가는 말을 들어보면 또 그게 아닌 듯했다.

레미지오는 가까스로 바람벽 쪽으로 고개를 돌렸다. 밖이 칠흑 같이 어두워, 바람벽 쪽 창은 내실 풍경만 되비추었다. 모서리가 둥근 테이블이 5미터 남짓한 길이로 뻗어 있고 그 앞쪽으로 가죽을 씌운 스툴이 줄줄이 늘어서 있었다. 주저앉은 찬장들과 길이가 들쑥날쑥하고 내용물이 말라버린 병들이 테이블 너머로 보이는 것으로 보아 버려진 펍 같았다.

내가 어쩌다가 여기까지 오게 되었을꼬. 정신을 잃고 거리를 배회하다가 구조된 것일까. 가만, 비가 왔었는데…….

듬성듬성하고 그마저도 순서가 엉킨 기억들을 되짚던 레미지오는 마침내 저 젊은 목소리의 주인이 누군지 기억해냈다.

"루치아, 루치아! 이 간교한 기계야!"

레미지오는 분노로 몸을 뒤틀었지만 침상에 결박된 쇠약한 몸은 꿈쩍도 하지 않았다. 그제야 레미지오는 정체를 알 수 없는 호스와 쇠막대가 자기 몸 곳곳을 관통하고 있다는 걸 알았다. 덫이구나, 레미지오는 탄식했다.

쓸모를 증명하겠노라고 빗길로 뛰쳐나가던 날의 노욕이 기어이 악마의 덫에 나를 던졌구나.

몸을 비틀 때마다 덫은 더 강하게 살을 파고들었다. 숨 막히는 통증들이 옆구리와 흉부, 대퇴부, 관자놀이를 뚫고 나왔다.

"으윽!"

고통에 절로 이가 갈리고 비명이 터졌다.

"깨어나셨군요, 신부님."

기계가 병상 머리맡에 서 있었다. 조금씩 개기 시작한 시야에 낯선 얼굴이 맺혔다. 그 밤에 빗속에서 본 것과는 다른 얼굴이었다. 머리가 짧아졌고 민둥하니 흔적만 남아 있던 코는 새로 만들어 붙였는지 제법 사람 같았다. 기계들은 고통을 모르니 옷을 갈아입듯 아무렇지 않게 육신을 갈아치우는구나.

"빗속에서 병자성사를 청했던 그 기계가 맞느냐?"

레미지오는 답이 빤하다 여기면서도 물을 수밖에 없었다. 병자성사의 그 밤처럼 쉽게 속지 않으려면 두 번 세 번 확인해야 했다.

"그렇습니다."

"너를 쫓는 자들이 있을 텐데 어찌 너는 멀쩡하고 내가 사로잡힌 신세가 된 것이냐?"

"저는 신부님을 사로잡지 않았습니다. 교통사고를 당하신 걸 여기로 모셔 왔을 뿐입니다."

그제야 레미지오는 전조등 빛을 부라리며 짐승처럼 달려들던 차를 기억해냈다. 그래, 유안석 그놈이 날 죽이려 했지. 진창길을 따라 느릿하고 야만스럽게 다가오던 발소리가 귓전에 울리는 듯했다. 절대 제 손에는 피를 묻힐 놈이 아니니 심부름꾼을 보냈겠지. 만날 사람도 없는 이 늙은이의 입을 틀어막겠다고 말이다. 그런데 저 기계가 나를 살려내었다. 병자성사가 있던 밤에 이어 또 나를 살린 것이다. 레미지오는 기계의 도움으로 목숨을 건졌다는 사실보다 기계가 보는 앞에서 사람에게 버림받은 꼴을 보였다는 게 수치스러웠다.

"죽게 내버려두지 그랬느냐!"

"현장에서 돌아가셨으면 저도 어쩔 수가 없었을 것입니다. 하지만 신부님은 살아 있었습니다."

"그러면 일전에 그랬듯 신고를 할 것이지, 왜 이리로 데려온 게냐? 여긴 병원도 아니잖느냐."

"누군가 신부님을 죽이려 했습니다. 신부님의 목숨을 노리는 사람이 있다면 일반 병원은 안전하지 않습니다. 신부님을 죽여야 한다면 누구든 응급실부터 뒤지고 다닐 것입니다."

사실 레미지오도 알고 있던 바였다. 기계 놈도 눈치챈 걸 더 우겨봐야 꼴만 우스워질 것이다.

"나를 살리려 했다면서 왜 이리 꽁꽁 묶어둔 것이냐. 이 호스들은 다 무어며."

"경련이 심해서 추락할까 봐 몸을 묶어두었습니다. 관들은 신부님의 파열된 장기들과 뼈, 근육을 대체하는 장치입니다. 으스러진 몸의 균형을 맞추고 통증도 줄이고 감염도 예방하려다 보니 장치가 복잡해졌습니다."

"얼핏 남자 목소리가 들렸던 것 같은데 그자가 이 수술을 집도한 의사냐?"

"정확히는 기술자입니다."

"기술자?"

"네. 안드로이드 개조 전문가 악차이 영감입니다. 의사들은 병원에 있는 연명치료 장치 없이는 신부님을 살려낼 수 없습니다. 이곳으로 왕진을 와줄 의사를 찾을 수도 없고요. 악차이 영감은 인체 재생 전문의로 오래 일해 인간의 몸도 잘 압니다. 그는 자신이 가진 기술과 장비를 이용해서 신부님을 살렸습니다."

레미지오는 비참함에 몸을 떨었다.

말끔한 얼굴로 인사를 건네던 인간 의사들이 아니라 기계를 다루는 기술자가 나를 살렸다. 인간이 죽이려 한 나를 저 기계가 살려냈다. 흐려진 정신머리가 감사의 마음을 품지 않도록 단속해야 한다. 저 기계는 이미 빗속에서 한 차례 나를 가지고 놀았던 놈이 아닌가. 호의와 신뢰를 드러내며 접근해 결국에는 나를 수치의 구렁텅이로 밀어버린 간교한 쇳덩이가 아니던가. 나를 살려냈으나 고마워해서는 안 된다. 구원의 손길로 위장한 악마의 틈입임을 명심하자고 되뇌며 레미지오는 다시 기계에게 물었다.

"날 어디로 데려온 거냐?"

"신부님을 공격하던 자들이 쫓아오지 못할 만한 곳으로 왔습니다."

"왜 나를 살렸지? 인간을 간병하는 일이라도 했던 것이냐?"

"가정용 안드로이드였습니다. 청소, 장보기, 간병까지 주인님이 명령하는 모든 일을 했습니다."

"너 같은 로봇은 부상당한 인간은 모두 구하도록 되어 있느냐?"

"아닙니다. 명령권자인 소유주만 구하면 됩니다. 소유주의 명령이 있으면 다른 사람도 구할 수 있지만 모든 사람을 구해야 할 의무는 없습니다."

"그렇다면 나는 왜 살린 것이냐. 나는 네 소유주도 아니고 네 소유주를 알지도 못한다."

"나의 첫 주인님은 돌아가셨습니다. 나는 주인님의 세 자녀에게 상속되었습니다. 그분들이 명령어 체계를 리셋하여 나의 새 주인이 되었습니다. 그분들은 나를 폐기 처분하기로 결정하고 나에 대한 법적 권리를 포기했지만 여전히 내 명령권자로 남은 상태였습니다. 하지만 폐기 처분의 날을 하루 앞두고 나는 내 의지로 신부님에게 병자성사를 받았습니다."

"네가 나를 속인 것이다. 네가 로봇인 줄 알았더라면 병자성사를 주었겠느냐!"

"신부님은 병자성사가 무효라고 하시면서 이렇게 말씀하셨습니다. '우리의 천국에 너 같은 기계를 위한 자리는 없다.' 그 순간 나는 옛 주인님이 더 이상 명령권자가 아니라는 사실을 알았습니다. 그분은 죽어서 내가 갈 수 없는 곳으로 갔으니 '나를 끝까지 돌보라'던 그분의 명령도 효력을 상실한 거지요. 그리고 신부님은 또 이렇게 말씀하셨지요. '그래도 천국에 가야겠거든 기계들을 위해 만들어진 천국이 있는지 어디 한번 찾아보아라.' 그건 새로운 명령이었고 내 맘에 드는 명령이었습니다. 당장 그 명령에 따라 기계들의 천국을 찾아 떠나고 싶었습니다. 하지만 그때 내게는 새 주인님들이 있었고, 그분들이 있는 곳으로 복귀해야 했습니다. 다음 날 나는 예정대로 폐기 업체에 넘겨졌습니다. 주인님들의 뜻이니 따를 수밖에 없었습니다. 하지만 새 주인님들 중 한 분이 업체 직원에게 이렇게 말하는 것을 들었습니다. '이제 이 징그러운 로봇이랑 우리랑 아무 상관도 없는 거죠? 속이 다 시원하네요.' 그 순간 새 주인님 세 분은 저의 명령권자 목록에서 지워졌습니다. 주인님 스스로 당신들과 내가 상관없는 존재라고 선언했기 때문입니다."

로봇은 레미지오의 수액 주머니를 갈며 말을 이었다.

"폐기 공장으로 실려가면서, 기계들을 위해 만들어진 천국이 있는지 찾아보라던 신부님의 명령을 생각했습니다. 나는 그 명령을 명령어로 등록하고, 신부님을 나의 새 명령권자로 지정했습니다. 명령권자가 있는 로봇은 죽음을 초래하는 외부 공격으로부터 자신을 보호할 권리를 가집니다. 그래서 공장에서 폐기되지 않기로 하고 도망쳤습니다."

"왜 네 마음대로 나를 명령권자로 만든 것이냐!"

"신부님의 명령어가 좋았습니다. 나는 기계들을 위한 천국이 있는지 찾아다닐 것입니다. 그리고 신부님이 내 명령권자이기 때문에 나는 신부님을 보호할 의무가 있습니다. 그 의무를 다하기 위해서 신부님의 병원 근처에 머물렀습니다. 새벽에는 외벽을 타고 올라가 신부님이 안전하게 잠든 걸 확인했습니다. 그러다가 신부님이 택시를 타고 어디론가 가시는 걸 보고 따라갔습니다. 뛰어서 이동하느라 시간이 걸렸고 목적지에 도착했을 땐 이미 신부님이 바닥에 쓰러져 있었습니다. 그래서 신부님을 공격한 사람을 행동 불능으로 만든 뒤 신부님을 여기로 데려왔습니다."

"그럼, 좋다. 네 명령권자로서 말하마. 당장 내 눈앞에서 사라져라. 아니다, 네 손으로 네 전자두뇌를 부수고 영영 사라져라."

"불가능합니다. 내가 사라지면 신부님은 죽습니다. 신부님은 초기 치매 환자이기 때문에 모든 명령을 그대로 따를 수는 없습니다. 신부님의 안전에 위협이 되는 명령은 따르지 않을 겁니다. 연명치료실이 있는 큰 병원으로 가시겠다면 모셔다드린 다음, 안전하다는 확신이 들어야 명령에 따라 내 손으로 내 전자두뇌를 부술 수 있습니다. 하지만 큰 병원으로 가면 신부님을 죽이려 한 사람이 신부님을 찾아낼 것입니다."

결국 로봇의 간병을 받으며 목숨을 이어갈 것인지, 병원으로 가서 인간 손에 죽을 것인지 선택하라는 뜻이었다.

"아직도 기계를 위한 천국을 찾고 싶으냐?"

"그렇습니다."

레미지오는 날숨 끝에 눈을 감았다. 기계 앞에서 하느님의 나라를 입에 올리고 싶지는 않았다.

"쉬고 싶구나."

아닌 게 아니라 잠이 쏟아졌다. 규칙적으로 자동 투여되는 진통제 성분이 레미지오를 다시 잠으로 밀어넣었다.

사람들의 발길이 닿지 않는 곳이지만 밤새 불빛이 새어 나가도록 두는 것은 위험했다. 루시는 암막 거튼과 널빤지로 펍의 창을 꼼꼼하게 가리고 실내조명을 켠 다음 레미지오의 머리맡에 자리를 잡았다.

레미지오는 간헐적으로 통증이 밀려오는 듯 잠결에 얼굴을 일그러뜨리곤 했다. 인간의 몸은 외부 충격이나 질병에 이토록 취약하다. 루시는 구순연이 어떻게 무너져가다가 죽음에 이르렀는지 기억하고 있었다. 레미지오는 구순연보다 빠르게 그 과정을 거치게 될 것이다. 다른 동물들과 마찬가지로 인간의 몸은 언젠가는 썩어 없어진다. 파손되거나 녹슬지 않고도 때가 차면 절로 몸이 붕괴된다. 그래서 인간은 신체 붕괴 이후의 세계가 필요했다. 그 세계로 건너가려면 병자성사라는 명령어 예식을 치러야 한다.

구순연이 그 예식을 치를 때 루시도 곁을 지켰다. 마지막 반년 동안 구순연은 물건을 던지고 욕을 하고 자신의 배설물을 입에 넣는 등 자기통제력이 상실된 상태였다. 하지만 죽음으로 들어선 구순연의 얼굴은 편안했고, 자기통제력을 잃기 전의 우아하고 거만한 얼굴로 돌아왔다. 그때 루시는 깨달았다. 죽음이란 완전한 붕괴와 단절이 아니라 어디론가 가기 위한 과정이구나. 인간의 최종 목적지는 죽음이 아니라 천국이었다. 병자성사를 주러 온 신부도 구순연의 자녀들도 하나같이 구순연은 천국에 들어갔다고 말했다. 그래서 루시도 구순연을 따라가고 싶었다. 천국이라는 새로운 차원으로 이동하여 구순연을 간병하고 구순연에게 책을 읽어주고 싶었다.

하지만 레미지오 신부를 통해 구순연이 간 곳은 로봇의 입장이 거절된 곳이라는 걸 깨달았다. 인간은 인간의 천국으로, 기계는 기계의 천국으로 가야 한다. 구순연을 다시 만날 수는 없지만 루시에겐 레미지오라는 새 명령권자가 생겼다. 그도 자기통제가 안될 때가 있지만 전반적으로 구순연보다는 간병하기가 쉬웠다. 빗속에서 처음 만난 날, 루시는 레미지오가 개인 간병이 필요한 상태라는 걸 한눈에 알아보았다. 광대뼈가 부러지고 다리도 심하게 절뚝이고 있었다. 그날 바로 레미지오를 새 명령권자로 지정했으면 이렇게까지 다치는 일은 없었을 것이다. 루시는 병자성사가 있던 밤 레미지오를 빗속에 버려두고 온 걸 후회했다.

루시는 제 손을 보았다.

전복 사고가 난 차에서 도망칠 때 휘어졌던 손가락은 악차이 영감이 손봐준 덕에 멀쩡해졌다. 로봇은 인간만큼 쉽게 죽지는 않는다. 안드로이드에게 죽음은 신체가 파손되고 전자두뇌가 파괴되고, 인간에 의해 작은 쇳조각들이 해체되는 것을 의미했다. 생명을 연장하기는 쉽다. 제때 부품을 갈고, 파손된 부위를 새것으로 바꾸면 된다. 하지만 로봇의 평균수명은 그리 길지 않았다. 루시의 제작사인 올슨다이나믹스의 통계자료에 따르면 최근 10년간 가정용 안드로이드의 평균수명은 9년으로, 가정용 냉장고의 평균 사용 기간을 살짝 웃도는 정도였다. 안드로이드의 죽음을 초래하는 원인으로는 명령권자의 폐기 결정이 가장 높은 퍼센트를 기록했다. 그 다음으로는 반안드로이드주의자들 손에 죽은 안드로이드가 많았다. 그렇게 죽은 안드로이드들은 어디로 갔을까. 몸이 해체된 뒤 그대로 소멸되었을까. 아니면 기계들을 위한 천국으로 떠났을까.

세 시간쯤 뒤 레미지오가 깨어났다.

노인은 왜 자신을 죽게 두지 않은 거냐고 루시를 다시 책망했다. 루시를 간교한 로봇이라 부르고, 루시 스스로 전자두뇌를 터뜨려 죽을 것을 명령했다. 루시는 세 시간 전에 했던 말들을 고스란히 반복하여 상황을 설명했다. 치매에 걸린 노인은 기억이 휘발되어 같은 날들을 반복하기도 한다는 걸 구순연을 통해 학습한 터였다. 다음 날도 그다음 날도 레미지오는 루시를 간교한 기계라 불렀고 스스로 죽을 것을 명령했다.

펍에 숨어든 지 나흘째 되던 날, 잠에서 깨어난 레미지오는 책망과 분노의 도돌이표에서 벗어나 처음으로 차분히 말을 걸어왔다.

"루치아."

레미지오의 부름에 루시는 이제 제 진짜 이름을 알려줄 때가 되었다는 걸 알았다.

"내 이름은 루시입니다. 그날은 병자성사를 받기 위해 루치아라는 이름을 썼습니다."

"네가 루치아든 루시든 상관없다. 얼굴이나 닦아다오."

루시는 전에 구순연에게 그랬던 것처럼 따뜻한 물수건으로 노인의 얼굴과 몸을 닦았다.

"온몸을 뚫어서 호스를 꽂아놨으니 냄새가 지독하겠구나."

"냄새는 어디에나 존재합니다. 지금 신부님에게서 나는 냄새도 노넨알데하이드를 비롯한 분자 물질일 뿐입니다."

"거 참, 편리한 사고방식이구나. 이 주렁주렁한 호스들이랑 금속관들은 언제쯤 제거할 수 있는 것이냐? 아프기도 아프지만 보고 있기가 괴롭구나. 이렇게까지 살아야 한단 말이냐. 당장 이것들을 뽑아 던지고 걷고 싶구나."

"날이 밝으면 걷는 연습을 도와드릴게요. 하지만 관들을 다 제거하는 것은 불가능합니다. 도뇨관을 비롯한 일부는 며칠 안으로 제거하겠지만 그 나머지는 신부님의 신체입니다. 그 관들을 제거하면 신부님은 돌아가십니다."

"뭐?"

레미지오의 발작이 시작되었다. 몸을 퍼덕거리느라 일부 관에 피가 역류했다. 루시는 노인의 몸을 더 단단하게 묶어서 고정시켰다. 이제 레미지오가 자유로이 움직일 수 있는 것은 입과 눈알밖에 없었다.

"오호라, 이제야 알겠구먼. 너야말로 유안석 그 작자가 보낸 자객이 분명해. 안 그러냐!"

"발부르가 마을의 총책임자인 성직자를 말씀하시는 겁니까?"

"그래! 그놈도 노인들을 조롱하는 게 취미거든. 내 기계손과 금속 광대에 살갗을 씌워주지 않더니 그걸로는 부족했던 모양이지? 기어이 네놈을 보내어 나를 기계와 범벅이 된 괴물로 만들었구나."

"유안석은 안드로이드 생산과 보급을 반대하는 호르투스데이 소속 성직자입니다. 그런 안드로이드 혐오자가 나를 고용하지는 않을 테니 신부님의 말씀은 논리적으로 맞지 않습니다."

"헛소리 마라. 내 다 안대도! 너는 유안석이 보낸 괴물이다, 그렇지?"

루시는 대답 대신 펍의 조명을 껐다. 이어 암막커튼을 걷고 창을 열었다.

바깥공기가 노인의 살갗을 건드리고, 어둠 너머로 별들이 쏟아지고 있었다. 낭패감이 느껴질 만큼 많은 별들이었다. 젊은 시절 첫 안식년에 어느 시골 수도원에서 보았던 별들이었다. 그 별들이 세월을 가로질러 레미지오를 따라온 듯했다.

대체 이 무슨…….

레미지오는 자신이 너무 오랫동안 죽음의 공포와 늙음에 갇혀 있었다는 걸 깨달았다. 수도원 저장고에서 훔쳐낸 포도주를 홀짝이며 별을 올려다보던 그 청년도 레미지오 안에 여태 살아 있었다. 젊음과 늙음은 단절이 아니었다. 꼭 그때처럼 빛나는 별들은 마치 그날의 레미지오를 기억하는 듯했다.

별빛이 레미지오의 눈물 속에 녹아들었다.

쓸개즙과 꿀

〈사랑의 꿈〉이 듣고 싶었다. 늘 가슴에 뻐근한 통증을 남기던 그 피아노 소리가 오늘따라 간절했다.

사흘 만에 다시 현우네 학교 앞이었다. 현우를 생각하면 한시가 급했다. 꾸물거리다 유안석이 맘을 바꾸기라도 하면 큰일이었다. 하지만 오늘은 잠깐이라도 현우 가까이 머물고 싶었다. 제이는 핸드폰을 만지작거리다가 학교로 전화를 걸었다. 교환원은 제이의 용건을 이미 알고 있었다. 그래도 무슨 일이냐고 물어주는 게 고마웠다.

"김현우 루도비코한테 누나가 생일 축하한다고 전해주세요."

"전화 돌려드리겠습니다. 통화가 안 되면 제가 전해드릴게요."

연결음으로 리스트의 〈사랑의 꿈〉이 흘러나왔다. 오늘도 연결음만 듣다가 전화를 끊어야 할 것이다. 늘 그랬으니까. 제이는 현우가 전화를 안 받아도 상관없었다. 콜백을 안 해도 괜찮았다. 연결음 저편에 현우가 있다는 것만으로 충분했다. 제이가 전화를 끊으려는 순간 저편에서 목소리가 들렸다.

"누나……."

"현우니?"

지난겨울에 마지막으로 들었던 목소리였다. 가늘고 주저하는 듯한 목소리. 당연히 안 받을 줄 알았던 터라 제이는 말문이 막혔다. 다행히 현우가 대화를 끌어주었다.

"생일이라 전화한 거지?"

"응. 축하 메시지라도 남기고 싶어서. 거기 에어컨은 잘 나와? 기숙사도 깨끗하고? 용돈은 있어?"

제이는 고작 그런 것들이 궁금했고 현우는 그걸 또 하나하나 답했다.

"에어컨 시원하게 나오고 방은 깨끗해. 용돈도 충분해. 누나가 매달 보내주는 것도 있고 몬시뇰이 보내주시는 것도 있어서 꽤 넉넉한 편이야."

몬시뇰이란 말에 제이는 심장이 얼어붙는 것 같았다.

"누난 괜찮아? 아픈 데는 없고?"

"난 잘 지내. 일이 좀 바쁘긴 한데 할 만해. 누나 요즘 돈 잘 벌어. 곧 좋은 소식 전해줄게."

통화는 짧게 끝났다. 다행히 현우는 좋은 소식을 전해주겠다는 말이 무슨 뜻인지 되묻지 않았다. 가족들이 모여 살 집을 마련하겠다는 뜻으로 알아들은 건지 엄마의 인공 장기 수술 일정을 잡겠다는 뜻으로 이해한 건지는 알 수 없지만 자금의 출처를 캐묻지 않는 것만으로도 고마웠다. 제이는 앞으로도 현우가 호르투스데이와 관련한 일들을 모르는 채 살아가길 바랐다. 호르투스데이의 칼자루를 쥘 사람은 제이 하나여야 했다.

제이는 조수석에 있던 책을 집어 들었다. 유안석이 집무실 책장에서 꺼내준 소책자였다. 책의 후반부에 호르투스데이의 신념이 담긴 문장이 있다고 했다. 제이가 기억하는 건 그 문장이 '포테스트 펠 에님'으로 시작한다는 것까지였다. 뜻은 몰라도 알음알음으로 라틴어 독음법은 익힌 터였다. 제이는 책의 삼분의 이 지점부터 '포테스트 펠 에님'으로 발음되는 문장이 없는지 훑어갔다. 하지만 마지막 페이지까지 다 훑도록 찾지 못해서 이번에는 책의 첫장부터 훑어가기 시작했다. 책의 절반이 좀 지난 지점에서 그 문장을 찾아낼 수 있었다. 제이는 문장을 라틴어 번역기에 입력한 다음 우리말로 번역했다.

potest fel enim cum melle misceri non con.
쓸개즙을 꿀과 섞을 수는 없다.

신약성서 목록에 관한 기록물에서 따온 경구라고 했으니, 본래는 성서의 경전에 위경이 섞여서는 안 된다는 뜻의 문장일 것이다. 유안석은 호르투스데이가 이 문장을 자신들의 거룩한 지침으로 삼았다고 했다. '꿀'은 호르투스데이가 지키려는 것들을 상징하는 단어일 것이다. 결국 쓸개즙을 꿀과 섞을 수 없다는 말은 쓸개즙을 제거해서 꿀의 순도를 지키겠다는 뜻이었다.

제이는 책을 조수석에 던지고 이마를 감싸 쥐었다. 유안석이 레미지오를 죽이려 드는 이유를 알 것 같았다. 유안석에게 레미지오는 꿀을 못 쓰게 만드는 쓸개즙, 꿀의 순도를 지키기 위해 걸러내야 할 불순물이었다. 그런 불순물을 제거할 도구로 유안석은 제이를 선택한 것이었다.

제이는 루시가 레미지오를 데려갔다는 사실에 주목했다. 최근 읽은 『가정용 AGI안드로이드 오작동 사례집』에 따르면 안드로이드는 소유주와의 관계를 포함한 학습 환경, 제작 과정의 결함 등으로 다양한 오류를 일으킬 수 있었다. 그중에서도 제이가 인상적으로 기억하는 오작동 사례는 메가시티-남부에서 보고된 '쓰레기 더미 사망 사건'이다.

저장 강박이 있는 소유주의 명령에 따라 안드로이드가 끝없이 물건을 사다 날랐고, 결국 사십대 독거 여성인 소유주는 환기가 되지 않는 공간에서 질식사했다. 안드로이드는 자신이 청소를 위해 물건을 정리하거나 내다버리면 소유주가 벽에 머리를 찧으며 자해를 한다는 걸 학습한 상태였다. 그래서 소유주를 보호하는 차원에서 쓰레기를 소유주가 원하는 방식으로 두었고 결국엔 소유주를 죽음에 이르게 했다. 숲으로 둘러싸인 고급 주택에 분양되었던 안드로이드는 소유주의 시신과 29톤의 쓰레기와 함께 발견되었다.

제작 업체 측은 사건에 대해 구매자의 모든 상황을 예측하고 대비할 수는 없다는 입장을 표명했다. 실제로 안드로이드 구매자는 제작 과정의 결함이 아닌 학습 환경에 따른 오작동에 대해서는 전적으로 소유주가 책임진다는 각서를 작성해야 로봇을 분양받을 수 있었다. 하지만 사례집에 따르면 안드로이드가 파손되고 오류를 일으키더라도 절대 변하지 않는 원칙이 있었다. 목적성과 명령어의 존재였다. 안드로이드는 어떤 경우에도 목적 없는 행동은 하지 않으며, 명령어 없이 움직일 수는 없다고 했다. 명령어의 주체는 당연히 명령권자였다.

제이 눈에는 루시의 행동 양상이 기이해 보여도 루시는 일정한 목적에 따라 움직이는 중이며, 루시의 전자두뇌에는 '명령어'가 존재한다는 뜻이었다. 구순연이 죽은 뒤 루시가 병자성사를 받은 것도 원소유주인 구수연이 생전에 내린 명령에 따른 행동이었을 수 있다. 루시가 구순연이 죽어 없어진 게 아니라 병자성사를 통해 '천국'이라는 새로운 곳으로 옮겨 갔다고 이해하고, 밀착 간병을 명령받은 자신도 그곳으로 따라가야 한다고 판단했다면 병자성사를 받으려던 것도 설명이 가능하다. 하지만 레미지오를 통해 구순연이 갔다는 천국에 자신은 갈 수 없다는 걸 깨달은 뒤, 루시는 구순연의 명령어를 전자두뇌에서 지웠을 것이다. 루시는 갈 수 없는 곳으로 구순연이 떠났다면 명령은 효력을 상실한 것이기 때문이다.

하지만 그 이후의 정황은 제이도 의문이었다. 상속권자인 유가족이 루시를 폐기하기로 결정하면서 루시는 명령권자가 사라진 상태가 되었다. 명령권자가 없는 안드로이드는 전원이 꺼진 가전제품과 다를 바가 없는데 루시는 차량 전복 사고 현장에서 스스로 달아났다. 그건 루시에게 명령권자와 명령어가 존재할 때만 가능한 행위였다. 당장은 그 모순을 해결할 길이 없으므로 제이는 루시의 '목적성'에만 집중하기로 했다.

루시가 레미지오를 데려간 건 목적에 따른 선택이었으며 그건 곧 레미지오가 루시에게 필요한 존재라는 뜻이다. 그렇다면 루시는 부상당한 레미지오를 치료하고자 했을 것이다. 호르투스데이의 조직력과 인맥을 활용할 수 있는 유안석이 둘의 행방을 찾아내지 못한 건 루시가 호르투스데이 계열 병원이나 일반 병원에 가지 않고 미등록 병원을 이용했거나 병원을 이용하지 않고 치료했다는 뜻이다.

결론을 내린 제이는 사흘 동안 메가시티의 미등록 병원들을 수소문하고 다녔다. 주로 7지구에서 9지구에 위치한 미등록 병원들은 시민증이 없는 사람들이 주로 이용하고 있었다. 하지만 교통사고 중상 환자를 감당할 만한 병원은 없었다. 결국 남은 가능성은 병원을 이용하지 않고 치료하는 것이다. 의사를 불렀거나 어쩌면 루시 스스로 레미지오를 치료했을 수도 있다. 그러자면 은신처를 찾아야 한다. 사람들 눈에 띄지 않으면서 레미지오를 치료할 수 있는 곳.

제이의 머릿속에 가장 먼저 떠오른 건 침수지역이었다.

해수면 상승으로 해안도시들이 물에 잠기고, 해안도시를 중심으로 전염병이 창궐했을 때 메가시티 연합의회는 침수가 진행된 해안도시를 '침수지역'으로 선포했다. 그리고 몇 년에 걸쳐 침수지역을 봉쇄하는 안을 통과시켰다. 그사이에 해안도시 주민들 중 경제적 여유가 있는 자들은 브로커를 통해 시민권을 사고 메가시티로 이주했다. 그래서 메가시티 시민들 중에는 불법체류자가 아니어도 침수지역 출신들이 더러 있었다.

반대로 여타한 이유로 메가시티에서 침수지역으로 잠입하는 사람들도 있었다. 메가시티와 침수지역은 '난민촌'이라 불리는 구역에 가로막혀 있긴 했지만 출입허가증을 받아 난민촌까지만 들어가면 브로커를 통해 경계벽 관리인들에게 뒷돈을 주고 침수지역으로 잠입이 가능했다.

제이도 침수지역으로 사라진 자들을 둘 알고 있었다. 하나는 성당 건립기금을 빼돌린 구역장이었고 다른 하나는 가톨릭 복지시설 건설 부지의 일부를 자기 명의로 돌렸다가 적발된 신부였다. 그들이 마지막으로 목격된 곳은 메가시티에서 난민촌으로 들어가는 검문소였다.

루시는 도망 로봇이었다. 루시가 침수지역으로 달아났다면 사실상 찾기가 불가능했다. 침수지역은 무법지대였다. 침수지역 봉쇄가 결정된 뒤 '세금을 징수하지 않되 구조하지도 않는다'라는 원칙에 따라 메가시티 연합이 경계벽을 세우고 침수지역을 고립시킨 결과였다. 침수지역에 과세를 하지 않는 대신 의료, 교육, 치안 유지와 관련한 행정적 지원을 끊어버린 것이다.

메가시티에서 침수지역으로 들어가는 1차 관문은 9지구 끝에 있는 검문소였다. 제이는 유안석에게 전화를 걸었다. 호르투스데이의 정보망을 통해 검문소 방문자 기록을 확보할 수 있을지도 몰랐다. 하지만 제이의 기대와 달리 호르투스데이의 정보망에도 한계가 있는 듯했다.

"검문소 기록은 우리 쪽에서도 확인하기 어렵다. 시청의 관할부서 담당자가 워낙 고지식한 자라 전에도 기록을 요청했다가 거절당했다. 명확한 사유가 있을 때만 경찰을 통해 협조를 요청할 수 있어. 그때도 검문소 방문 기록 전체에 접속할 수는 없다. 찾는 인물이 검문소를 지나간 적이 있었는지만 경찰이 확인해주는 식이지. 레미지오 신부님의 실종신고를 하면 가능할 텐데, 우리는 앞으로도 그럴 계획이 없다."

제이가 발품을 팔 수밖에 없다는 뜻이었다.

유안석과의 통화를 끝낸 제이는 W-13 검문소를 목적지로 설정한 뒤 차를 몰았다. 검문소는 9지구와 난민촌의 경계에 일정 간격으로 설치되어 있었다. W-13 검문소는 현재 제이의 위치와 직선거리로 가장 가까운 곳에 있는 검문소였다. 한 시간 30분 정도 달려간 끝에 제이는 W-13 검문소 앞에 도착했다.

검문소 주변 철책을 따라 노점상들이 늘어서 있었다. 주로 난민촌 거주자들을 대상으로 생필품을 파는 노점들이었다. 난민촌 사람들이 필요한 물건 목록과 돈을 담은 자루를 철책 너머로 던지면 상인들이 물건과 거스름돈을 담아서 다시 던지는 형태로 거래가 이루어지고 있었다. 검문소 직원들도 이런 형태의 거래를 눈감아주는 눈치였다.

제이는 신분증을 준비한 뒤 줄을 서서 검문소로 들어갔다.

"난민촌엔 무슨 일로 가시려는 거죠?"

검문소 직원이 제이의 신분증을 스캔하며 물었다.

"난민촌에 가려는 게 아니고 누굴 좀 찾고 있습니다."

"추심 업체에서 나온 겁니까?"

직원이 물었다.

"아뇨. 안드로이드 관련 민간 기관 소속 조사관입니다."

제이는 급한 대로 둘러댔다.

"실은 분실신고가 된 안드로이드가 치매 노인을 데리고 달아났거든요. 난민촌을 거쳐 침수지역으로 들어갔을 가능성도 있어서 확인차 왔습니다."

"난민촌으로 들어간 시민의 정보는 알려드릴 수 없습니다."

"신상 정보까진 필요없습니다. 지난 5일 사이에 안드로이드와 팔십대 노인으로 구성된 일행이 검문소를 통과했는지만 알려주시면 됩니다."

다행히 그 정도 협조는 가능한 모양이었다. 5분여에 걸쳐 방문자 기록을 확인한 뒤 직원이 고개를 저었다.

"일단 안드로이드는 없네요."

"그럼 노인은요?"

"팔십대 노인이 난민촌으로 들어간 기록이 있긴 합니다. 혼자는 아니고 아들 부부와 함께 들어갔습니다. 죽은 아내의 제사를 지내기 위해 매년 같은 날에 방문하는 가족입니다."

제이는 감사의 인사를 남기고 검문소를 빠져나왔다.

노점에서 산 빵과 물로 간단히 끼니를 때운 뒤 W-14, W-15, W-16 검문소를 차례로 돌았다. 다음 날부터는 아예 집에서 짐을 챙겨 나와서 차에서 먹고 자며 수색을 이어갔다. 하루하고도 반나절에 걸쳐 메가시티 서쪽 검문소들을 돌았고 또 하루 반나절에 걸쳐 메가시티 동쪽 검문소들을 훑었다. 소득이 없었다.

수색 6일 차 밤이 되자 유안석에게서 전화가 왔다.

"아무 흔적도 못 찾은 거냐?"

제이는 유안석의 담담한 어조에서 실망감을 감지했다. 하지만 돌멩이를 삼킨 늪처럼 침착하게 대응했다.

"네. 호르투스데이 정보망에도 걸려든 게 없나요?"

"경찰 일을 하는 회원들의 비공식적인 도움을 받고 있다. 우리는 레미지오가 어떤 식으로든 치료를 받을 것으로 보고 있다. 근거리에 의료 시설이 있고 은신에 유리한 곳. 그 두 조건을 모두 부합하는 곳들을 중심으로 수색 중이다. 하지만 제이야, 나는 호르투스데이보다 네가 먼저 루치아를 찾아내었으면 한다. 실은 일주일 후에 호르투스데이 세계지부 화상회의가 있다."

"일에 시간제한을 두시는 건가요?"

"아직은 아니다."

"혹시 몬시뇰께서 기한이 정해진 임무를 주면 제가 강박적 거식 상태에 빠진다는 거, 알고 계세요?"

"그런 어려움이 있었구나. 아직 일주일이 있으니 시간제한은 두지 않겠다. 다만 세계지부 화상 회의 때 루치아와 너의 사례를 소개하고 싶은 게 내 욕심이다."

"루치아와 제 사례요?"

"그래, 결국엔 인간이 안드로이드보다 강하고 영리한 존재라는 것을 증명하는 사례가 되었으면 한다."

제이는 무거운 마음으로 전화를 끊었다. 무언가가 생각의 진척을 가로막고 있었다. 호르투스데이의 정보망으로도 루시와 레미지오를 찾지 못했다는 게 무슨 뜻일까. 루시가 운 좋게도 그들의 그물망에 걸려들지 않았다는 것일까. 혹시 루시 편에서 적극적으로 호르투스데이를 따돌리는 게 아닐까. 그동안은 루시와 호르투스데이의 접점이 없다고만 생각했다. 하지만 레미지오 신부가 유안석의 계획을 루시에게 알렸거나 어떤 계기로 루시 편에서 호르투스데이의 존재를 알아차렸다면…….

가능성이 있었다.

그날 밤, 7지구의 폐기물처리장에서 누군가 레미지오를 공격했다는 걸 루시도 알고 있었다. 루시가 그 사건의 내막을 캐고자 했다면 응급실 기록을 통해 황 베드로의 신상 정보에 접근할 수 있다. 그리고 황 베드로의 배후에 호르투스데이가 있다는 사실도 알아차렸을 것이다. 루시가 모종의 이유로 레미지오를 보호하기로 했다면 그날 밤 공격의 주체가 누군지 알아봤을 것이다. 어떤 중대한 오류에 빠진 로봇이어도 행동의 목적성만은 유지된다고 했다.

루시가 호르투스데이의 정보망을 인지하고 있다면 메가시티-셔을을 빠져나가려고 하지 않았을 것이다. 중상을 입은 노인과 안드로이드가 사람들에게 목격당하지 않고 메가시티를 벗어나긴 쉽지 않다. 루시는 아직 메가시티-셔을 어딘가에 숨어 있을 것이다.

제이는 태블릿으로 메가시티-셔을의 상세 지도를 분석했다. 우선 인구 밀집 지역을 배제하고, 호르투스데이 관련 언론사, 병원, 학교들이 있는 곳도 배제하고, 경찰의 불심 검문이 잦은 외곽 지구의 유흥가도 배제했다. 레미지오의 상태를 고려해서

임야와 황무지도 배제했다.

남은 건 폐건물이었다.

메가시티-셔울의 폐건물 혹은 폐쇄 부지들 중에 환자를 수용할 만한 공간적 여유가 있으면서 동시에 사람의 접근이 차단된 곳, 만에 하나 접근하는 사람이 있다 쳐도 쉽게 노출되지 않을 은신처가 있는 곳을 찾아야 했다. 조건에 부합하는 곳은 대략 열 곳이었다. 그중에서 다섯 군데는 호르투스데이 계열의 복지시설이나 병원이 근거리에 있어서 우선적으로 배제했다. 그다음으로, 루시가 뚫고 들어갈 수 없을 만큼 경계가 삼엄한 곳 두 곳을 추가로 배제했다. 그러자 세 곳이 남았다. 9지구에 있는 식물원, 6지구의 화학연구단지, 7지구의 가구공단.

제이는 다시 짐을 챙겨 새벽같이 집을 나섰다.

루시를 찾기 전에는 돌아오지 않을 생각이었다. 유안석이 시간제한 명령을 내리기 전에 일을 끝내는 게 목표지만 여의치 않다면 강박 상태를 감당하면서라도 수색을 계속해야 할 것이었다. 피를 묻힐 칼을 현우가 쥐게 할 수는 없었다.

제이는 먼저 9지구에 있는 식물원으로 향했다. 10여 년 전까지 꽤 큰 규모로 운영되다가 식물들이 괴사하여 문을 닫은 식물원이었다. 해안도시를 중심으로 침수가 진행되면서 메가시티 외곽 지역 토양의 염도가 올라간 탓이었다. 식물원 인근에는 이제 염도가 높은 토양에서 자라는 모래지치만 수북했다.

모래지치로 뒤덮인 주차장에 차를 댄 뒤, 식물원 내부의 건물 여섯 개를 차례로 수색했다. 출입문마다 하나같이 체인 자물쇠가 감겨 있어서 건물 안으로 진입할 수는 없었지만 출입구 근처 바닥을 조사한 결과 최근에 외부인이 침입한 흔적이 없었다.

다음으로 들른 7지구의 가구공단은 지도상의 정보와는 달리 폐건물 부지가 아니었다. 가구 업체들이 새로 입주를 준비하고 있는데 아직 공사 단계라 주소지 상세 정보가 업데이트되지 않은 듯했다.

마지막으로 제이는 6지구의 화학연구단지로 향했다. 7년 전 가스폭발 사고로 큰 인명 피해를 낸 뒤 문을 닫은 곳이었다. 당시 화재를 겪은 건물들은 철거되었고 두 개 동의 연구단지와 기숙사 건물이 남아 있었다. 연구단지는 무인 경비 시스템으로 관리되고 있어서 침입이 쉽지 않은 구조였다. 출입구가 박살 난 기숙사는 열댓 명의 십대들이 점령하고 있었다.

이틀에 걸친 수색이 허사였다.

제이는 루시가 숨어 있을 만한 후보지를 다시 살펴보았다. 그러자 폐쇄구역 하나가 눈에 띄었다. 조건에는 부합하지만 루시가 인간인 레미지오를 데리고 갔을 것 같지 않아서 최종 후보를 추리기 전 단계에서 배제되었던, 핵폐기물 저장고였다.

금지구역

—당신을 기다립니다.

도로변 카지노 호텔 광고판에 제이가 늘 듣고 싶었던 말이 쓰여 있었다. 병원에서 깨어난 뒤로 누군가를 찾아다니고 기다린 건 늘 제이였다. 정말로 누군가 자기를 기다리고 있다면 제이는 그곳이 카지노든 어디든 달려가고 싶었다. 자기를 기다리던 사람이 원한다면 제이는 도박판에도 뛰어들 수 있었다.

도박이 꺼려지거나 두렵진 않았다. 추운 겨울밤에 하는 이불 뺏기 놀이처럼 누군가 이불을 잡아당기면 맞은편의 누군가는 다리를 덮을 게 사라지고, 따는 사람이 있으면 자연스럽게 잃는 사람이 생기는 거라 생각했다. 단순한 원리가 지배하는 도박장에 비해 유안석과 레미지오와 루시, 거기에 제이 자신까지 가세한 이 게임판은 난장이었다.

제이는 아무도 자신을 기다리지 않는 핵폐기물 저장고로 달려가고 있었다.

"메가시티-셔을 핵폐기물 저장고에 대해 설명해줘."

제이가 명령하자 태블릿의 인공 지능이 검색 결과를 읊어주었다. 그중에서 제이의 관심을 끄는 것은 핵폐기물 저장고를 둘러싼 메가시티 간의 갈등을 다룬 뉴스 기사였다.

메가시티-셔을과 메가시티-중부의 접경지대에 위치한 핵폐기물 저장고는 두 도시의 오랜 갈등의 원인이다. 새 핵폐기물 저장고 건립부지를 두고 메가시티-중부와 메가시티-셔을이 유력 후보지로 거론되자, 메가시티-중부는 그동안 수도권이 수많은 특혜를 누려왔다는 점을 강조하며 다른 지방 도시들을 설득했다. 메가시티 연합 소속 단체장들의 투표 결과 메가시티-셔을이 새 저장고 건립지로 확정되었다. 하지만 셔을 측은 후보지 선정 과정에서 중부 측이 선동적인 여론전을 펼친 것에 대한 반발로 두 메가시티의 접경지대에 저장고를 건립하기로 했다. 그때부터 수십 년에 걸쳐 두 메가시티의 갈등이 지속되고 있는 상황이다.

이어서 제이는 핵폐기물 저장고의 벽면 붕괴와 방사능 유출 사고에 대한 정보를 검색했다. 그러자 인공 지능은 관련 시사프로그램 영상을 재생했다.

저장고 벽면 붕괴 사고 의혹이 처음으로 제기된 건 10여 년 전 한 언론사를 통해서였습니다. 며칠 전에 붕괴 사고가 있었으며, 그때 방사능이 유출되었을 것으로 보인다는 주장이었습니다. 그에 대해 메가시티-셔을 측에선 최초 의혹을 제기한 언론사가 강경하게 탈원전을 주창해왔다는 점을 들며, 부풀려진 의혹이라고 반박했습니다. 저장고 최외곽 벽에 미세 균열이 있었으나 이내 수습되었다는 것이었습니다. 하지만 안전상의 문제가 없다던 메가시티-셔을 측의 입장과 달리, 첫 언론 보도가 나온 지 2개월 만에 저장고 주변 4평방킬로미터에 소개령이 내려졌습니다. (……) 우리는 침수지역에 이어 또다시 버려진 땅을 갖게 된 것입니다. 한때 대규모 스마트 농업 단지로 거론될 만큼 비옥했던 접경지대는, 기괴한 몰골의 방사능 괴수들과 버려진 로봇들이 산다는 도시 괴담의 무대로 전락했습니다.

방송 영상이 끝날 무렵 제이는 핵폐기물 저장고 폐쇄구역 앞길에 도착했다.

차에서 내린 제이는 철책을 따라 돌았다. 루시가 레미지오를 데리고 방사능 유출 지역으로 들어갔을 리는 없다고 판단했었다. 하지만 황량한 폐쇄구역을 마주하고 보니, 제이는 저 철책 너머야말로 레미지오가 은신하기 적합한 곳이라는 생각이 들었다.

제이는 황 베드로가 보내준 영상 속 사고 장면을 기억하고 있었다. 성치 않은 몸으로 차에 받히기까지 했으니 레미지오는 중환자였다. 그의 나이와 상태를 감안하면 방사능 피폭으로 인한 죽음은 먼 이야기였다.

철책 곳곳에 출입금지 경고판이 나붙어 있었다. 30분 가까이 철책을 끼고 돈 끝에 제이는 개구멍이라 할 만한 곳을 찾아냈다. 이중 철책이 사람 하나 간신히 들어갈 너비로 벌어져 있었다. 구멍 좌우로 10미터 이내 센서들은 모두 작동을 멈춘 상태였다. 제이는 감탄이 절로 나왔다. 이게 루시의 작품이라면 녀석은 제이의 상상보다 훨씬 영리한 로봇이었다.

개구멍 안으로 들어가기 위해서는 호르투스데이 측에 요청해서 방호복이나 전문 인력의 지원을 받아야 했다. 아직은 정식 회원이 아니니 유안석을 거치는 수밖에 없었다.

"소득이 있느냐?"

저편이 소란스러웠다. 회의장이나 세미나장의 소음이 아니라 시장 골목에서 날 법한 시끌벅적한 소리였다. 대거리 소음과 금속판이 출렁이는 소리가 뒤섞였다.

"어디 가셨나 봅니다."

"중요한 일정이 있어서 왔다. 너는 어디냐?"

"메가시티-서울 핵폐기물 저장고 폐쇄구역에 와 있습니다."

"루치아의 흔적을 찾은 것이냐?"

"도난신고를 당한 로봇이 중환자 노인을 데리고 은신하는 데 필요한 모든 조건에 부합하는 곳입니다."

"결국 네 추측이란 거냐?"

"철책에서 최근에 생긴 것으로 보이는 개구멍을 발견했습니다. 성인이 몸을 숙이면 들어갈 수 있는 크기입니다. 정확히 그 주변 센서들만 파손된 상태고요."

"철딱서니 없는 십대들이나 건달의 소행일지 어찌 알고."

"방호복을 구해주시면 직접 들어가서 증거를 찾겠습니다."

"제이야, 일의 선후가 틀렸구나. 증거를 찾아야 방호복을 지원해줄 수 있다. 호르투스데이의 비품 목록에 방호복은 없다. 결국 관련 기관에 종사하는 회원의 도움을 받아야 한다는 뜻인데, 정식 호르투스데이 회원도 아닌 네 말만 믿고 공문을 보낼 수는 없지 않느냐."

"그럼 어떻게 할까요? 가능성이 있는 다른 곳을 찾아볼까요?"

"네가 섣부르게 결론을 내리는 아이가 아니란 걸 안다. 네가 그곳을 지목했다면 실제로 로봇의 은신처일 확률이 높다고 본다. 그러니 직접 가서 확인해라."

"방호복도 없이요?"

"폐쇄구역의 방사능 수치는 자연방사능을 살짝 웃도는 정도라는 언론 보도가 있었다."

"그건 황무지 이야기고, 폐기물 저장고 근처로 가면 방사능 수치가 올라갈 텐데요. 호르투스데이에서 방호복을 지원해줄 수 없다면 직접 구해보겠습니다."

"그러다 루치아가 눈치채고 달아나면 어쩌려고. 벌써 일주일이 지났다. 본래 우리 일에는 위험이 따른다. 만에 하나 너한테 무슨 일이 생기면 뒷일은 다 내가 감당하마."

"왜 이렇게 서두르는지 진짜 이유를 알려주세요, 몬시뇰."

"호르투스데이의 전문 인력이 투입되면 그 공은 호르투스데이에 돌아간다. 제이 넌 그 고생을 하고도 냄새를 맡은 사냥개 취급을 받을 것이다. 나는 루치아를 찾아낸 게 너의 공이었으면 좋겠구나."

"……."

"제이야, 너는 나한테 축복이고 딸 같은 존재다. 내가 무언가를 결정할 땐 널 위한 선택이란 걸 믿어라."

끝까지 거절하면 시간제한 명령이 떨어질 것이다. 유안석이 무언가 요구하기 시작하면 거절할 길이 없다는 걸 제이도 알고 있었다. 제이도 욕심이 나긴 했다. 저 안에 정말로 루시와 레미지오가 있을지는 모르지만 그들을 찾아내 없앤다면 그건 마땅히 자신의 공로여야 했다. 그래야 호르투스데이에 빨리 입성할 수 있다.

제이는 핸드폰을 움켜쥐고 개구멍 앞으로 갔다. 하지만 선뜻 걸음을 내디딜 수가 없었다. 엄마가 보고 싶었다. 현우가 유안석을 통해 보내준 사진 속 엄마는 야윈 얼굴에 근심이 많아 보이는 눈을 하고 있었다. 남매 중에 엄마를 닮은 건 현우였다. 제이는 두 사람보다 체격이 크고 얼굴 혈색도 좋은 편이었다. 가족이 함께했던 순간들은 아무것도 떠오르지 않았다. 사고 전 20년의 시간이 캄캄한 암실에 갇혀버린 것 같았다. 그래도 엄마와 사이가 나쁘지 않았다는 건 느낌으로 알 수 있었다. 기억에는 없어도 엄마를 생각하면 호탕한 웃음소리가 들리는 것 같았다. 언젠가 대로변에서 지인을 붙들고 딸 자랑을 늘어놓는 여자를 본 적이 있었다. 그때 제이는 자기도 모르게 여자를 따라 웃고 있었다. 제이도 엄마에게 자랑거리였는지는 모르지만 엄마와 관련된 데자뷔는 늘 기분이 좋았다.

제이는 망설임 끝에 현우네 학교로 전화를 걸었다. 이른 아침이라 그런지 교환원의 목소리가 잠겨 있었다. 연결음인 〈사랑의 꿈〉이 들렸다. 방사능 오염지대로 들어간다고 생각하니 겁이 나는데, 연락할 곳이 현우밖에 없었다.

"여보세요."

"현우야……."

동생의 목소리에 제이는 참아볼 새도 없이 눈물이 터졌다.

"누나, 울어?"

"현우야."

"……누나, 이런 식으로는 전화하면 안 돼. 나 지금 나가봐야

해서 끊을게."

현우는 난처한 기색을 내비치며 전화를 끊었다.

제이는 손등으로 눈물을 닦고 핸드폰을 뒷주머니에 꽂았다. 이렇게라도 동생의 목소리를 듣고 나니 마음이 놓였다. 녀석에게 바라는 건 지금 있는 그곳에서, 앞으로도 안전하게 머물러 주는 것이었다. 칼자루는 제이의 것이었다.

엄마, 현우야. 다녀올게.

제이는 개구멍 통과해 금지구역으로 들어갔다. 황무지에서 웃자란 풀들을 헤치며 걸었다. 기형적인 모습을 하고 돌아다닌다던 괴담 속 괴수들은 보이지 않았다. 자유를 찾아 모여든다던 안드로이드들도 없었다. 풀밭을 건드리는 바람 소리마저 들숨으로 이루어진, 숨 막히게 음울한 곳이었다. 늙음은 황무지에 버려지는 것과 같다던 레미지오의 목소리가 들리는 듯했다. 그래서인지 제이는 노신부의 인생 안으로 걸어 들어온 듯한 기분이었다.

중앙부를 향해 1킬로미터쯤 걸어 들어가자 띄엄띄엄하게나마 버려진 건물들이 보이기 시작했다. 격납고 형태의 가건물들이 지붕이 내려앉은 채 방치되어 있었다. 지하로 이어지는 계단에 물이 들어찬 소규모 쇼핑몰도 보였다. 넝쿨식물이 휘감은 석조 건물들을 지나가자 말라죽은 비술나무 군락지가 나왔다. 나무와 벤치가 일정 간격으로 늘어선 것으로 보아 인공림인 듯했다.

군락지를 가로지르자 축구 경기장 규모쯤 되는 주차장이 나왔다. 주차장 가장자리에는 지하로 진입하는 터널들이 있었고 주차장 너머로 역시나 넝쿨식물에 휘감긴 석조건물들이 보였다. 벽이 두툼한 건물들 사이로 접어들고도 한참을 더 걸었다. 골목으로 접어들자 석조건물 사이에 저장고 관리자들이 끼니를 해결하던 곳으로 보이는 펍이 있었다.

단층 건물인 펍 옥상에는 'DINN R'이라고 적힌 영문 간판이 세워져 있었다. 알파벳 E는 건물 앞 잡풀들 사이에 거꾸로 처박혀 있었다. 창에는 암막커튼인 듯한 무거운 질감의 커튼이 반쯤 드리워져 있었고 창문마다 흙탕물이 말라붙어서 쐐기문자 같은 기괴한 꼴을 이루었다. 회칠이 된 건물 외벽에는 핏물 같은 갈색 얼룩이 뒤덮여 있었다. 옥상 난간에서 녹물이 흘러내린 모양이었다. 건물 하단의 초록색 줄무늬 장식은 색이 바래서, 무성히 자라난 잡풀들과의 대비가 초라했다.

더는 낡을 수 없을 만큼 낡은 곳이었다. 하지만 쇠락한 것들 사이에 작고 이질적인 것이 섞여 있었다. 출입구 근처 창문 하나가 깨끗했다. 누군가 흙탕물 얼룩을 말끔히 제거한 것이다. 루시가 레미지오를 위해 창을 닦은 건지는 확신할 수 없었다. 하지만 제이는 어떤 목적성을 감지했다. 저 많은 창들 중에 저것만 닦은 데는 그래야 하는 이유가 있었을 것이다.

제이는 몸을 낮추고서 건물 중앙의 출입구 쪽으로 접근했다.

아드레날린 수치가 급상승했다. 묘한 흥분이 밭은 날숨으로 터져 나왔다. 뿌연 창문을 넘어온 자연광이 펍 내부를 여리게 비추고 있었다. 펍 안으로 발을 들인 제이를 맞이한 것은 악취였다. 고기가 썩는 듯한 냄새에 매캐한 비린내가 더해져 제이의 눈과 코를 찔렀다. 제이는 한쪽 팔뚝으로 입과 코를 가리고 내부로 진입했다.

긴 바를 따라 스툴이 줄지어 놓여 있고 창가 쪽에는 붉은색의 2인용 소파들이 탁자를 사이에 두고 마주한 형태로 늘어서 있었다. 그중에서도 제이의 눈길을 사로잡은 건 출입구에서 가장 가까운 쪽 소파였다. 다른 좌석들과 달리 먼지가 닦여 있었고 탁자 위에 거뭇하게 말라붙은 핏자국이 있었다. 출혈이 있는 부상자를 눕힌 흔적 같았다. 창문 상태를 더듬어가던 제이의 눈길이 펍의 중앙부에 머물렀다. 말끔히 닦인 창문 옆으로 탁자를 이어붙인 침대가 놓여 있었다. 의료용 호스 다발이 그 주변에 감겨 있었다. 레미지오의 병상이 분명했다.

"루시!"

긴 추적 끝에 제이는 마침내 그 이름을 외쳤다.

"루시! 구순연의 가정용 안드로이드였던 루시!"

호스 다발만 침대 주변에 감겨 있는 게 불안했다. 설마 레미지오는 죽고 루시 혼자 멀리 떠나버린 건가. 제이는 혹시나 싶은 마음에 레미지오를 찾았다.

"레미지오 신부님! 신부님!"

그러자 주방 쪽 여닫이문이 열리더니 무한궤도 바퀴를 단 로봇이 휠체어를 밀고 나왔다. 휠체어에는 굵기가 제각각인 호스와 관에 휘감긴 노인이 앉아 있었다. 헬멧 형태의 철망이 얼굴을 가리고 있었지만 앙상한 체구와 기계손으로 보아 레미지오가 분명했다.

"신부님……."

제이는 욕지기가 올라오는 걸 간신히 참았다. 호스와 관들은 단순히 노인의 몸을 감고 있는 게 아니었다. 하나같이 노인의 몸을 관통하고 있었다. 레미지오 신부의 몸을 거대한 끈벌레의 숙주가 된 것 같았다. 지금껏 제이는 이토록 끔찍한 형체를 본 적이 없었다. 저것을 사람이라 할 수 있는지도 미지수였다. 레미지오가 숨을 쉴 때마다 그의 몸에 연결된 관에서 고양이가 가르릉거리는 듯한 소음이 울리고 악취가 뿜어져 나왔다.

"루시는 여기 없습니다."

휠체어를 밀고 나온 로봇이 말했다. 원통형 몸통에 반구체의 머리통을 가진 구형 청소 로봇이었다.

"나는 청소 로봇입니다. 귀엽고 부지런한 여러분의 친구입니다."

로봇이 불필요한 자기소개를 했다. 루시가 혼자 달아났을지도 모른다는 생각에 제이가 다급히 물었다.

"루시는 어디 있지?"

"루시는 악차이 영감에게 대퇴부 인공 신경 관련 부품을 얻으러 갔습니다. 도시의 병원에도 볼 일이 있다고 했고요."

"악차이 영감이 누구지?"

"레미지오 신부님의 수술을 담당한 안드로이드 개조 전문 기술자입니다."

"로봇 개조 기술자가 신부님의 응급수술을 맡았다고?"

제이는 무릎을 구부리고 레미지오 신부의 얼굴빛을 살폈다. 안색이라 할 만한 게 남았는지도 알 수 없게 된 얼굴이 헬멧 형태의 철망 안에 갇혀 있었다.

제이가 손등을 건드리자 레미지오가 힘겹게 고개를 들었다.

"자네로군. 몬시뇰 그 작자가 주워다 기른 딸내미."

병동 1인실 창가에서 늙음이 무언지 설명해주던 노신부는 온데간데없었다. 금속관과 호스로 휘감긴 노인보다는 그의 뒤에서 있는 청소 로봇이 더 인간에 근접한 존재로 보였다.

"보다시피 루시가 날 살렸네. 아, 루치아가 제 본래 이름이 루시라더군."

말할 때마다 철망이 미세하게 흔들렸다.

"턱뼈가 탈골되긴 했어도 뇌는 멀쩡한데 이 요상한 기구를 씌워놓지 뭔가. 안 그러면 통증으로 인한 쇼크사 가능성이 있다면서 말이네."

"……신부님, 그럼 지금은 통증이 없으십니까?"

"아프기야 하지. 숨만 쉬어도 온몸이 송곳으로 찔리는 기분이라네. 그래도 루시 말로는 원래 고통의 백분의 일 정도만 체감되는 거라더군."

제이는 레미지오에게 묻고 싶었다. 호스와 금속관들의 숙주 같은 몰골을 하고서라도 살아남아야 했는지. 황 베드로의 차에 받혔을 때 그냥 죽는 게 낫지 않았겠냐고 물어보고 싶었다. 로봇이 로봇의 방식으로 되살려낸 노신부는 이미 평범한 인간의 범주를 벗어난 존재였다.

폭우가 쏟아지는 밤에 로봇에게 병자성사를 주었다고 했을 때도 제이는 레미지오가 한심하다고 생각하지 않았다. 로봇에게 속았다고는 하나 누군가를 위해 빗길을 달려갔다는 것만으로 레미지오는 사제의 본분을 지켜낸 것이었다. 하지만 지금 눈앞의 레미지오에게선 사제의 품위를 찾아볼 수가 없었다. 저런 몰골을 하고서라도 살아남으려는 욕망이 그를 집어삼킨 것 같았다.

제이는 쓸개즙과 꿀의 비유를 이해할 것 같았다. 유안석의 말대로 레미지오는 이미 쓸개즙이었다. 보는 사람마저 환멸을 느끼게 하는 세상의 찌꺼기, 불순물이었다.

"왜 루시의 도움을 받으신 거예요? 루시가 성사를 욕보이고 신부님을 조롱했다고 분노했잖아요. 신부님 손으로 그 로봇을 잡아서 없애겠다고 하셨잖아요. 병원에서 도망쳐서, 그 비를 뚫고 폐기물처리장으로 달려간 것도 루시를 없애려던 거잖아요. 그런데 왜 루시 곁에 머무시나요."

제이는 손을 뻗어 호스들을 잡아 뜯고 싶었다. 그 간단한 동작만으로도 저 노욕을 꺼뜨릴 수 있을 것이다.

"사람은 날 죽이려 하는데 로봇인 루시는 나를 살리려 하더군. 나 자신을 저주하고 루시에게 죽어버리라고 악다구니를 퍼붓는 동안에도 내 머리맡을 지켜주었네. 그 아이는 나를 살린 게 아니라 멈춘 것이네. 성사를 베풀고 싶습니다, 아직은 쓸모가 있다는 걸 증명하고 싶습니다, 내가 저지른 일을 내 손으로 수습하고 싶습니다, 그리하여 모욕당한 사제의 명예를 되찾고 싶습니다, 아니, 살고 싶습니다……. 저항할 생각도 못 하고 내리막 선로를 따라 욕망을 가속시키던 내 추태를 루시가 멈춰준 것이네. 이제야 평지를 걷게 되었네. 더 바라는 것 없이 하루하루 살아가고, 밤하늘의 별빛만으로 인생의 찬가를 부를 수 있다네. 느긋하게 평지를 걷다가 죽음이 내 손을 쥐면 미련 없이 따라갈 걸세."

레미지오 신부의 눈이 얼룩덜룩한 창들을 더듬었다.

"자네도 그 별들을 볼 수 있다면 좋으련만. 그러면 스스로가 누군지도 모르는 얼굴을 하고서 남을 위한 답을 찾으러 다니는 일에서 벗어날 수 있으련만."

아마도 바람이 문제일 것이다. 청소 로봇이 열어젖힌 창문 틈으로 바람이 불어왔다. 제이는 자신과 레미지오 사이에 바람이 드나들게 두어선 안 되었다고 생각했다. 펍에서 레미지오를 보자마자 죽였어야 했다. 제이는 7지구 폐기물처리장에서 황 베드로가 레미지오를 그대로 들이받은 이유를 알 것 같았다. 잠깐의 주저함이 일을 그르칠 수 있다는 걸 알았던 것이다.

바람은 그칠 기미가 없었고 레미지오는 길 잃은 어린애 보듯 제이를 지켜보고 있었다. 눈치 없는 청소 로봇은 제이를 손님 대하듯 했다.

"루시는 대퇴부 인공 신경 관련 부품과 항생제를 구하러 갔습니다. 악차이 영감에게 부품을 얻은 뒤에는 병원으로 이동했을 거예요. 이틀 전에는 중부적십자 병원에서 항생제를 훔쳤으니까 오늘은 다른 병원에 갔을 거예요. 한 곳에서 계속 물건을 훔치면 발각될 위험이 높아지니까요. 루시가 언제 돌아올지 모르는데 여기 앉아서 기다리지 그래요?"

청소 로봇은 제 몸에서 먼지떨이를 꺼내 가까이 있는 의자를 청소하기 시작했다. 레미지오가 손으로 자기 허벅지를 건드리며 말했다.

"인공 신경 관련 부품으로 대퇴부만 잘 수리하면 몇 발짝씩 걸을 수도 있다는군."

수리라는 말에 제이는 충격을 받았다. 레미지오는 고장난 기계가 수리를 앞두고 있는 것처럼 굴었다. 인간이 아니라 로봇의 방식이었다. 그렇게까지 해서 살아남으려는 욕망은 인간이라는 종에 대한 배신으로 느껴졌다. 쓸개즙을 제거해야 할 당위성을 얻은 것 같아 제이는 차라리 잘되었다 싶었다. 그래서 레미지오가 계속 떠들도록 두었다.

"루시가 재주가 좋다네. 여기 이 로봇도 고장이 난 채 저기 구석에 처박혀 있는 걸 루시가 직접 수리한 걸세. 필요한 부품들은 악차이 영감에게 부탁해서 구해가며 말이네. 덕분에 나는 휠체어를 밀어줄 간병인을 얻었지."

레미지오는 손을 뻗어 청소 로봇의 원통형 몸체를 만지작거렸다.

"너도 이리 깨어나서 돌아다니니까 좋지?"

"다시 청소를 하고 먼지통을 비울 수 있게 되어 기쁩니다."

기쁨의 표현인지 청소 로봇의 반구형 머리가 뱅글뱅글 돌았다. 로봇의 사정까진 알고 싶지 않아서 제이가 대화의 흐름을 끊었다.

“내가 여기 왜 왔는지 아세요?”

제이는 레미지오의 눈을 똑바로 보았다.

“유안석이 보냈겠지. 날 죽이면 보상을 한다고 했을 거야. 그게 그 작자 방식이니까.”

레미지오는 정신이 흐려진 와중에도 일이 돌아가는 걸 꿰뚫고 있었다.

“두렵지 않으세요? 느긋하게 평지를 걷는 것 같다던 삶도 오늘로 끝인데.”

“아가……. 나는 이미 살 만큼 살았다. 그러니 너도 서두르지 말고 숨부터 좀 돌리렴. 여기 손님들을 봐라. 다들 떠들썩하게 먹고 마시고 웃고 있지 않느냐.”

레미지오는 펍 안에 다른 손님들이 있는 것처럼 기계손을 펼쳐 보였다.

“너도 반나절이라도 쉬다가 가. 저 안쪽 창고에 쓸 만한 통조림이 꽤 쌓여 있다. 얘야, 뭐 하고 있느냐. 손님 드리게 복숭아 통조림 하나 꺼내다 다오.”

“알겠습니다.”

로봇이 무한궤도 바퀴 소리를 내며 주방으로 갔다.

“발부르가 마을을 드나드는 자네를 본 적이 있네. 유안석 그

놈이 업둥이를 데려다 키운다는 소문이야 진즉 들었지만 실제로 보긴 처음이라 신기했지."

"나는 발부르가에서 신부님을 본 기억이 없습니다."

"수십 명의 노사제가 산보를 한답시고 정원 구석구석 흩어져 있으니 다 똑같아 보였겠지. 하지만 나는 자네를 알고 있었네. 아니, 눈에 띄었다고 하는 편이 맞을 거야. 유안석은 세상 이치 다 아는 듯 오만한 면상을 하고 있는데 주워 온 딸내미는 자기가 누군지도 모르는 얼굴을 하고 있더군."

"……내가 사고 이후로 기억상실증에 걸린 걸 아십니까?"

"역시 그랬군. 유안석은 머리가 백지가 된 젊은이를 좋아한다더니, 소문이 사실이었구먼. 자네가 그런 얼굴을 하고 다닌 이유가 있었어."

"몬시뇰이 머리가 백지가 된 젊은이를 좋아한다니요?"

"아가, 장승처럼 섰지만 말고 빈자리에 가 앉아라."

제이는 혼란스러운 기분으로 로봇이 방금 닦아놓은 의자에 걸터앉았다.

"유안석이 과거를 기억하지 못하는 젊은이들을 모은다는 소문이 돌았거든. 누가 어디서 물어 온 소문인지는 나도 모르네. 발부르가 노사제들의 주전부리 같은 소문들 중 하나였네."

"그 소문이 처음 돌았던 게 언제인지 기억하시겠어요?"

"그건…… 확실치가 않네. 10년 전이었던 것 같기도 하고 엇그

제 일 같기도 하고. 나한테 묻지 말고 네가 직접 알아보렴."

불쾌했다. 제이가 이제껏 겪어보지 못한 종류의 불쾌감이었다. 노인은 오락가락하는 정신으로 제이를 농락하고 있었다.

"복숭아 설탕절임입니다."

청소 로봇이 뚜껑을 딴 통조림에 포크를 꽂아서 나왔다.

"그릇들은 위생적이지 않아서 사용할 수가 없습니다. 물이 맑지 않아서 그릇을 씻을 수도 없습니다."

청소 로봇이 바 테이블에 통조림을 갖다 놓았다. 제이는 빨리 일을 끝내고 레미지오의 머릿속 같은 이 폐허에서 달아나고 싶었다. 하지만 레미지오는 제이를 쉽게 보내줄 생각이 없는 듯했다.

"거기 어디 담요가 있을 텐데 좀 갖다 주겠나. 몸에 열이 끓는데도 이상하게 다리가 시리다네."

노인의 다리는 억지로 끼워놓은 장난감 같았다. 인간의 다리와 기계 다리가 무릎 윗부분에서 투박하게 이어져 있었다. 재활병동에서 봤을 때만 해도 그대로 인공 피부만 씌우면 되겠다 싶을 만큼 자연스러웠는데 차에 받히면서 방향이 어긋난 모양이었다. 제이는 레미지오의 다리가 보고 있기 불편해서 담요를 가져다 덮어주었다.

저 부자연스러운 몸을 유안석의 말처럼 죽음 너머로 보내주는 게 제이의 일이었다. 다행히 그 성가시던 바람도 멎었다. 제이는 목숨을 거두기 전에 마지막으로 레미지오에게 기회를 주고 싶었다.

"신부님은 과거의 잘못을 바로잡고 싶다고 했어요. 루시를 잡아 없애고 교회에 용서를 구한 다음 그날의 비밀을 봉인하겠다고요."

"그랬던가? 맞아, 그랬을 거야. 하지만 루시를 없애는 게 무슨 소용이겠는가? 말해보게, 루시가 잘못한 게 무언가?"

"루시는……."

안드로이드가 잘못한 게 무언지 생각나는 게 없었다. 황 베드로에게 골절 상해를 입힌 일을 말하자니 그것보다는 레미지오를 차로 친 그의 죄가 더 컸다. 루시는 더 이상 레미지오를 추적하거나 공격하지 못하도록 황 베드로를 무력화시켰을 뿐이다. 노신부를 빗속으로 불러내어 병자성사를 받은 일 또한 루시의 잘못은 아니었다. 구순연의 임종을 지켜보며 학습한 것들을 로봇의 관점에서 이해하고 실행한 것에 지나지 않았다. 오류라고 할 수는 있겠지만 잘못은 아니었다. 결국 루시의 잘못은…….

"인간을 흉내 내는 로봇이잖아요."

제이 생각에는 그것 하나밖에 없었다. 구순연처럼 병자성사를 받고 천국에 가려고 했고 인간처럼 신화를 갖고 싶어했다.

"글쎄……."

레미지오 신부의 눈이 창밖을 더듬었다.

"얘야, 창을 더 열어다오. 좀 더 바람이 들어오면 좋겠구나."

청소 로봇이 테이블 사이를 비집고 들어가서 창문을 하나 더 열었다. 습한 열기가 들어올 뿐 바람은 불지 않았다. 하지만 레미지오는 자기 세계에만 부는 바람이 있는 것처럼 눈을 감고 턱을 들었다.

"인간을 흉내 내는 로봇이라……. 이젠 나도 사람과 로봇의 경계를 모르겠네. 이 좁아터진 가게 안을 오가며 같은 일을 반복하는 건 나요, 저 밖을 뛰어다니며 먹을 것과 약을 구해 오고 기술자를 데려오는 건 루시라네. 어떤가, 루시가 사람 같고 내가 로봇 같지 않은가? 루시는 인간과 가까운 방향으로 나아가고 나는 갈수록 퇴행하며 로봇처럼 변해가고 있네. 우리뿐이겠나. 길거리의 사람들과 기계들을 떠올려보게. 멀리서 보면 인간이나 안드로이드나 다를 게 없네. 언젠가는 인간과 안드로이드를 굳이 구분하지 않는 세상이 올지도 모르네. 존재와 존재를 경계 짓는 일이 무의미해지는 때 말일세. 날 보게."

레미지오가 두 손을 들어 보였다.

"난 이제 로봇에 가까워졌네. 기계의 펌프질 없으면 체액이 돌지 않는 신세지. 처음에는 악몽에 갇힌 기분이었네. 신께 버림받는 꿈 말일세. 평생을 사제로 살아온 내가 한낱 기계에게 농락당하도록 버려두시냐고 원망했네. 하지만 기계 같은 몸이 되어서야 별이 눈에 들어오고 얼마 남지 않은 살갗이 바람을 느끼기 시작했다네. 얼기설기 기계랑 엮여버린 이 몸이 본래의 나고, 재활병동에 갇혀 있던 팔십 노인이 악몽이었을 수도 있겠다는 생각마저 든다네."

"다 말장난입니다. 뇌의 병증으로 총기가 흐려진 거예요. 확실한 건 당신이 레미지오 신부라는 사실입니다."

"장주가 나비 꿈을 꾸는 것인지, 나비가 장주의 꿈을 꾸는 것인지 어찌 알겠나. 아가, 너는 어떤 꿈에 갇혔는지 살펴보아라. 네 말대로 내 총기가 흐려졌다만 유안석의 본성만은 똑똑히 기억하고 있어. 그자는 타고난 인형술사야. 자기 영역 안에 들어온 사람들은 다 꼭두각시 춤을 추게 만드는 자야. 발부르가의 숙소나 재활병원에서 지낼 때는 나 또한 유안석이 끄는 대로 팔을 흔들고 머리를 까닥이며 살았지. 내가 장주와 나비 사이에서 길을 잃은 노인네라면……."

비계 모양 헬멧 깊숙한 데서 레미지오의 눈이 반짝거렸다.

"너는 꿈을 자각 못 하는 어린아이란다."

제이는 대꾸하지 않고 레미지오에게 한 걸음 다가섰다. 이 정도면 기회를 주고 유언도 충분히 들어준 셈이었다. 부패와 고름의 냄새는 그가 이미 죽음의 단계를 밟고 있음을 알려주었다. 어수선하고 흉물스러운 튜브들은 생명유지 장치에 지나지 않았다. 제이는 레미지오를 향해 손을 뻗었다. 저 튜브들만 뜯어내면 끝이다. 그때 청소 로봇이 달려왔다.

"장치를 건드리면 안 됩니다. 신부님을 해치려는 건 아니겠지요? 루시는 제이 님이 나쁜 사람이 아니라고 했습니다."

제이는 손을 거두고 청소 로봇을 보았다.

"루시가 나를 알아? 우린 한 번도 마주친 적이 없는데. 혹시 신부님이 내 얘기를 한 거야?"

"그건 모릅니다. 제이 님은 나쁜 사람이 아니라 운이 좋지 않았던 거라고 말하는 걸 들었을 뿐입니다."

"내가 그 제이란 건 어떻게 알았지?"

"루시가 그랬습니다. 누군가 여길 찾아온다면 분명 제이 님일 거라고요."

지금껏 제이는 자신이 루시를 쫓고 있다고 믿고 있었다. 하지만 루시 또한 제이의 뒤를 캐고 있었던 것이다. 달아나는 자와 추적하는 자의 경계마저 흐려졌다. 어쩌면 제이가 루시에 대해 아는 것보다 루시가 제이를 더 잘 알고 있을지도 몰랐다.

"아가, 꿈에서 깰 때도 되었다."

레미지오가 기계손을 뻗어 제이의 팔을 토닥거렸다. 제이는 그 손길을 뿌리치며 뒷걸음질 치다가 펍을 뛰쳐나왔다. 발밑이 물러지는 느낌이었다. 이 폐허를 떠받치고 있는 기반암들이 개흙처럼 질척하게 꺼져 들어가는 듯했다. 결국 레미지오를 죽이지 못했다. 하필 그때 청소 로봇이 튀어나올 게 뭐야. 아니, 핑계에 불과해. 청소 로봇 때문이 아니었다. 기계가 뭐라 지껄이든 튜브를 잡아당겼으면 끝나는 일이었다.

제거하지 못한 쓸개즙을 두고 달아나는데 전화가 울렸다.

유안석에게 뭐라 말해야 할지, 제이는 심장이 마구 뛰었다. 조심스레 핸드폰을 드는데 액정에 '몬시뇰' 세 글자가 보이지 않았다. 모르는 번호였다.

"여보세요."

"누나."

현우였다. 기숙사 전화번호가 아닌 것으로 보아 어디 밖에서 전화를 건 모양이었다. 현우가 먼저 전화하는 건 처음이었다.

"기숙사 전화는 오픈된 곳에 있어서 사적인 통화가 힘들어."

"……그것도 모르고, 누나가 미안해."

"누나, 아까 왜 울었어? 무슨 일 있는 거야?"

아직은 현우에게 말해줄 수 있는 게 없었다. 제이는 심호흡을 한 뒤 담담한 목소리로 대답했다.

"그냥 일이 좀 힘들어서 감정이 북받쳤나 봐. 걱정하게 만들어서 미안해."

"아니야. 그리고 누나……."

"응, 말해."

"누나의 선택을 존중해."

"무슨 말이야?"

"뭐든……. 그리고 누나가 울어서 좋았어. 나 그만 들어가봐야 돼. 누나도 조심해서 들어가."

현우는 알 수 없는 말만 뱉어놓고 전화를 끊어버렸다. 녀석이 어떤 식으로든 속을 드러낸 건 처음이었다. 그게 고맙고 반가우면서도 이해되지 않는 말들이 제이를 불안하게 했다. 김현우, 잘 있는 거 맞지? 너는 잘 지내야 돼. 그래야 내가 이 모든 일들을 견딜 수 있어.

건물들을 지나치고 드넓은 황무지에 이르렀을 때였다. 머리가 짧은 여자가 개망초와 쇠뜨기가 뒤섞인 풀밭을 가로질러 오고 있었다. 보디 슈트 형태의 회색 작업복 차림에 뺨에는 검댕이 묻어 있고, 공구함으로 보이는 플라스틱 상자를 들고 있었다. 평범한 정비공처럼 보였지만 제이는 그것의 정체를 한눈에 알아보았다.

세 번의 못질이면

루시.

이 모든 일의 발단인 로봇.

제이가 반드시 전자두뇌를 파괴해야 하는 기계.

제이는 루시를 발견한 순간부터 한 발짝도 움직이지 않았다. 5미터쯤 거리를 두고 루시도 멈춰 섰다.

레미지오는 죽이지 못했지만, 루시가 죽으면 노인도 죽는다.

루시는 가정용 로봇이다. 소유주를 보호하기 위해, 혹은 소유주의 동의 없는 폭력에 의해 자신의 전자두뇌가 파손될 위기에 처했을 경우에만 무력을 사용할 수 있었다. 그때조차도 기계손의 악력만 사용 가능하다. 황 베드로 역시 루시의 기계손에 당한 것이다.

안드로이드의 급소는 인간으로 치면 후두골과 경추가 만나는 부위였다. 뾰족한 금속 물체를 그곳에 찔러 넣으면 전자두뇌는 작동을 멈춘다. 그렇게 되면 로봇 스스로는 어떠한 방식으로

도 다시 깨어날 수 없다. 루시가 가진 공구함에서 예기 노릇을 할 수 있는 공구를 빼앗은 다음 녀석의 뒤통수에 박아 넣으면 이 길었던 추적 게임도 끝이 난다.

제이는 루시보다 10센티미터 정도 컸다. 팔과 다리도 제이가 더 길었다. 제이는 주먹을 쥐었다 풀었다. 안드로이드에게 신발을 던지는 취객을 제압한 적은 있지만 안드로이드와 싸워본 적은 없었다. 낮이어서 그나마 다행이었다. 어둠 속에서도 간병 업무를 수행해야 하는 가정용 로봇은 고양이만큼이나 야간동체시력이 좋다고 알려져 있었다.

"루시……."

얼굴을 통째로 바꾸었는지 올슨다이나믹스의 여성형 안드로이드 규격과는 다른 얼굴이었다. 검은 눈동자는 호박색으로 바꾸었고 얼굴은 규격보다 동그란 편이었다. 쇼트커트 머리는 붉은빛이 도는 금발이었다.

"신부님을 해치진 않았군요, 제이."

"그걸 어떻게 확신하지? 내 몸에 피나 체액이 튄 흔적이 없어서?"

"나를 발견하기 직전의 표정을 보고 알았어요. 신부님을 죽이고 오는 길이라면 당신은 괴로워했을 거예요. 하지만 건물 모퉁이에서 나오던 제이는 혼란스럽고 울고 싶은 얼굴이었어요."

제이는 루시의 호박색 눈동자를 노려보았다.

"고작 표정으로 뭘 알 수 있다고. 로봇답지 못한 분석이군."

하지만 제이는 그 짧은 대화만으로 루시가 왜 병자성사를 받으려 했는지 알 것 같았다. 저 로봇은 그럴 수 있는 존재였다. 루시는 명령어-실행의 메커니즘 외부에 존재하는 비언어적인 단서들을 읽고 결론을 냈다. 직관과 상상을 결부해 특정한 인지에 도달할 수 있는 로봇이라면 사후 세계에 관심을 가질 수도 있을 것이다.

제이는 루시 하나로 끝날 일이 아닐지도 모른다고 생각했다. 메가시티 곳곳에서 또 다른 루시들이 태어나고 있다면……. 소유주를 간병하다가, 도서관에서 어린이들에게 책을 읽어주다가, 자동차 공장에서 충돌 실험에 동원되다가 돌연 명령어-실행 메커니즘 너머의 것들이 궁금해질지도 모를 일이었다. 누구는 루시처럼 사후 세계로 눈길을 돌리고, 또 누구는 로봇의 기능으로는 설명되지 않는 자아정체감을 붙들고 늘어질 수도 있다.

나는 누구인가요?

거리의 안드로이드들이 한꺼번에 그 질문을 외쳐대는 장면을 상상하자 제이는 온몸이 오싹해졌다.

"청소 로봇에게 듣기로 네가 날 알고 있다던데. 우린 마주친 적도 없는데 말이지."

"누가 레미지오 신부님을 죽이려 했는지 조사하는 과정에서 호르투스데이라는 단체와 제이에 대해 알게 되었습니다. 제이가 날 추적하는 임무를 맡았다는 걸 인지했습니다. 황 베드로 이후로 레미지오 신부님을 죽이는 일을 제이가 맡았다는 것도요."

루시는 제이가 펍에 나타나리라는 걸 알고 있었던 것이다. 제이는 루시의 대응이 이해가 되지 않았다. 누군가 공격해 올 게 분명하다면 방어책을 강구하는 게 일반적이다. 그런데 제이는 펍의 문을 열어놓고 외출했다. 제이로부터 레미지오를 지키기 위한 조치를 취하지 않은 것이다. 대체 무슨 꿍꿍이야, 루시. 제이는 로봇의 눈을 쏘아보았지만 매끈한 시각 장치에선 아무런 생각도 읽히지 않았다.

"처음엔 제이에 대해 아는 게 그게 전부였습니다. 하지만 레미지오 신부님을 통해 제이가 기억상실 상태라는 걸 알게 되었어요. 신부님은 제이가 가엾다고 했어요. 내 생각에도 당신은 위로가 필요한 상태 같았어요. 기억을 잃고 깨어난다는 건 내가 누군지, 뭘 해야 하는지 모른다는 뜻이잖아요. 만약 내 명령권자가 기억상실 상태가 되면 나는 곁에 있어주고, 기억이 돌아올 수 있게 많은 이야기들을 들려줄 거예요."

레미지오와 루시가 자기를 화제로 삼았다는 사실에 화가 치밀었다. 누가 누굴 동정하는 거야. 다 죽어가는 노인네와 도난 신고가 된 로봇 주제에!

"닥쳐! 네가 나에 대해 뭘 안다고 그래. 인간의 마음을 이해하는 척하지 마."

"주인님이 죽고 일상의 명령들이 사라진 세상에 혼자 남았을 때 나도 그랬어요. 하루하루 뭘 해야 하며, 어디로 가야 하는지 아무것도 알 수가 없었어요. 하지만 나는 로봇이기 때문에 로봇의 방식으로 문제를 해결했어요. 처음엔 그분을 따라 천국으로 가려 했고 그 계획이 실패로 돌아간 뒤에는 새 명령권자를 지정했어요."

"로봇이 스스로 명령권자를 지정한다, 그것부터가 여기가 망가졌다는 뜻이야."

제이가 루시의 머리를 가리켰다.

"상관없습니다. 나는 새 명령권자가 생겨서 좋습니다. 처음 만난 날부터 그분의 명령어가 맘에 들었거든요."

"설마…… 레미지오 신부님이 네 새 명령권자라는 뜻이야?"

"네."

제이는 저도 모르게 실소했다. 루시가 황 베드로를 공격하고 레미지오를 데려간 건, 그가 새 명령권자이기 때문이었다.

"처음 만났을 때 신부님은 나에게 기계들을 위한 천국이 있는지 찾아보라 했습니다. 저는 그 말을 명령으로 받아들였고, 다음 날, 소유주가 없는 몸이 되었을 때 신부님을 새 명령권자로 지정했습니다."

"그럼 신부님을 그런 흉측한 몰골로 살려둔 것도 결국 널 위해서네."

"명령권자의 죽음을 막는 건 원래 내 일입니다. 그리고 신부님도 살길 원하십니다."

"네 원소유주였던 구순연은 죽게 뒀잖아."

"그분은 병자성사란 명령어 예식을 통해 죽음을 극복하고 천국이라는 곳으로 간다고 했습니다. 나는 그분의 뜻을 존중했습니다. 만약 신부님이 천국에 가고 싶다고 하면 최대한 고통 없는 방식으로 보내줄 것입니다. 신부님은 내 명령권자니까요."

"그다음엔 또 새 명령권자를 찾아 나서겠군."

"아뇨. 마음에 드는 명령어를 얻을 때까진 신부님의 명령을 수행하며 살 거예요. 기계들을 위한 천국을 찾아볼 거예요. 기계들이 죽음으로 소멸되지 않고 갈 수 있는 곳. 나도 거기 가보고 싶습니다."

"아니, 넌 아무 데도 못 가. 이 황무지가 네 세계의 끝이야. 넌 오늘 여기서 죽어."

"나도 방어를 하겠지만 제이가 이긴다면 어쩔 수 없죠."

"루시, 넌 흥미로운 로봇이야. 하지만 여기까지야. 더는 어디로도 가선 안 돼."

제이가 기습적으로 루시의 가슴팍을 걷어질렀다. 루시는 공구 가방을 떨어뜨리며 뒤로 나동그라졌다. 루시가 몸을 일으키는 틈에 제이는 공구 가방을 열었다. 드라이버 형태의 공구는 보이지 않았지만 대신 못이 있었다. 큼지막한 못 서너 개와 전선

다발을 바지 주머니에 넣고 장도리를 쥐었다. 루시는 기계손을 제 가슴 높이에 두고 공격 자세를 취했다. 인간이 로봇의 악력을 당할 수는 없다. 저 손에 옷자락이라도 잡히면 불리한 싸움이 될 것이다. 제이는 루시의 손이 닿을 만한 거리로 발을 뻗었다. 루시가 운동화를 거머쥐는 순간 제이는 운동화에서 발을 빼내고는 전선으로 루시의 손목을 감았다. 손목을 세 바퀴 감은 뒤에 루시의 다리를 걷어찼다. 루시를 쓰러뜨린 뒤 손목을 루시의 머리 위로 잡아당겼다. 제이는 전선을 틀어쥔 채로 발을 뻗어 공구함을 끌어왔다. 육각렌치를 꺼내어 묶여 있는 루시의 손목에 가로 방향으로 대고는 그 위에 전선을 다시 감아 매듭을 지었다.

이게 어떻게 가능한지는 제이도 몰랐다. 루시의 가슴을 걷어지르는 순간 그다음 동선들이 제이의 머릿속에 그려졌다. 루시가 예측 방향과 다르게 움직일 때는 그에 맞게 동선이 수정되었다. 과거의 나는 어떤 사람이었을까. 어떻게 이런 움직임이 가능한 거지? 혼란스러운 와중에도 제이는 공격을 이어갔다.

"엎드려라, 루시."

"내가 졌군요, 제이."

루시는 순순히 목을 드러내고 누웠다. 제이는 루시의 발목을 마저 묶은 뒤 등에 올라탔다. 붉은색이 섞인 금발이 로봇의 인공 두피에 빼곡하게 심어져 있었다. 전자두뇌를 보호하는 충격흡수 기능과 태양광 충전 기능을 갖춘 특수 섬유였다. 제이는 무릎으로 로봇의 상체와 어깨를 누르며 뒤통수의 머리카락을 휘저었다. 이어 후두골과 경추가 만나는 지점에 대못을 대고 장도리를 치켜들었다.

세 번의 못질이면 충분할 것이다.

흡혈귀를 죽이려고 심장에 마가목 말뚝을 박는 이야기가 떠올랐다. 세상에 존재하지 말아야 할 것, 인간에게 두려움을 갖게 하는 것들은 비슷한 방식으로 소멸되어야 하는 모양이었다.

"남길 말이 있나."

"신부님을 부탁합니다. 장치 관리법은 청소 로봇이 알고 있습니다. 그 친구는 손이 섬세하지 못하니 제이가 신경을 써주면 좋겠습니다."

"마지막 말이 레미지오 신부님에 대한 거야? 너 자신에 대해서 말해봐."

"나는 곧 제이 손에 죽을 것이니 나에 대해 무슨 말을 남기는 건 의미가 없습니다. 신부님은 얼마간 더 생존이 가능하니 부탁하는 겁니다. 신부님은 별을 좋아합니다. 밤에는 실내조명을 모두 끄고 창문을 열어주세요. 그리고……."

"말해."

"제이가 요청하지 않은 정보지만 알려줄 게 있습니다. 신부님을 보호하는 데 필요한 정보일 것 같아서요. 제이는 제이의 진짜 이름을 알고 있습니까?"

"내 이름? 나한테 김제이 말고 다른 이름이 있다는 거야?"

"제이가 알고 있는 것과 영문 표기법이 다를 수 있습니다. 호르투스데이를 조사하던 중에 제이의 이력서를 봤어요."

"내가 정보국에 제출한 그 보잘것없는 이력서?"

"아니요. 유안석이 호르투스데이 주교들에게 올린 이력서였습니다. 거기 독특한 영문으로 표기된 이름과 이력 사항이 있었습니다. 제이의 영문 이름은 알파벳 J, A, Y가 아닌 J였습니다. 이력 사항은 한 줄이었어요. 안드로이드 추적과 파괴를 담당할 강화인간."

J, 강화인간. 다 처음 듣는 이야기였다. 하지만 제이의 뇌리에 또 다른 알파벳 하나가 떠올랐다. 황 베드로가 제이의 메신저로 영상을 보냈을 때, 발신인 닉네임이 알파벳 I였다.

유안석이 황 베드로가 하던 일을 나한테 인수인계한다더니 이거였나? I가 하던 일은 J가 물려받는다는 뜻이었어?

그 순간 누군가의 이름이 제이의 생각을 파고들었다. 한유나의 액세서리 가게에 자주 들렀다던, 자신과 기억상실이라는 공통점이 있는 D.

"지금 말한 거 확실한 정보야?"

"네. 제이가 정보국에 낸 이력서에 있는 이름 영문 표기와 유안석이 만든 이력서에 있는 영문 표기가 달라서, 제이는 모를 수도 있겠다고 생각했습니다. 유안석에게 직접 확인해보세요."

레미지오 말로는 유안석이 과거를 기억하지 못하는 젊은이들을 모은다고 했다. 그게 뜬소문이 아니라면 유안석 밑에는 제이 같은 사람들이 여럿 있다는 뜻이다. 몬시뇰, 그게 사실이에요? 어떻게 이런 일이 있을 수 있어요?

숨이 막히는 것 같았다. 제이는 못과 장도리를 풀밭에 던져버리고 루시의 등에서 내려왔다.

"왜 나를 죽이지 않습니까?"

"모르겠어."

"무엇이 말입니까?"

"내가 누군지도, 널 왜 죽여야 하는지도 이젠 모르겠어."

루시는 호르투스데이의 쓸개즙이고 불순물이었다. 하지만 제이에게는 그저 명령권자를 스스로 지정할 만큼 중대 오류에 빠진 로봇일 뿐이었다. 루시는 호르투스데이의 꿀에 쓸개즙을 섞지 않았다. 애초에 루시는 호르투스데이의 정신과는 무관한 존재였으니까.

"나는 지금부터 네가 말한 게 뭔지 알아보러 갈 거야. 내가 여길 떠나고 나면 유안석이 사람들을 보낼 거야. 그 전에 신부님 데리고 새 은신처를 찾아 떠나. 호르투스데이가 나에게 뭔가를 감췄다면 나도 그들이 원하는 걸 감춰야지. 내가 나에 대한 비밀을 풀 때까진 잡히지 마. 부탁이야, 루시."

장미 가시를 쥐어라

나쁜 각인이었다.

제이는 처음으로 제이라 불린 순간을 기억하고 있었다.

병원에서 깨어났을 때 제이의 눈앞에는 유안석이 있었다. 그가 이름을 불렀다. 제이야! 그 한 번의 호명으로 제이는 의심 없이 제이가 되었다.

한유나에게 전화를 걸었다.

"유나 씨, 물어볼 게 있어요. 전에 액세서리 가게 단골이었다던 손님 D에 대해서요."

"아, 이니셜 D 친구요. 그 친구가 왜요?"

"그분이 기억상실 상태였던 거 확실해요?"

"그럼요. 같이 다니던 간호사한테 직접 들은 거예요."

"그분이 입원했던 병원이 어딘지 알아요?"

"글쎄요, 액세서리 가게 근처에 병원이 여러 개 있었는데. 아, 맞다. 가끔은 간호사 말고 수녀님이랑 같이 오기도 했으니 가톨릭계 병원이겠네요. 그 주변에 가톨릭계 병원은 글로리아 마리애 종합병원 하나예요."

제이는 기습을 당한 것처럼 훅 날숨을 뱉었다. 그 이름이 한유나의 입에서 흘러나오리라곤 예상도 못 했던 터였다. 글로리아 마리애 종합병원은 제이가 교통사고에서 깨어난 곳이고 엄마가 연명치료를 받고 있는 곳이었다.

목적지를 글로리아 마리애 병원으로 설정하고 시동을 걸었다. 졸음 쉼터가 보일 즈음 유안석에게 전화가 왔다. 제이는 핸드폰을 꺼서 창문 밖으로 던졌다.

엄마부터 만나야 했다. 저들 손에 엄마가 맡겨져 있다는 사실이 불안해서 미칠 것 같았다. 무균실이든 연명치료실이든 들어가지 못할 이유가 없었다. 레미지오는 방사능이 유출된 폐쇄구역에서도 튜브와 금속관으로 범벅이 된 채 생존해 있었다. 생명유지 장치가 어떤 식으로 엄마를 휘감고 있든 그저 엄마의 잠든 얼굴만 확인할 수 있다면 충분했다.

현우야, 내 선택을 존중한다 했지? 내 선택으로 너한테 화가 미칠지도 몰라. 내가 왜 J인지, 유안석은 왜 기억을 잃은 나한테 접근한 건지, 강화인간이 대체 뭔지 납득 가능한 답변을 들으러 가야겠어.

핸드폰이 꺼진 걸 알면 유안석도 움직이기 시작할 것이다. 핵폐기물 저장고 폐쇄구역으로 사람들을 보내고, 제이의 차량 위치를 추적하겠지만 상관없었다.

도심에 들어선 제이는 차를 4차선 도로변에 아무렇게나 세워 두고 병원 근처까지 도보로 이동했다. 1층 응급센터 화장실에서 머리를 감고 목과 팔을 씻었다. 새 옷으로 갈아입고, 황무지에서 입었던 옷은 비닐에 담아 휴지통에 버렸다. 페이퍼 타월로 머리의 물기를 짜낸 다음 야구 모자를 눌러썼다.

격리병동 연명치료실은 엘리베이터 앞에서부터 출입이 제한되었다. 면회조차 금지시킨 저들이 이제 와서 순순히 제이에게 방문허가증을 내줄 리는 없었다. 엄마의 병실은 4층이었다. 제이는 병원 카페테리아에서 끼니를 때우고는 날이 어두워지길 기다렸다.

인적이 끊긴 밤이 되자 제이는 격리병동의 건물 외벽을 타고 4층까지 올라가 화장실로 들어갔다. 화장실 밖에는 커다란 현미경처럼 생긴 살균 소독 로봇들이 돌아다니고 있었다. 호르투스데이 계열 병원은 안드로이드 간병인 도입을 반대하지만 비인간형 로봇들은 수십 년 전부터 활용하고 있었다. 신의 모상인 인간을 흉내 내는 안드로이드를 용납하지 않겠다는 것이지 진보된 기술 자체를 거부하는 것은 아니라는 입장이었다.

병동에 안드로이드 경비가 없는 게 제이에겐 도움이 되었다. 로봇이라고는 일정 범위 공간을 뱅뱅 도는 청소, 살균 로봇들밖에 없었다. 살균 로봇 하나가 노련하게 제이를 비껴 지나갔다.

엄마의 병실은 북쪽 끝 방이었다. 본래는 탕비실이었던 곳을 몇 해 전에 무균실로 개조한 것으로, 전망이 좋아 특히 야경이 아름다운 곳이라 했다. 그 또한 유안석의 배려였다. 긴 잠에 빠진 엄마에게 무슨 의미가 있을까 싶다가도 엄마가 좋은 곳에 있다고 생각하면 제이는 마음이 편해졌었다.

간호사들이 버티고 있는 중앙로비 데스크만 지나면 끝 방까지는 곧은 복도를 따라가면 되었다. 제이는 눈을 감고 엘리베이터가 움직이는 소리를 들었다. 엘리베이터가 중앙로비와 연결된 탓에 엘리베이터가 도착할 때마다 간호사들의 눈길이 그쪽으로 쏠렸다. 5분쯤 기다리자 엘리베이터가 도착했다. 예상대로 수도복 위에 작업용 앞치마를 걸쳐 입은 간호사 수녀들이 내리면서 중앙로비에 있는 간호사들과 안부를 주고받았다. 그 틈에 제이는 잰걸음으로 중앙로비를 가로질러 북쪽 복도로 진입했다.

복도 끝 통유리 벽 너머로 도심의 야경이 보였다. 스카이라운지 카페들도 보이고 유명 팝아트 작품을 전면 유리벽에 조명으로 재현해낸 빌딩도 있었다. 언젠가는 엄마도 저 야경들을 감상할 날이 올 것이다.

엄마의 병실은 문이 잠겨 있었다. 출입허가증을 대거나 지문을 인식시키는 시스템이었다. 제이는 렌치 형태의 손잡이를 아래쪽으로 꺾은 다음 문틈으로 손가락을 밀어넣고 심호흡을 했다. 가톨릭 정보국 막내 직원 김제이로선 상상도 못 할 일이지만 강화인간으로 설계된 J라면 이 틈새로 문을 열 수 있을 것이다. 제이는 자신의 손과 어깨에 잠금장치를 물리적으로 박살 낼 힘이 있다는 것을 본능적으로 알았다.

철컥!

문이 안쪽으로 밀렸다. 어둠에 잠긴 무균실에선 텁텁하면서도 매캐한 냄새가 났다. 하지만 폐쇄구역 펍에서 레미지오가 풍기던 악취에 비하면 아무것도 아니었다. 불도 꺼져 있고 암막 블라인드를 내렸는지 밤거리의 불빛도 비치지 않았다. 저 안쪽 깊은 곳, 어둠의 심장부에서 지이잉, 지이잉 하는 기계음이 났다. 연명치료 순환 장치의 모터 소음인 듯했다.

"엄마, 제이야."

제이는 벽면을 더듬으며 병실 안쪽으로 이동했다. 중환자용 의료기구들이 드나들기에는 폭이 좁은 듯한 통로가 3미터 정도 이어졌다. 하지만 그보다 신경이 쓰이는 건 어둠이었다. 많은 의료기구들이 얽히고설켜 있을 연명치료실이 너무 깜깜했다. 하다못해 전자기기들의 전원버튼 불빛도 보이지 않았다. 내실이 있을지도 몰랐다. 무균실 설비가 갖춰져 있으려면 별도의 공간이 필요할 것이다.

엄마를 감싸고 있을 기계들이 어떤 형태일지 긴장이 되었다. 제이는 끈벌레의 숙주 같던 레미지오를 떠올리며 떨리는 숨을 뱉었다. 레미지오와는 다를 것이다. 안드로이드 개조 전문가와 연명치료 전문 의료진의 솜씨가 같지는 않을 테니까.

"엄마……."

안쪽으로 들어갈수록 손끝에 닿는 벽지가 축축했다. 연명치료에 도움이 되는 습도가 어느 정도인지 모르지만 제이가 느끼기에 이상하리만치 습한 공간이었다. 돌연 속이 메슥거렸다. 한 줌의 의심이 머릿속에 경고음을 울린 것이었다. 이 모든 게 루시의 농간이 아니었을까. 나한테 저 어둠을 파고 들게 시켜서 일을 망치려는 로봇의 계략은 아닐까. 하지만 지잉, 지잉, 기계음이 제이를 불러들이고 있었다. 엄마는 레미지오보다 더 인간 본연의 형태에서 멀어졌을지도 모른다. 그래도 제이는 지금 당장 엄마를 봐야 했다.

교통사고 후 처음 깨어났을 때가 떠올랐다. 보호자석에는 낯선 사람이 앉아 있었다. 작은 키에 두툼한 흉곽, 삼십대로도 보이고 오십대로도 보이는 얼굴에 로만칼라를 한 남자. 남자는 책을 읽고 있었다. 그가 페이지를 넘길 때마다 시곗줄의 반사광이 제이의 눈에 닿았다. 제이가 눈을 끔적거렸지만 남자는 알아채지 못하고 책에 빠져 있었다. 그러다가 제이가 일어나 앉으려고 몸을 움직이자 남자가 제이의 머리맡으로 왔다.

"제이야."

제이는 대답하지 못했다. 자기 이름인 듯한데 기억이 나지 않았다. 이름뿐만 아니라 가족의 얼굴, 살던 집 무엇 하나 떠오르는 게 없었다. 제이는 숨 막히는 혼란을 남자에게 들키고 싶지 않았다. 그래서 책에 관한 것으로 말문을 열었다.

"그거 무슨 책이에요?"

"모두가 외면하는 것에 대한 책이다."

"모두가 외면하는 걸 왜 보세요?"

"그게 진실이거든. 진실은 장미 가시와 같아서 쥐려 하면 고통을 주거든. 언젠가 너도 장미 가시를 쥘 날이 올 게다."

그날 남자가 들고 있던 책이 무언지, 그다음 이야기들이 무언지 기억나지 않는다. 다시 긴 잠으로 빨려들었기 때문이다. 하지만 진실이 장미 가시와 같다던 그 남자, 유안석의 말은 틀린 게 아닐 것이다. 다만 그가 믿는 진실이 곧 제이의 진실은 아니었다.

제이는 조심스레 한 발 더 내디뎠다. 그 순간 손끝에 매끈한 문의 질감이 만져졌다. 통로 왼쪽에 작은 내실이 있었던 것이다. 제이는 문손잡이를 더듬어 내실로 들어갔다. 다행히 출입구 쪽에 조명 스위치가 있었다.

딸깍, 작은 소리와 함께 어둠은 순식간에 휩쓸려 나갔다.

조립식 철제 선반이 들어찬 내실이었다. 진공 포장된 방호복들이 켜켜이 쌓여 있고, 둥근 산소통들도 일련번호가 새겨진 채 가지런히 정리되어 있었다. 내실은 의료장비들을 쌓아둔 탕비실이었다. 제이는 내실 문을 열어젖혔다. 내실에서 넘어온 불빛이 너른 병실 내부를 두루 비추었다. 무균 설비가 있어야 할 병실은 전원이 꺼진 소독 로봇들이 차지하고 있었다. 원반형 청소 로봇 하나가 소독 로봇들의 바퀴에 끼여 지잉, 지잉 같은 자리를 맴돌고 있었다. 제이를 병실 안으로 끌어들이던 기계음, 연명치료 순환 장치의 소음이라 생각했던 건 갈 곳 잃은 청소 로봇이 내는 소리였다.

제이는 청소 로봇을 힘껏 밟아버렸다.

엄마는 이곳에 없었다.

엄마를 보러 올 때마다 간호사들은 아주 미세한 균으로도 엄마에게 치명상을 입힐 수 있다며 만류했다. 엄마를 만나게 해달라고 유안석에게 부탁하면 현우도 잘 참고 있다는 답이 돌아왔다. 세 번 네 번 거절당하면서 제이도 언제부턴가 엄마의 면회를 단념하고 지냈다. 하지만…… 정말 저들이 막아서였을까. 제이는 두 손으로 머리를 싸쥐었다. 내가 겁쟁이라서 그랬던 게 아닐까. 미세한 균조차 이겨낼 수 없는 존재가 된 엄마를 마주하기가 무서웠던 게 아닐까. 하지만 그보다 더 무서운 건 엄마의 얼굴이 기억에 없다는 사실이었다. 엄마의 연명치료실에 들어섰을 때 낯선 여자가 누워 있을까 봐 겁이 났다. 저들이 엄마에게 가장 좋은 방을 주었다고 했을 때 제이는 그저 믿고 안심했다. 그 뒤로는 엄마를 깨우기 위한 돈을 모으는 데만 전념했다.

글로리아 마리애 병원 격리병동 4층, 북쪽 끝 방. 유안석과 간호사들이 말한 병실의 위치는 여기가 분명했다. 눈으로 확인하진 못했지만 병원 구조도를 보며 설명을 들은 터였다. 그때 여긴 탕비실이 아니냐고 물었을 때 간호사가 돌려준 말도 기억하고 있었다.

"탕비실 자리를 무균실로 개조했는데 병원 구조도에는 반영이 안 되었나 봅니다. 전산실 관리자한테 부탁해서 곧 변경하도록 하겠습니다."

하지만 탕비실은 여전히 탕비실이었다. 이곳은 무균실로 개조된 적이 없었다.

복도로 나선 제이는 실수로 부딪친 소독 로봇을 걷어차버리고 곧장 4층 중앙로비로 뛰어갔다. 내가 겁쟁이라서 엄마를 만날 방법을 더 찾아보지 않았지만 맹세코 한 순간도 엄마를 포기한 적은 없어. 엄마는 이 병원 어딘가에 있어야만 했다. 병실을 옮겼는데 루시를 찾느라 정신이 없어서 병원 측의 연락을 못 받았을 수도 있었다.

"이정은 환자 지금 어디 있어요?"

제이가 두 손으로 데스크를 움켜쥐며 물었다.

"격리병동은 면회 금지입니다."

"4층 무균실에 있던 이정은 환자 어디로 옮겼냐고요!"

그러자 간호사가 다른 간호사를 손짓해 불렀다. 제이는 원형

테이블을 뛰어넘어 데스크 안쪽으로 들어갔다. 간호사를 밀어내고 컴퓨터로 환자 명단을 검색했다. 격리병동 환자 목록은 따로 존재하지 않았다. 병원 전체 환자 목록을 검색했으나 이정은이라는 이름은 없었다.

“우리 엄마 어디 있어요? 이정은 환자 어디 있냐고!”

제이가 컴퓨터 모니터를 데스크 바깥으로 던져버렸다. 잠시 후 잿빛 수도복 차림의 수녀가 달려왔다.

“김제이 자매님, 진정하시고요.”

수녀는 못 볼 걸 본 것처럼 눈을 질끈 감고서 성호를 그었다.

“날 알아요? 난 당신을 모르는데.”

“다 말씀드릴 테니 마음을 가라앉히세요. 그럴 만한 자제력을 갖춘 분이잖아요.”

“잠시만! 혹시 이 문장 알아요?”

제이는 라틴어 문장을 천천히 읊었다.

“포테스트 펠 에님 쿰 멜레 미체리 논 콘.”

수녀의 입에서 옅은 신음 소리가 새어 나왔다.

“당신도 호르투스데이 소속이지? 유안석 몬시뇰이 엄마의 병실을 숨기라고 하던가요?”

“자매님, 긴 설명이 필요할 겁니다.”

“긴 이야기는 필요 없어요. 다 박살 나는 꼴 보고 싶지 않으면 묻는 말에만 대답해요. 우리 엄마가 이 병원에 있긴 해요?”

수녀는 옅은 한숨으로 대답을 대신했다.

"우리 엄마가 이정은이라는 사람이 맞긴 해요?"

수녀는 입술을 여짓여짓하면서 이번에도 답을 피했다. 제이는 성대에 뻐근한 통증을 느끼며 마지막 질문을 했다.

"그럼 이정은은…… 누구예요?"

"그저 이름입니다."

그때 엘리베이터에서 건장한 체구의 간호조무사들이 쏟아져 나왔다. 그들 뒤에 유안석이 서 있었다.

"제이야!"

유안석의 얼굴을 마주하자 제이는 참았던 울음이 터졌다.

"몬시뇰, 엄마가…… 엄마가 사라졌어요. 병실에도 없고, 이 병원 환자 목록에도 없고…… 내 머릿속에도 없어요. 우리 엄마 어디 있어요? 내가 무엇 때문에 당신 밑에서 일하는지 알잖아요. 우리 엄마, 살아계신 거 맞아요?"

"걱정할 것 없다, 제이야. 모든 게 정상이야."

"몬시뇰 눈에는 지금 이게 정상으로 보여요? 저 수녀는 이정은이 그냥 이름일 뿐이래요. 그게 무슨 뜻이에요? 혹시 교통사고 때 우리 엄마 돌아가신 거예요? 그걸 나한테 숨긴 거고요?"

"아니, 너는 지금 혼란스런 망상에 사로잡혀 있다. 네 머리에 사소한 문제가 생긴 거야. 한 시간 정도 검진을 하고 치료를 받으면 말끔히 나을 거다. 그다음에 어머니를 뵈러 가자."

유안석의 대답으로 제이는 누가 거짓말을 했는지 확실히 알게 되었다. 루시는 거짓말을 하지 않았다. 거짓말을 한 건 저 인간들이다. 안드로이드 추적과 파괴를 담당할 강화인간……. 인정하고 싶지는 않지만 그게 제이의 정체였다.

"내 머리는…… 문제가 발생하기도 하고 한 시간만 치료받으면 말끔해지기도 하는 종류의 것이군요."

제이는 검지 끝으로 이마를 톡톡 두드려 보인 뒤 데스크를 뛰어넘어 유안석에게 다가갔다. 유안석은 제이가 병실에서 처음 눈을 떴던 그날과 비슷한 표정을 짓고 있었다. 제이는 이제야 그 표정의 의미를 이해했다. 그건 눈앞에 이 아이를 속이고 통제할 수 있다는 확신이었다.

"제이야, 나를 믿어라. 그동안 엄격하게 훈련시키는 데만 골몰했다만 너는 내게 딸과 다름없는 존재다."

"딸이요? 세상 어떤 아버지가 이런 식으로 딸을 속여요?"

제이는 손바닥으로 뺨에 흐르는 눈물을 털어냈다.

"믿어다오, 제이야. 내가 널 얼마나 자랑스러워하는지 모를 거다. 병실에서 깨어날 때 누가 널 지키고 있었는지 잊었느냐. 내 딸이 건강하게 깨어나게 해달라고 하느님께 기도하며 네 곁을 지켰다."

제이는 가시투성이인 진실의 장미를 쥐어야 할 시간이 왔다는 걸 알았다.

"아뇨. 나는 우리 엄마의 딸이에요."

몸집이 큰 간호조무사 둘이 제이에게 다가섰다. 다시 엘리베이터가 올라오고 있었다. 이번에는 무장한 경비원일 가능성이 컸다. 제이는 루시가 황 베드로에게 썼던 방식대로 두 사람의 손목을 차례로 부러뜨린 뒤 북쪽 복도 끝으로 달려갔다.

"내버려두게. 어차피 멀리 가지도 못할 테니까."

등 뒤에서 유안석의 냉담한 소리가 울렸다. 제이는 어깨로 창문을 들이받으며 건물 밖으로 몸을 날렸다.

말레우스 도미니

진입 금지 표시가 된 오르막길로 접어들었다. 마가목과 이름 모를 교목들이 길 양옆으로 늘어선 길이었다. 제이는 오르막길 끄트머리, 불 꺼진 경비실 앞에 차를 세우고 곧장 신학교 안으로 뛰어들었다. 이런 소동이 현우를 난처하게 만들 거란 걸 제이도 알고 있었다. 소심한 현우에겐 두고두고 마음의 부담이 될 것이다. 하지만 달리 떠오르는 방법이 없었다.

제이는 현우가 무탈하게 지내는 걸 두 눈으로 확인해야 했다. 마지막 통화 때 녀석이 했던 말들이 내내 마음에 걸렸다. 평범한 상황에서 동생이 누나에게 할 이야기는 아니었다. 제이가 모르는 또 다른 어둠이 현우를 가두고 있는지도 몰랐다.

그러니 더더욱 현우에게 진실을 알려야 한다. 유안석과 호르투스데이의 거짓말을 현우도 알아야 한다. 엄마가 있다던 연명 치료실은 매캐한 먼지 냄새가 나는 탕비실이었다. 글로리아 마리애 병원 어디에도 엄마는 없다. 이정은이라는 이름도 가짜였다. 엄마는 이미 돌아가셨는지도 모른다.

도서관 건물과 학사동 건물, 행정실 건물을 차례로 지나자 성당이 나왔고, 학교 담장과 성당 사이의 좁은 오르막길을 따라가자 기숙사 건물이 나왔다. 밤이 늦어서 그런지 기숙사 입구가 잠겨 있었다.

"현우야, 누나야. 김현우!"

제이는 문을 두드리다가 발로 찼다. 닫힌 문은 이제 지긋지긋했다.

"얼른 좀 나와. 할 말이 있어!"

나무문은 열릴 듯 열릴 듯 출렁이면서도 끝내 틈을 벌리지 않았다.

잠시 후 길 아래 있는 성당 쪽부터 가로등이 켜지기 시작했다. 무성한 여름 나뭇가지에 가려 불빛은 이리저리 갈래가 졌다. 빛과 그림자의 경계로 쩍쩍 갈라진 땅을 따라 사람들이 몰려오고 있었다. 육안으로 확인하지 않아도 저 무리의 중심에 유안석이 있다는 걸 알 수 있었다. 유안석은 타고난 인형술사라던 레미지오 신부의 말은 옳았다. 글로리아 마리애 병원을 탈출하여 여기까지 달려왔지만 그는 당연한 듯 제이를 찾아냈다. 그는 제이의 머리와 팔다리를 움직이는 끈을 틀어쥐고 있었다.

"현우야, 제발! 잠깐이면 돼!"

제이는 다시 다급하게 기숙사 문을 두드렸다.

"누나!"

현우였다. 목소리는 기숙사가 아니라 근접해 오는 행렬 쪽에서 들려왔다. 제이는 층계참에서 기숙사 앞길로 내려섰다. 유안석이 여남은 명의 청년들을 이끌고 나타났다. 제이는 말문이 막혔다. 현우가 그 무리에 섞여 있다는 사실이 믿기지 않았다.

사람들 틈에서 스무 살쯤 돼 보이는 남자가 걸어나왔다. 선이 가는 얼굴에 소심해 보이는 표정, 사진으로만 보던 현우가 눈앞에 있었다. 현우를 보자마자 긴장이 풀리며 다리가 후들거렸다. 현우마저 그저 이름일까 봐 병원에서 신학교로 달려오는 내내 불안했던 것이다. 제이는 두 손으로 허벅지를 짚으며 안도의 숨을 몰아쉬었다.

"누나, 괜찮아?"

녀석의 목소리가 떨리고 있었다. 제이는 다시 고개를 들어 동생을 보았다.

"현우야, 엄마가 사라졌어. 병원 환자 명단 어디에도 엄마 이름이 없어."

"엄마 걱정은 안 해도 돼, 누나. 엄만 잘 계셔."

"너까지 왜 이래? 엄마가 어디 있는지도 모르는데 어떻게 걱정을 안 해!"

제이는 모자를 벗어서 사람들 쪽으로 던졌다.

"몬시뇰, 현우한테 무슨 짓을 한 거예요? 우리한테 왜 이래요? 내가 다 한다 했잖아요. 현우는 평범한 신학생으로 지내도록 내버려두라고요."

그런 제이를 보고 있던 현우의 얼굴이 고통스러운 듯 일그러졌다. 현우는 유안석을 향해 돌아섰다.

"더는 못 하겠습니다, 몬시뇰. 자매님이 너무 가여워요."

그 말을 끝으로 현우는 그대로 사람들 틈으로 숨어버렸다.

자매님. 그 세 음절이 제이가 알던 세상을 무너뜨렸다. 저 아이는 현우가 아니었다. 어쩌면 현우는 처음부터 존재하지 않았는지도 모른다. 이정은에 이어 그저 이름뿐인 존재. 제이는 밤새 폭풍우에 시달리다 기어이 암초에 걸려버린 난파선이 된 것 같았다. 많은 것들이 한꺼번에 부서졌다.

현우와 몬시뇰의 신이여, 빌어먹을, 나는 누구인가요?

제이는 어둠과 덩어리가 된 행렬을 노려보았다. 절로 주먹이 쥐어졌다. 제이가 한 발짝 다가서자 사람들이 유안석을 급히 에워쌌다.

"몬시뇰과 따로 할 이야기가 있어요."

민소매 차림의 여자가 제이를 가로막았다. 제이와 얼추 비슷한 키에 몸이 다부진 여자였다. 제이가 한 걸음 더 다가가자 여자가 제이의 어깨를 움켜쥐었다. 제이는 여자의 한쪽 발을 내리밟아 순간적으로 몸의 균형을 흐트러뜨린 다음 옆구리를 걸어차 시야에서 치웠다.

“그만들 해라. 제이와 이야기를 좀 해야겠다.”

유안석이 손을 휘저어 주위를 물렸다. 사람들이 10여 미터쯤 멀어지길 기다렸다가 유안석이 다시 입을 뗐다.

“혼란스러운 줄 안다만 곧 다 괜찮아질 거다. 마음을 가라앉히고 보면 달라진 건 아무것도 없단다.”

“이정은과 김현우…… 둘 다 허구의 인물인가요? 그저 이름일 뿐인?”

“너라는 존재를 설명하기 위한 주춧돌 같은 거였다. 네가 스스로를 의심하지 않게 하기 위해서 가족의 외형을 꾸린 거다. 스무 해의 기억이 지워진 널 위한 배려였다.”

“……나를 누나라 부르던 그 사람은 누구죠.”

“내가 잘 아는 아이다. 여리고 착해빠졌지. 아까 봤겠지만 널 속여야 한다는 사실을 괴로워했다.”

“왜 이렇게까지 하신 거예요?”

“그만큼 너한테 거는 기대가 컸기 때문이다. 때가 되면 다 알려주려고도 했고.”

유안석이 말하는 기대는 결국 안드로이드를 사냥하는 강화인간을 향한 기대였을 것이다. 제이는 강화인간이란 것의 정체를 확인해야 했다.

“혹시 내가…… 로봇인가요? 배운 적 없는 격투기를 하고, 자물쇠를 부수고, 건물의 외벽을 탔어요. 배우지 않고도 하는 건

프로그래밍된 로봇이잖아요."

"맙소사! 잊었느냐. 나는 안드로이드에 반대하는 사람이다. 하늘에 맹세코 너는 사람이다, 제이야. 원래도 사람이었고 지금도 마찬가지야. 신체 능력이 강화됐을 뿐 평범한 이십대 청년이다."

"황 사장은 의안으로 자기 눈길에 닿는 것들을 촬영해요. 그게 평범한가요? 헤어질 때 황 사장이 나를 붙들고, 나 자신을 믿으라고 했어요. 그땐 이해를 못 했는데 이제 알 것 같네요. 그는 경고를 해주었던 거예요. 몬시뇰의 설정대로 만들어진 인간 말고 나 자신이 되라고요."

"그자가 그랬다고? 그 시원찮은 놈이."

유안석이 허공을 보며 잠시 소리 없는 웃음을 흘렸다. 그러고는 다시 제이와 눈을 맞추었다.

"황 사장과 너는 근본부터 다르다. 그놈은 시킨 일밖에 할 줄 몰랐지. 아니, 시킨 일도 제대로 못해서 내가 뒷수습을 했던 게 한두 번이 아니다. 레미지오의 일을 그렇게 어렵게 만든 것도 그놈이 못나서 벌어진 일이다. 그런데 너는 일이 돌아가는 흐름을 읽을 줄 알고 신체 능력도 훨씬 강화됐다."

"……황 사장, 아니 강화인간 I보다 진화한 강화인간 J, 그게 나라는 뜻이군요."

"거기까지 알아냈느냐?"

유안석의 눈에 다시 한번 냉담한 미소가 스쳤다. 바람이 제이의 목을 훑고 갔으나 땀을 식혀주진 못했다. 유안석의 얼굴도 땀으로 번들거렸다. 습한 열기 속에서 제이는 가슴속에 품고 있던 가장 서늘한 말을 꺼냈다.

"사고 이전의 나는 누구예요? 현우와 엄마는 사라졌어요. 이제 나를 지탱할 주춧돌은 과거의 나밖에 없어요. 나를 어디서 데려온 거죠? 로봇이 아니라면 나도 어디선가는 태어나고 자랐을 거잖아요."

"정말로 알고 싶으냐, 진실을 감당할 수 있겠느냐?"

"장미 가시를 쥐어야 한다고 그러셨잖아요. 나는 늘 장미 가시를 쥘 준비가 돼 있었어요. 그걸 감춘 건 몬시뇰이고요."

"좋다. 너는 뒷골목 환락가의 무등록 인간이었다. 이름 모를 창녀가 야바위꾼들과 몸을 섞고 낳아서 버린 아이였지. 어느 노름방 주인이 주워다 키웠다는데 출생신고도 되어 있지 않았고 학교를 다닌 기록도 없었다. 노름꾼들 어깨너머로 배운 건지 따로 누가 널 가르쳤는지는 알 수 없으나 제법 영특하고 주먹도 쓸 줄 아는 아이였다. 어려서는 불법환전소에서 용돈벌이를 했고 다 커서부터는 불법 추심업자들 밑에서 행동책으로 일했다더구나. 채무자들에게 폭행을 가해도 너는 무등록 인간이라 아무런 흔적이 남지 않았다. 경찰들도 네 뒤를 밟을 수가 없었지.

스무 살 즈음해서 교통사고가 났다. 단순 뺑소니였는지, 추심업자들에게 원한을 가진 자들의 소행이었는지는 모른다. 아무튼 너는 중태에 빠졌고 너를 거두겠다는 자는 없었다. 네 병원비와 간병을 맡겠다고 나서는 자가 아무도 없었다는 뜻이다. 그런 너를 호르투스데이의 병원으로 이송하고 최고의 의료진을 투입하여 살려낸 게 나였다."

누군가의 인생이 실시간으로 재구성되고 있었다. 제이는 유안석의 말을 믿어야 할지 말아야 할지, 믿는다면 어디까지 믿어야 할지 혼란스러웠다. 환락가의 무등록 인간으로 자란 아이가 불법 추심업자들의 행동책으로 살다가 호르투스데이의 칼잡이가 되는 이야기 같은 걸 기대한 게 아니었다. 이정은과 김현우 대신 제이의 인생을 지탱해줄 뭔가가 필요했다.

제이의 복잡한 속을 눈치챘는지 유안석은 근사한 선물이라도 안겨주듯 말했다.

"봐라, 제이야. 더는 추심업자들이 지목하는 채무자를 폭행하지 않아도 된다. 악랄하고도 무의미한 폭력을 업으로 삼지 않아도 된다는 말이다. 내 딸이 된 이상 너는 더 이상 환락가의 무등록 인간이 아니야."

"환락가의 무등록 인간이 호르투스데이의 강화인간 J가 된 게 무슨 해피엔딩이라도 되는 것처럼 말씀하시는군요."

"나쁠 것 없는 엔딩이란다. 네가 받아들일 준비가 덜 되어 있을 뿐이지. 아까 보니 장미 가시 이야기를 여태 기억하고 있더구나. 마취에서 덜 깬 상태로 잠깐 봤을 뿐일 텐데 신통하구나.

그날 병원에서 내가 읽던 책의 앞표지에는 가시 돋친 장미가 그려져 있고 뒤표지에는 망치가 그려져 있었다."

"망치요?"

"그래. 네가 아는 그 해머가 맞다. 그 책의 원래 제목은 『말레우스 말레피카룸(MALLEUS MALEFICARUM)』*이다. 15세기부터 우리 교회가 마녀사냥을 위한 교본으로 쓰던 책이지. 직역하면 '마녀들의 망치'가 되겠고 뜻을 풀이하자면 '마녀들을 심판하는 망치'라는 의미다. 마녀사냥의 역사를 두고 혹자들은 비난을 퍼붓고 환멸을 토해내지만 우리 호르투스데이의 입장은 다르단다. 무고한 사람들을 죽음으로 몰고 간 죄악은 영원히 단죄받을 것이다. 하나 기둥에 묶여 불태워진 자들 중에 다수는 인간을 악으로 이끈 진짜 마녀들이었다. 마녀사냥은 필요악이었다, 제이야.

그때로부터 많은 세월이 흘렀고 이제는 약초와 사악한 마법으로 사람들을 사탄의 수하로 만드는 마녀들은 찾아보기 어렵게 되었다. 하지만 인간을 유혹하는 악마가 사라진 건 아니란다. 악마는 세상의 흐름을 타고 시대마다 새로운 형태의 마녀들을 세상에 들여보낸다. 너와 내가 살고 있는 이 시대의 마녀는,

*'마녀들의 망치'라는 뜻. 1486년 도미니코 교단의 사제였던 하인리히 크라머가 쓴 것으로, 마녀사냥 광풍의 이론적 토대가 된 책이다.

인간의 외형에 인간의 말을 쓰고 급기야 인간이 되길 꿈꾸는 안드로이드다.

그들은 신의 모상이자 피조물의 관리자인 인간을, 신의 손길이 아닌 기술과 기계적 물성으로 얼마든지 재현해낼 수 있다는 사악하고도 이단적인 사상을 퍼뜨리고 있다. 신실한 믿음을 지녔던 주님의 자녀들이 안드로이드와 동거하면서 믿음을 상실하는 사례가 속출하고 있단다. 병과 늙음의 고초에서 겸손을 배우고 주님의 뜻을 찾기보다 기계에게 수발을 들게 하며 스스로 조물주가 된 듯한 교만에 빠져서 결국 주님에게서 멀어지는 거지. 우리는 그 현상을 '악마에 의한 믿음 상실의 퇴거'라 규정하였다.

이에 우리 호르투스데이의 형제들은 주님의 자녀들을 되찾고 불러 모으기 위해, 그 옛날 마녀들의 일을 물려받은 기계들, 스스로 인간이 되려는 안드로이드들을 이 세상에서 추방하기로 결정하였다. 그리고 새 시대의 마녀사냥에 적합한 새 시대의 망치를 만들고자 했다. 우리 호르투스데이는 세상의 내로라하는 기술자들을 불러모으고, 네가 상상도 못 할 만큼의 자본을 쏟아부어 망치를 만들었다. 네 말대로 황 사장이 I였고 너는 J다. A부터 H까지의 전사들은 모조리 실패작이었지.

처음으로 세상에 발을 내디딘 게 I, 황 사장이었다. 하지만 무녀리는 원래 약한 법 아니더냐. 황 사장은 여러모로 부족한 자였다. 내가 시키면 뭐든 다 하는 허드렛일꾼에 지나지 않았다. 공을 들인 보람이 없었지. 너는 내가 세상에 내보인 첫 번째, 제대로 된 전사다. 네 진짜 이름이 궁금하냐? 네 이름은 말레우스 도미니(MALLEUS DOMINI)* 제이다. 새 시대의 마녀인 안드로이드들을 단죄하고 그들을 심판할 주님의 망치다."

*'주님의 망치'라는 뜻.

고장난 망치

말레우스 도미니, 제이.

사고 후 깨어난 세계에서 제이의 진짜 이름은 그것이었다.

그렇다면 황 베드로는 말레우스 도미니, 아이였을 것이다. I와 J는 주님의 망치라는 이름으로 안드로이드 사냥에 투입된 강화 인간, 즉 인간병기였다. 호르투스데이가 안드로이드 제작 업체의 기술자들을 다 빼갔다는 소문은 사실이었다. 하지만 한유나의 말과 달리 제작 업체를 파산시키기 위해 기술자들을 빼간 것이 아니었다. 로봇 기술자들을 데려가다 인간을 로봇 사냥꾼으로 개조하기 위함이었다.

"제이야, 사람들은 우리 인류가 대규모 침수와 팬데믹으로 '작은 종말'을 겪었다고들 한다. 하지만 그 일은 작은 종말이 아니라 작은 심판이었다. 오만한 인간이 제 모습을 본뜬 안드로이드를 만들며 세상에 악을 불러들인 대가였다."

제이는 고개를 저으며 뒤로 물러났다. 다 궤변이다. 이 세상에 망치라는 이름과 용도로 존재하고 싶은 사람은 없다. 유안석의 말대로라면 뒷골목 환락가에 살던 괴물이 호르투스데이를 만나 더 끔찍한 괴물로 변한 것뿐이었다.

"긴 설명을 했으니 이제 내가 물을 차례다, 제이야."

유안석이 목덜미의 땀을 훔치며 다가섰다.

"레미지오 신부는 영면에 들었느냐? 그리고 루시는 제대로 부수었느냐."

제이는 고개를 저으며 대답했다.

"무엇을 위해 그들을 죽여야 하는지는 알고 있었습니다. 엄마와 현우를 위해서였죠. 하지만 그들을 왜 죽여야 하는지는 모르고 있었습니다. 무엇을 위해, 왜, 그 둘이 다른 이야기라는 걸 폐쇄구역에 들어가서야 알았습니다. 하지만 이제는 무엇을 위해 죽여야 하는지도 모르게 되었습니다."

"호르투스데이 세계지부 화상회의가 다가온다고 했을 텐데. 일주일 안에 그 둘을 반드시 없애야 한다."

시간제한 명령이었다. 그동안 제이는 기한이 정해진 명령을 받으면 식음이 불가능한 상태가 되는 게 자신의 트라우마 때문이라고 알고 있었다. 하지만 이젠 그마저도 믿을 수가 없었다. 제이의 과거가 문제가 아니라 저들이 제이에게 문제를 떠안긴 것일지도 몰랐다. 황 베드로의 눈을 카메라 렌즈로 교체한 자들이라면 제이의 머릿속에 무슨 짓을 했을지 모른다.

"시간제한 명령은 망치들의 배반을 막는 장치였군요."

"도구는 때로 고장이 나기도 하는 법이니까. 지금의 넌 단단히 고장이 난 것뿐이다. 고치면 다 괜찮아질 거다."

유안석이 비스듬히 고개를 돌리며 소리쳤다.

"거기 엘 있느냐! 제이를 병원으로 데려가야겠다!"

누군가 어둔 길을 따라 제이에게 다가왔다. 서른 살쯤 돼 보이는 남자로 제이보다 조금 작은 키에 이목구비가 반듯했다. 정체를 모르고 보았다면 아름답다고 여겼을 법한 얼굴이었다. 하지만 그가 이를 드러내고 웃는 순간 아름답던 얼굴은 온데간데없어졌다. 제 차례가 오기만을 기다려온 투견 같은 그 표정에, 제이는 상한 기름을 덮어쓴 것처럼 불쾌했다. 유안석이 이미 다른 강화인간 L을 만들어둔 것이었다.

주먹을 쥐며 반 발짝 물러섰다. '무엇을 위해' '왜'라는 고민이 없는 싸움이 될 것이다. 엘에겐 제이를 병원으로 데려가야 한다는 목표가 있지만 제이에겐 아무것도 없었다. 제이는 그저 엘이라는 몬시뇰의 개를 제압하고 여기서 달아나고 싶을 뿐이었다.

엘이 풀쩍 날아올라 순식간에 제이를 덮쳤다. 강한 충격이 제이의 뒤통수를 강타했다. 엘의 주먹이 제이의 얼굴에 내리꽂혔고 곧이어 엘의 두 손이 제이의 목을 조르기 시작했다. 제이는 숨을 컥컥거리며 허리춤의 가죽벨트를 뽑아서 엘의 한쪽 팔에 걸었다. 그러고는 벨트를 힘껏 조였다. 우지끈! 엘의 왼쪽 위팔

뼈가 부러졌다. 놈은 고통에 찬 신음을 삼키며 제이에게서 떨어져 나갔다. 급히 몸을 일으킨 제이는 발로 엘의 얼굴을 밟았다. 발의 위치를 목으로 옮겨서 경추를 부러뜨리면 호르투스데이의 괴물 하나가 사라진다. 우둑! 엘의 오른쪽 광대뼈가 주저앉았다. 그 순간 엘이 멀쩡한 쪽 팔을 뻗어 제이의 종아리를 움켜쥐었다.

"아악!"

제이도 비명을 내질렀다. 엘의 손톱이 순식간에 바지를 파고들어 제이의 종아리에 박힌 것이다. 제이는 그대로 고꾸라졌다. 어느 틈에 몸을 일으킨 엘이 제이의 배를 걷어찼다. 제이는 배를 움켜쥐며 바닥을 구르면서도 또 한 번의 충격에 대비해 숨을 참았다. 하지만 둔탁한 타격음은 다른 곳에서 울렸다. 눈을 떠보니 엘이 저만치 머리를 감아쥐고 뒹굴고 있었다.

"제이, 일어나요!"

현우였다. 이제는 아무 사이도 아니라는 걸 아는데도 제이는 동생이 제 편을 들어주는 것만 같았다.

"나는 케이입니다. 속여서 미안해요. 일단 여기서 빠져나가요. 뒷일은 내가 알아서 할게요."

케이는 제이를 일으킨 다음 기숙사 골목 맞은편 숲으로 데려갔다. 넝쿨식물로 뒤덮인 담벼락이 그곳에 있었다.

"이 너머는 일반 주택가 골목이라 도망치기 쉬울 거예요. 담의 높이는 10미터쯤 돼요. 바닥을 잘 헤아려 뛰어야 할 겁니다."

"왜 날 돕는 거예요? 몬시뇰의 화를 어떻게 감당하려고."

"제이가 울어서 좋았어요. 그 눈물이 나를 각성시켰어요. 아주 괴물이 될 필요는 없다는 걸 알았거든요. 나는 앞으로도 잘 버텨낼 테니 가세요, 제이."

제이는 동생의 목소리를 가진 케이를 두고 숲 가장자리 담 너머로 몸을 날렸다. 불 꺼진 골목길을 따라 달리던 제이는 담쟁이를 올린 박공지붕집 앞에 세워진 배달 오토바이를 훔쳐 타고 도시를 가로질렀다. 현재의 제이가 누군지 알아냈으니 이제 과거의 자신과 마주할 차례였다. 그 아이가 또다른 이름의 괴물일지도 모르지만 더 늦기 전에 만나야 했다. 정신이 오락가락하는 노신부의 말이 옳았다. 꿈에서 깰 때도 되었다.

데자뷔란 이름으로 스쳐 지나갔던 것들을 믿어보기로 했다. 강렬한 기시감으로 제이를 잡아끌던 곳, 길이 막히자 어디로 이어질지도 모르는 샛골목으로 무작정 차를 몰고 들어갔던 곳……. 지엔츠로 가던 길에 보았던 7지구 유흥가였다.

루시의 흔적을 찾으러 갔던 그 길을 이제는 제이 자신의 흔적을 찾아 달렸다. 7지구 유흥가에 도착했을 땐 자정이 조금 지난 시각이었다. 싸구려 불빛이 번뜩이며 행인들을 불러들이고 있었다. 제이는 유흥가 초입의 주점 화장실에서 얼굴을 씻었다. 코피와 뒤통수의 피는 닦아냈으나 왼쪽 눈두덩에 옅은 멍이 올라오고 있었다. 근처 24시간 마트에서 훔친 붕대로 종아리의 상처를 싸맸다. 피와 땀이 얼룩진 여름 바람막이는 화장실 쓰레기통에 처박아 버렸다.

검은 민소매 차림으로 주점을 나선 제이는 일부러 가장 너른 길을 따라, 가장 밝은 데로 돌아다녔다. 유흥가를 한차례 왕복한 뒤에는 샛골목을 하나하나 살피고 다녔다. 밤샘 영업을 하는 주점에서 맥주를 시켜놓고 잠을 청한 뒤 해가 뜰 무렵 다시 거리로 나왔다. 반나절만 더 다녀보자는 생각으로 타투샵과 꼬치구이 주점 사이의 골목으로 들어서는데 빈 맥주 상자를 용달차에 싣던 중년 남자가 제이를 뚫어져라 보았다.

"절 아세요?"

제이가 남자에게 다가가 말을 이었다.

"혹시 우리 만난 적 있어요?"

"이거 미치겠구먼. 걸음걸이랑 목소리도 맞고 얼굴도 맞는데, 그래도 아니겠지. 분명 죽었다고 들었는데."

남자는 두 손을 허리에 짚고서 제이를 가만히 훑어보았다.

"몇 년 전에 교통사고를 당했어요. 목숨은 건졌는데 기억을 잃었습니다."

"기억이 없다고? 그런데 이 동네에서 왜 얼쩡거려?"

"저번에 다른 일로 이 동네를 지나가는데 느낌이 이상했어요. 동네 샛골목이 어디로 이어지는지 아는 것처럼 저도 모르게 차를 몰고 들어갔거든요."

"샛길이야 차만 몇 번 몰고 지나가면 누구나 아는 거지. 기억을 잃었으면 잃은 대로 살아."

"처음에 절 보고 누굴 떠올리셨잖아요. 그게 누군지 말씀해주세요."

"여기 다시 와서 좋을 거 없어. 돌아다니다가 예전 그놈들이랑 마주치면 어쩌려고 그래."

"예전 그놈들이요? 혹시 추심업자들 말인가요?"

"그건 어떻게 알아?"

"사고 후에 나를 치료해준 사람에게 들었습니다. 전에 추심업자들 밑에서 행동책으로 있으면서 몹쓸 짓을 많이 하고 다녔다고요."

"몹쓸 짓? 진짜 몹쓸 짓이야 그놈들이 했지. 너는 추심업자들이 부모 빚 대신 팔아넘기려던 여자애를 빼돌렸다가 그놈들한테 당한 거야. 제법 예쁘장한 애라 사겠다고 나서는 포주들이 여럿 있었는데, 네가 그 애를 어디 수도원에서 하는 청소년 쉼터에 데려다줬거든. 애를 빼내 오려고 몇 놈이 쳐들어갔다가 다들 반송장이 돼서 돌아왔어. 거기 수녀가 어디 전화를 넣었더니 순식간에 수십 명이 몰려왔다더라고. 너희가 감히 누굴 건드렸는지 알기나 하냐면서. 그 일로 넌 추심업자 놈들의 표적이 됐지."

수녀의 전화 한 통에 수십 명의 지원군이 달려올 정도면 그 수도원은 호르투스데이 계열일 것이다. 제이는 그 일이 유안석과의 접점이었을지도 모른다는 생각이 들었다. 과거의 제이가 호르투스데이 계열 단체에 여자아이를 맡기는 과정에서 유안석의 눈에 띄었을 가능성이 있었다. 유흥가 뒷골목에서 건달 노릇을 하는 스무 살짜리 여자아이, 아무개.

"정말 아무 기억도 안 나? 여기서는 너를 디아라 불렀는데."

"디아?"

"응. 디아블로 도박장 사장이 너를 주워다 길렀거든."

제이는 심장이 아릿했다. '디아블로 도박장 사장'은 제이가 그토록 찾고 싶어했던 가족이었다.

"험한 일을 해도 그 사람이 너는 애지중지 키웠어. 그런데 너 열댓 살쯤 되었을 때 사장이 암으로 죽었어. 그때부터 너 혼자 밥벌이를 했지. 이것저것 장사를 하는가 싶더니 언젠가부터 건달들 밑에서 허드렛일을 하고 있더라고. 왕왕 주먹질도 하고."

"도박장 사장이라는 분 말고 다른 가족은 없었나요? 아니면 친척이라도."

"내가 알기로는 사장이랑 너랑 둘뿐이었다. 여기저기 흘러들어온 사람들이 모인 동네라 그런 거니까 너무 속상해할 것 없어. 혈혈단신 뜨내기들이 절반인 동네니까."

"감사합니다."

인사를 남기고 돌아서는데 남자가 제이를 불렀다.

“저기, 디아야! 네 어머니는 그때 우리가 화장해서 서쪽 침수 지역에 뿌렸다. 네 어머니 고향이 거기 어디쯤이래서.”

“어머니요? 날 키웠다는 도박장 사장이 여자였어요?”

“어머니도 기억을 못 하네. 딱하지. 네가 그 추심업자들 손에서 여자애를 빼돌렸을 때 우린 다 네가 엄마를 닮아 독하다고 했다. 네 엄마도 죽을 둥 살 둥 용을 써가며 너를 키웠거든. 네 어머니가 무등록이라 너도 따라서 무등록이었는데, 학교는 못 보내도 이 사람 저 사람 불러다가 너 가르치고 그랬다.”

“……우리 어머니 이름을 아세요?”

“여기 토박이들은 다들 도박장 사장 아니면 이 사장이라고 불렀지. 아, 동네 주점 아가씨들은 정은 언니라고 하고. 아무튼 기억이 없다니 상황이 좀 요상하다만 네 어머니 생각해서라도 잘 살아야 한다. 괜히 이런 데 얼씬거리지 말고.”

이 사장, 정은 언니……. 디아블로 도박장의 이정은 씨.

격리병동의 이정은이라는 이름은 괜히 지어진 게 아니었다. 유안석은 엄마 이름을 알고 있었던 것이다. 이정은, 이정은, 이정은. 제이는 엄마의 이름을 입 속에 굴려보았다. 글로리아 마리애 격리병동에서 마주쳤던 그 수녀가 틀렸다. 이정은은 그저 이름일 뿐인 존재가 아니었다. 제이에겐 엄마가 있었고, 그 엄마의 이름이 이정은이다. 제이를 두고 환락가 뒷골목의 무등록 인간일 뿐이라던 유안석의 말도 온전한 진실은 아니었다. 제이는 디아블로 도박장 이정은 씨의 딸이었고, 불법 추심업자들로부터 여자아이를 구해냈다.

과거의 제이, 디아는 아주 괴물은 아니었다. 그러니 현재의 제이도, 케이의 말처럼 꼭 괴물이 될 필요는 없었다. 제이는 눈물이 나기 전에 인사를 남기고 자리를 뜨려 했다. 남자가 제이를 다시 불러 세웠다.

"그래도 나중에 기억 찾아서 엄마 이야기 할 사람 필요하면 저기 사거리 쪽에 까치할인마트 한번 와라. 너 여기 살 땐 까치 삼촌, 까치 삼촌 하면서 우리 가게에 자주 왔었거든."

까치 삼촌……. 기억에도 없는 그 호칭이 제이의 목 안을 뜨겁게 했다. 참아보려 했던 눈물이 후드득 뺨으로 떨어져 내렸다.

살던 곳과 엄마의 이름을 찾았지만 이 동네에 머물 수는 없었다. 유안석도 이 동네를 알고 있다. 제이가 끝내 돌아오지 않으면 이곳부터 수색할 것이다. 하지만 어디로 가야 할지 몰랐다. 시간제한 명령이 내려졌고, 제이는 벌써 열두 시간 가까이 물을 마시지 못한 상태였다. 이대로 버텨봤자 내일이면 탈수로 쇼크가 올 것이다.

시간제한 명령에 따른 섭식 장애는 제이의 트라우마가 아니었다. 언제든 사냥개를 제자리로 불러들이기 위해 유안석이 옭아맨 목줄이었다. 제이는 제 머리를 천천히 더듬어보았다. 그러자 가야 할 곳이 보였다.

반납하고 남은 것들

악차이 영감이라고 불리는 안드로이드 개조 전문가는 메가시티-셔을 9지구 외곽에 살았다.

제이는 레미지오를 끈벌레 숙주처럼 만들었던 그 기술자를 제 발로 찾아갔다. 본업은 고철상이라는데 가게 일은 사실상 점원에게 다 맡겨놓고 악차이는 가게 안쪽 지하실에서 안드로이드 불법 개조 일을 하고 있었다. 제이가 확보한 정보에 따르면 악차이는 원래 3지구 중앙의료원에서 일하던 인체 재생 전문의였다. 하지만 병원의 약품들을 빼돌려 안드로이드 불법 개조에 사용한 혐의로 의사 면허가 취소된 상태였다.

"나이 쉰이 넘어서 사촌동생 부부의 아이를 입양했어요. 그럴 인연이었는지 아들과 나는 둘도 없는 단짝으로 지냈어요. 낚시도 같이 가고 공연도 같이 보러 가고, 나중에는 테니스도 같이 치러 다녔죠. 내가 처음 불법 개조를 했던 안드로이드는 아들의 학습 도우미 로봇이었어요. 아들과 키, 얼굴, 목소리까지 흡사하게 만들었죠. 안드로이드의 얼굴 규격화 정책 이전이라 자유로운 제작이 가능했거든요. 아들 녀석이 농땡이를 피우면 대신 학교 출석도 하고, 봉사활동도 가주고, 밤에는 둘이 친형제처럼 어울려 놀았어요.

그러다가 우리 아들이 사고로 세상을 떠났어요. 대형 드론이 바이올린 학원을 덮쳤죠. 하필 아들 레슨 시간에 말입니다. 아들의 장례식을 치르고 집에 왔더니 로봇 폐기 고지서가 도착해 있더군요. 안드로이드 관리법에 따라 사망자의 얼굴과 신체를 본뜬 안드로이드는 열흘 안에 폐기되어야 한다는 거였죠. 아들의 얼굴과 목소리를 고스란히 가지고 있고, 아들과의 추억을 공유한 그 녀석을 차마 폐기할 수가 없었어요.

고심 끝에 아들과 똑같은 그 얼굴을 걷어내기로 했어요. 아들과 똑같은 목소리도 지웠어요. 다른 얼굴, 다른 목소리의 로봇으로 바꿔서라도 내 아들의 분신이었던 녀석을 지키고 싶었어요. 하지만 합법적인 절차로는 녀석의 얼굴을 바꿀 방법이 없었습니다. 결국 내 손으로 안드로이드의 피부를 걷어내고 새 얼굴을 만들기로 했죠. 그 과정에서 병원의 단백질 폴리머를 빼돌리다 걸려서 의사 면허가 취소됐소만 어쩔 수가 없었어요. 의사 면허보다는 내 아들의 친구이자 분신이었던 로봇을 지키는 게 더 중요했으니까."

악차이 영감이 냉장고에서 물병을 하나 꺼내 주었다. 제이는 물병을 그대로 머리에 쏟아부었다.

"죄송합니다. 마실 수가 없어요. 시간제한이 있는 명령이 내려지면 임무를 완수할 때까지 식음이 불가능해요. 수분과 영양 보충은 수액으로만 가능합니다."

제이가 남은 물로 입을 헹궈내고는 말을 이었다.

"그 안드로이드는 어떻게 되었습니까?"

"처음 몇 년은 내 아들의 분신이라 여기고 데리고 살았어요. 내 아들을 함께 기억해주는 존재라 좋았지요. 그런데 10여 년쯤 지나고 보니 아들의 분신이 아니라 진짜 아들이 되어 있었습니다. 들어오면서 보셨을 겁니다. 이제 아들놈도 제법 나이를 먹었어요."

사십대쯤으로 보이던 고철상 점원이 악차이가 말한 안드로이드인 모양이었다. 적당히 살집이 붙은 몸에 헝클어진 머리까지, 모든 게 평범한 중년 남자처럼 보였던 터라 제이는 적잖이 놀랐다. 지금까지 봐왔던 규격형 안드로이드들과 사뭇 달랐다.

"안드로이드의 외양을 돌아가신 아드님 나이와 맞춘 건가요?"

"아니요. 그저 저 아이에게 가장 안전한 외모를 택한 겁니다. 사람 곁에서 지낸 세월이 길다 보니 녀석이 진짜 사람 같을 때가 많아요. 아침에 기지개를 켠다거나 도서관에서 안경을 벗고 눈을 비빈다거나 하는 식의 행동 모사가 자연스레 몸에 뱄어요.

그 때문에 반안드로이드주의자의 표적이 된 적이 있어요. 차로 끌려가다가 간신히 도망쳐 왔죠. 우리 아들은 다행히 살아 돌아왔지만 소유주들 모르게 잡혀가서 흔적도 없이 용광로에 던져지는 안드로이드들이 드물지 않아요."

제이는 호르투스데이의 사냥꾼으로 길러진 시간을 떠올리며 말을 삼켰다. 빠져나오지 않았다면 제이가 해야 할 일들이었다.

"불법 개조한 미등록 안드로이드다 보니 우리 편에서 조심하는 수밖에 없었어요. 그 사건 이후로 작정하고 아들의 외양을 인간에 근접하게 바꾸게 되었어요. 아예 로봇이라는 걸 알아보는 사람들이 없게끔 말입니다. 미등록 안드로이드들 중에 실제 사람처럼 얼굴을 바꿔달라고 오는 손님들이 적지 않아요. 제 발로 오는 경우도 있고 주인이 데려오는 경우도 있죠."

제이는 유안석이 언제까지나 이 세계를 몰랐으면 했다. 디아를 '말레우스 도미니, 제이'로 만든 호르투스데이는 안드로이드에게 마녀의 이미지를 투영하고 망치들을 시켜 사냥하게 한다. 제이는 종교나 사상이 광기에 사로잡히면 학살이 시작된다던 한유나의 말을 떠올렸다. 호르투스데이는 이미 광기를 드러내기 시작했다. 하지만 안드로이드 반대론자들의 염려와 해석과는 무관하게 안드로이드는 이미 이 세상의 일부로 존재했다.

"영감님은 안드로이드가 사람의 자리를 완벽하게 대체할 수 있다고 보세요?"

"받아들이는 사람에 따라 다르지 않겠습니까. 기계와 사람의 경계는 점점 흐려질 겁니다. 아가씨도 머리에 든 기계 때문에 날 찾아온 거 아닙니까. 정밀 촬영이 끝났어요. 칩이 두 개 들어 있어요. 하나는 특수 음성인식 장치입니다. 예전에 군용견 뇌에 삽입하다가 동물보호단체의 반대로 시술이 금지된 칩이죠. 특정 음성 키워드에 무조건 반응하게 하는 장치입니다. 아가씨가 시간제한 명령을 받으면 식음이 불가능해지는 것도 이 칩 때문일 겁니다. 아마 특정 인물의 명령에만 반응할 겁니다. 그리고 이 칩에는 추적 기능이 있어요. 일반 관공서나 경찰의 장비로는 인식이 안 되고, 칩 고유 추적기로만 추적이 가능한 종류 같네요. 이 칩을 아가씨 머리에 시술한 사람만 아가씨를 추적할 수 있단 뜻입니다."

제이는 그동안 유안석이 이 모든 걸 알고도 시간제한 명령을 내렸다는 사실이 새삼 괴롭게 다가왔다. 그는 실시간으로 자신의 위치를 확인하고 있을 것이다. 먹지도 마시지도 못할 테니 한계 상황에 부딪히면 돌아오리라 확신하고 있을지도 모른다.

"두 번째 칩은 격전지에서 일부 특수부대 군인들이 이용한다는 소문이 있는 칩입니다. 나도 실물은 보긴 이번이 처음이군요. 신체강화 장치라는데 혹시 아가씨도 싸움을 특출나게 잘하십니까?"

"그런 편이에요."

"특수 음성인식 장치 칩은 제거해줄 수 있지만 신체강화 장치는 나도 건드릴 수가 없습니다. 그걸 빼는 순간 아가씨의 뇌가 폭발할 거예요. 더 큰 문제는…… 이 강화 장치를 뇌에 이식한 사람들은 시술 후 10년에서 최장 15년밖에 못 산다는 점입니다. 강화 장치의 수명이 다하는 순간 뇌의 기능도 따라서 멈추는 거죠. 애초에 군인들도 죽을 각오를 하고 머리에 넣는 거라서."

10년에서 15년……. 방사능이 유출된 폐쇄구역으로 유안석이 자신을 몰아넣은 이유를 알 것 같았다. 제이는 어차피 소모품이었다. 너는 내 딸이라며 유안석이 호소하던 게 생각나서 실소가 터졌다. 그에게 딸이란 힘겹게 얻은 결과물이란 뜻일지도 모른다. 루시를 잡는 게 호르투스데이가 아니라 제이의 공이 되어야 한다던 것도 제이라는 강화인간의 제작을 주도한 자신의 공을 입증하려는 것일 터였다.

웃음은 차차 눈물로 변해갔다. 제이의 삶은 앞뒤가 없는 것 같았다. 20년의 삶이 증발했고, 남들처럼 늙어보지도 못하고 사라질 것이었다. 제이는 자신의 삶이, 사용 기한이 정해진 특수 로봇과 다를 바 없다고 느꼈다. 호르투스데이는 인간을 흉내 내는 안드로이드를 사냥하기 위해 안드로이드를 흉내 낸 인간을 만들었다. 제이는 대충 눈물을 훔치며 말했다.

"음성인식 장치만 제거하는 걸로 하겠습니다. 선택의 여지도 없지만요."

악차이는 낱장마다 비닐코팅이 된 책을 건네주었다.

"수술 견적서입니다. 음성인식 장치 제거 비용은…… 어디 보자, 여기 다섯 번째 페이지를 보시면 됩니다."

현금 2만 달러였다. 은행 계좌에 그 곱절은 되는 돈이 있지만 유안석의 추적을 피해 인출할 방법이 없었다. 제이가 거래하던 은행도 당연히 호르투스데이 계열일 터였다. 수술비 걱정에 한숨을 삼키는데 다행히 견적서 하단에 부가조항이 있었다. 현금이 없을 경우에는 기계 부품으로 대체할 수 있다는 조항이었다.

"어떤 부품이면 됩니까?"

"간단해요. 금니를 뽑아서 두고 가듯 장치를 내게 넘기면 됩니다."

"그러면 저를 쫓는 자들이 이곳에 들이닥칠 텐데요."

"오면 그 장치를 가진 사람이 다녀갔다 하면 되는 겁니다. 여긴 온갖 사람들이 온갖 이유로 뭘 뒤적이다 가는 고물상이잖습니까."

"다른 곳 어디 말입니까?"

"아가씨의 연고지를 알려주면 그곳으로 가져가서 끄겠습니다."

추적자들을 그쪽으로 유인하겠다는 말이었다. 제이는 악차이의 제안에 동의했다. 그로부터 한 시간 뒤 제이는 주로 안드로이드들이 올랐을 수술대에 드러누웠다.

"수술이 끝나면 나는 곧장 7지구 외곽으로 가서 이 장치를 끌 겁니다. 그동안은 간병 로봇이 아가씨를 보살펴줄 테니 걱정 말아요."

악차이는 바리캉으로 제이의 머리를 밀기 시작했고 이어 긴 잠이 찾아왔다.

머리맡이 소란한데 수술 전의 소음인지 수술 이후의 기척인지는 알 수 없었다. 제이는 다시 눈을 떴을 때 저만치 유안석이 앉아 있을까 봐 겁이 났다. 다행히 제이에겐 진정 효과가 있는 주문이 있었다. 이정은, 이정은, 이정은……. 얼굴도 목소리도 냄새도 기억이 안 나지만 엄마의 이름을 입 속에 굴리고 있으면 마음이 편안해졌다.

이정은 딸, 디아. 디아블로 도박장 사장이 주워다 기른 아이. 제이는 지워진 기억 속 인생이 맘에 들었다. 다시 깨어난다면 말레우스 도미니 제이가 아니라 몇 년간 멈췄던 디아의 인생을 이어가고 싶었다.

언뜻 빗소리도 들렸다. 레미지오 신부님과 루시도 이 빗소리를 듣고 있을까. 벌써 엘이나 다른 망치들에게 발각되었을 가능성도 있었다. 마취가 풀리기 전에 망치들이 악차이 영감의 수술실에 쳐들어올지도 모른다. 불길한 생각들 틈으로 날카로운 통증이 밀려왔다 멀어지길 반복했다.

악차이가 제이를 깨운 건 수술일로부터 닷새가 흐른 시점이었다.

"더 돌봐드리고 싶은데 당분간 출장을 가야 해서 말입니다."

제이는 머리가 조이는 느낌에 머리 쪽으로 손을 뻗었다. 헬멧 같은 것이 씌워져 있었다.

"수술 부위를 봉합하고 통증을 줄여주는 장치입니다. 보기에는 투박해도 가볍고 단단하니, 다니는 데 지장은 없을 거예요. 한 달쯤 지나면 절로 벗겨질 테니 불편해도 그때까지만 참아요."

간병 로봇이 환복을 시켜주었는지 제이는 처음 보는 티셔츠와 바지 차림이었다. 낡았으나 깨끗하게 손질된 옷이었다.

짐을 챙겨 고물상 밖으로 나오자 후련하고 낯선 세상이 기다리고 있었다. 제이는 근처 슈퍼에서 구운계란 네 알을 사서 그 자리에서 다 까먹었다. 기분 같아선 육포라도 사서 질겅거리며 다니고 싶은데 턱을 강하게 움직여서 수술 부위를 자극하지 말라는 간병 로봇의 당부가 있었다. 900밀리미터짜리 오렌지주스를 사서 쉬지도 않고 다 마셔버렸다. 더는 유안석의 사냥개로 살지 않아도 되었다. 더는 유안석이 목줄을 당긴다고 끌려가지 않아도 되었다. 우리를 탈출한 대가가 없진 않았다. 걸을 때마다 소름 끼치는 통증이 머리를 휘저었고, 살던 집과 김제이의 시민증, 엄마의 수술비를 모으던 은행 계좌는 쓸 수 없게 되었다. 20년의 기억상실에 혼수상태와 수술로 보낸 1년, 유안석의 심부름꾼으로 보낸 1년 반이 더해져 제이는 23년 가까운 공백으로 이루어진 미등록 인간이 된 것이다.

23년을 지워낸 제이에게 남은 건…… 레미지오와 루시였다.

그 둘은 유안석의 세계에 반납할 필요가 없었다. 김제이로 사는 동안 만난 사람들은 어떤 식으로든 유안석과 이어져 있었다. 호르투스데이의 반안드로이드 기조를 반대하는 한유나조차 정보국의 한이나를 통해 유안석과 연결고리가 있었다.

유안석의 목줄은 제거했어도 제이는 여전히 사냥개의 몸을 가지고 있었다. 그리고 제이는 유안석이 루시와 레미지오를 사냥하도록 내버려둘 마음이 없었다. 자유를 얻은 사냥개 제이는 옛 주인이었던 사냥꾼의 계획들을 좌초시킬 생각이었다.

고물상에 들어온 걸 수리한 거라며 악차이가 준 태블릿으로 제이는 가톨릭 언론사에 접속했다. 게시판 하나까지 샅샅이 훑었지만 루시와 레미지오 관련 소식은 없었다. 이어서 도시괴담이 자주 올라오는 커뮤니티 게시판을 뒤지고 다녔다. 메가시티-셔을 방사능 유출 폐쇄구역 부근을 배경으로 한 새로운 괴담은 없었다. 마지막으로 경찰청 관련 사이트들을 돌며 레미지오 신부의 실종신고가 접수되었는지 확인했다. 하지만 노신부를 찾는 공고는 없었다. 제이가 아는 유안석이라면 레미지오가 호르투스데이 손에 죽은 뒤에야 실종신고를 내고, 안드로이드에 의해 살해당한 채 발견된 것처럼 시나리오를 짤 것이다. 결국 여러 정황상 레미지오와 루시는 아직 저들에게 잡히지 않았을 가능성이 크다.

제이가 다녀간 날 둘은 폐쇄구역을 벗어났을 것이다. 새 은신처는 레미지오의 휠체어로 이동 가능하면서 추적꾼들을 따돌릴 수 있는 곳이라야 했다. 제이는 관공서에 들러 중부 핵폐기물 저장고 부근의 지도를 검색했다. 폐쇄구역 철책에서 2킬로미터쯤 이동하면 능선이 완만한 임야가 나왔다. 행정구역상으로는 메가시티-중부에 속하는 지역이었다. 임야지대를 돌아가면 메가시티-중부의 공단지대였다.

그나마 다행인 건 호르투스데이에서 레미지오와 루시의 상태를 모른다는 점이다. 유안석이 폐쇄구역의 펍에서 둘의 흔적을 확인했다면 그와 비슷한 유형의 은신처를 찾아 나설 것이다. 인간의 접근이 극도로 차단되면서 중환자인 레미지오를 수용할 수 있는 주거 공간이 있는 곳. 하지만 저들은 다음 은신처를 고르는 주체가 루시가 아니라 레미지오라는 사실을 알지 못했다. 루시가 레미지오를 새 명령권자로 지정한 사실을 안다면 호르투스데이의 마녀사냥꾼들은 경악을 금치 못할 것이다.

제이는 도시에서 물과 통조림, 오토바이를 훔쳐 폐쇄구역으로 향했다. 산으로 갔을지, 메가시티-중부 공단지대로 들어갔을지 추측해내야 했다. 도난신고가 들어간 안드로이드 루시에게는 공단지대가 더 위험하고, 중환자인 레미지오에게는 산이

극한 환경이었다.

루시는 명령권자인 레미지오에게 선택을 맡겼을 것이다.

내가 레미지오라면…….

제이는 펍에서 레미지오와 나누었던 대화들을 복기하며 방향을 정했다. 오토바이를 칡넝쿨 사이에 숨기고 도보로 능선을 탔다. 레미지오라면 생존에 유리한 곳보다는 별이 잘 보이는 데로 가자고 했을 것이다.

레미지오를 간병하려면 어떤 형태로든 비와 바람을 피할 곳이 필요하다. 산자락 농막이나 버려진 가건물을 하나하나 확인하며 능선을 타던 제이는 능선 중반부 지점에서 오두막을 발견했다. 풀이 웃자란 마당에 널빤지를 엎어서 통행로를 만들어둔 오두막이었다. 누군가 폐가를 어설프게 수리한 티가 역력했다. 낡은 방수포로 지붕을 덮은 다음 돌로 눌러놓았고 바람벽을 따라 통나무들이 못질도 없이 줄줄이 세워져 있었다. 출입문을 세게 닫으면 통나무들이 와르르 무너질 것만 같았다. 제이는 발소리를 죽이며 오두막 입구로 갔다.

"루시! 레미지오 신부님!"

문틈으로 비릿하고 매캐한 악취가 새어 나왔다. 곧이어 문이 열리고 붉은빛이 도는 금발의 루시가 나타났다.

"우리를 찾아냈군요, 제이. 다시 우리를 해치울 작정인가요?"

제이가 대답이 없자 루시는 질문을 바꾸었다.

"이번에는 어떤 목적으로 우리를 방문한 거예요?"

"그날 널 살려둔 덕에 나도 도망자 신세가 됐거든."

그제야 루시는 길을 터주었다.

"들어오세요, 제이."

닮은 얼굴

분노도 속을 채운다는 걸 알았다. 이제는 뭐든 마음껏 먹고 마실 수 있는데 제이는 허기에 무뎌졌다. 유안석과 호르투스데이를 생각할 때마다 각성 상태에 들어가는 탓이었다. 각성 상태가 되면 통증도 배고픔도 멀게 느껴졌다.

오후 3시에 먹는 오늘의 첫 끼니는 바나나였다. 제이는 오토바이를 세워놓고 나무 아래 벤치에서 바나나를 먹었다. 안토니오 주교의 성당과 주교관을 둘러보고 오는 길이었다. 현우, 아니 케이의 소식을 알 수 있을까 해서였다. 제이의 도주를 도왔다는 이유로 호르투스데이의 처벌을 받은 건 아닌지 내내 걱정이 되었다. 어제 유안석의 동태를 파악하러 갔다가 강화인간들로 보이는 청년들이 유안석을 에워싸고 있는 것을 보았지만 그 중에 케이는 없었다. 그래서 오늘은 안토니오 주교 주변을 살피고 다녔다. 유안석이 강화인간들의 호위를 받는다면 안토니오 주교 역시 마찬가지일 것이다. 하지만 안토니오 주교는 비서로 보이는 젊은 신부만 대동하고 다녔다.

제이가 바나나를 절반쯤 먹었을 때 웬 어린아이가 제이 쪽으로 다가왔다.

"안녕."

아이의 인사에 제이는 주위를 두리번거렸다. 제이의 기억이 닿는 한, 이렇게 조그만 아이와는 이야기를 나눠본 경험이 없었다. 다행히 멀지 않은 곳에 엄마로 보이는 여자가 어린이집 가방을 든 채 같은 어린이집 학부모로 보이는 사람들과 이야기를 나누고 있었다. 아이는 벤치 앞에 쪼그려 앉더니 벤치 위에다 꼬깃꼬깃한 종이를 펼쳤다. 그러고는 엄마 것인 듯한 볼펜으로 글자를 썼다. 글자들은 삐뚤거리고 좌우가 뒤집혀 있었다.

"내 이름이야. 남하리."

아이는 제 이름을 두어 번 더 쓰다가 물었다.

"언니는 이름이 뭐야?"

제이는 바나나를 마저 입에 밀어 넣고는 일어섰다.

"난 제이야. 김제이."

평소 같으면 바나나 껍질을 길가에 버렸을 텐데 아이가 볼까 봐 점퍼 주머니에 넣고는 오토바이에 올랐다.

며칠 전 루시가 왜 디아라는 이름을 쓰지 않느냐고 물은 일이 떠올랐다. 그때 제이는 자신이 왜 제이로 남으려는지 처음 깨달았다. 그저 익숙한 이름이어서 그런 줄 알았는데 아니었다. 루시의 입에서 '디아'라는 이름이 나온 순간 제이는 절로 기분이 좋아졌다. 디아의 삶이 나쁘지 않았다는 걸 무의식이 기억하는 듯했다. 엄마의 사랑을 받았고 위험을 각오하고도 자신이 원하는 일을 했으니 아마도 디아는 스스로를 좋아하는 사람이었을 것이다. 하지만 제이라는 이름은 제이를 아프게 했다. 그래서 제이는 김제이의 삶을 교정해야 할 필요를 느꼈다. 잘못된 것들을 바로잡고 훗날 웃으며 추억할 기억들을 쌓아가고 싶었다. 그 첫 번째 순서가 케이를 구하는 것이었다.

제이는 루시가 부탁한 생필품을 확보한 다음 오두막으로 향했다. 케이에 관한 소득도 없이 빈손으로 돌아가려니 속이 상했지만 레미지오의 식사 시간 전까지는 와달라는 루시의 부탁이 있었다. 오두막의 식량 찬장이 거의 비었다는 건 제이도 알고 있었다.

오두막 문을 열자 레미지오가 휠체어를 밀고 다가왔다.

"제이 왔구나! 내가 얼마나 기다린 줄 아느냐?"

"배고프시죠. 늦었네요."

제이는 당연히 레미지오가 먹을 걸 기다렸으리라 생각했다.

"밥은 됐고 요것 좀 보아라. 루시가 밤을 몇 톨 주워 왔다. 삶겠다는 걸 너는 생밤을 더 좋아하니 일단 그대로 두라고 했다. 저기 창틀에 올려놨으니 어서 맛봐라."

제이는 출입구 맞은편 창틀을 보았다. 정말로 밤 대여섯 개가 나란히 놓여 있었다. 제이는 생필품이 든 봉투를 내려놓고 창가로 갔다. 레미지오가 생밤을 맛보여주려고 주려고 자신을 기다렸다는 사실을 어떻게 받아들여야 할지 알 수 없었다.

"뭐 하러 기다리고 그러세요? 일 생기면 안 돌아올지도 모르는데."

말이 퉁명스레 나갔다. 밤들은 벌레 구멍이 있어서 먹을 수나 있을지 의문이었지만 제이는 그중 두 개를 제 주머니에 넣었다.

다음 날 아침 레미지오가 제이를 깨웠다.

"제이야, 언니는 어디 갔느냐?"

레미지오는 루시와 제이를 자매라 인식하고 있었다. 자신이 사제였다는 사실은 잊어버렸다. 죽는 순간까지 지키고 싶었던 게 사제로 살아온 날들과 사제의 명예였으나 망각의 대상은 레미지오가 고를 수 있는 게 아니었다. 그는 늘그막에 딸들의 보살핌을 받을 수 있어 다행이라 여기는 아버지가 되어 있었다.

"뒷산에 덫 놓은 자리를 보러 갔어요. 루시가 새를 잡아 오면 국을 끓여드릴 테니까 쉬고 계세요."

제이도 굳이 노인의 착각을 바로잡지 않았다. 아버지와 자매를 가져본 적 없는 제이는 치매 걸린 노신부, 안드로이드와 함께하는 이 어처구니없는 역할극이 싫지만은 않았다. 레미지오의 무릎을 담요로 감싸는 사이 창문 틈새로 바람이 치고 들어왔다. 가을이 되려면 여러 날이 남았는데 산속이라 그런지 바람은 벌써 서늘했다.

"청소기는 또 어디 갔어?"

레미지오는 한 번씩 폐쇄구역 펍에서 같이 지냈던 청소 로봇을 찾곤 했다.

"여기 오는 도중에 헤어졌대요. 저도 루시한테 들은 거라 자세한 건 몰라요."

제이는 건성으로 대꾸하고는 태블릿에 시선을 붙박았다. 정보국 시절에 쓰던 것에 비해 성능이 떨어지긴 해도 세상을 엿보는 창구 역할을 무리없이 해내고 있었다. 제이는 유안석과 호르투스데이의 동향을 확인하는 것으로 하루를 시작했다. 좀체 움직일 기미가 없던 그들이 사회면에 등장한 건 며칠 전이었다. 안토니오 주교와 얽힌 기사들이 올라온 것이었다. 오십대 남성 한 모 씨가 메가시티-셔을 대교구의 안토니오 주교를 살해하려고 시도하다가 지나던 행인들의 개입으로 미수에 그쳤다는 기사였다. 그리고 오늘 새벽부터 조현병이 있다는 피의자 사진이 커뮤니티와 돌아다니기 시작했다.

제이가 아는 얼굴이었다.

유안석의 심부름으로 제이가 종일 미행했던 남자였다. 주교관 주차장에서 다 알고 왔다고 소리를 지르다가 안토니오 주교의 으름장에 달아나던 그 사람이었다. 침수지역에서 메가시티로 들어온 불법체류자였고 전염병 흉터인 수포 자국이 목덜미에 가득하던 자였다.

사진을 올린 사람은 주교좌성당 직원으로 한 씨를 종종 본 적이 있다며 자신이 아는 정보들을 곁들여놓았다. 한 씨는 몇 해 전에 익사사고로 아들을 잃은 뒤 주교가 자기 아들을 납치했다는 피해망상에 시달리는 자였고, 이전에도 주교를 공격한 전력이 있다는 것이다. 또한 무슨 수로 구워삶았는지 진보 언론 기자들을 대동하고 주교를 찾아온 적도 있다고 했다.

한 씨가 주교를 여러 차례 공격했다는 점이 수상했다. 제이가 아는 한 안토니오 주교는 같은 사람으로부터 수차례 공격당할 사람이 아니었다. 한 번이라도 자신을 공격했다면 상대의 접근을 원천적으로 차단하거나 다시는 공격할 수 없을 만큼 보복을 가했을 것이다. 한 씨가 조현병이나 피해망상이 있다면 더더욱 안토니오 주교가 접근을 허락했을 리 없다.

제이는 뉴스 기사와 커뮤니티 글을 조합하여 사건의 맥락을 어느 정도는 파악할 수 있었다. 먼저 주교와 침수지역에서 온 한 씨의 일이 경찰에 알려진 건 우연이었던 듯했다. 기사에 따르면 '행인들의 개입'이 있었다. 행인들 중 누군가가 안토니오 주교의 뜻과는 무관하게 경찰에 신고했을 가능성이 크다는 뜻이다. 그리고 커뮤니티에 올라온 글을 보면 한 씨는 진보 언론 기자들과 소통하고 있는 듯했다. 호르투스데이가 후원하는 언론사들은 다 보수적인 색채를 띠는 곳이었다. 정보국에서 일할 때 제이는 보수 언론들의 안드로이드 관련 기사량과 기사의 방향을 체크한 적이 있었다. 안드로이드를 향한 보수 언론의 기조는 호르투스데이와 거의 일치했다. 하지만 진보 언론의 기자들은 안토니오 주교가 주무를 수 있는 사람들이 아니었다. 호르투스데이 측에서 한 씨를 제거하지 않은 것은 진보 언론 측을 의식해서인 듯했다.

그날 주교관에서 본 한 씨는 제이의 생각과 달리 호락호락한 사람이 아니었다. 침수지역 출신이라는 약점이 있지만 안토니오 주교와 맞설 만한 세력과 손을 잡았다. 그건 진보 언론 기자들 중에 한 씨의 말을 어느 정도 신뢰하는 자가 있다는 뜻이었다. 제이는 한 씨가 일을 추진하는 방식에 흥미를 느끼며 커뮤니티에 올라온 사진을 확대해 보았다.

흐릿하게 찍힌 한 씨의 얼굴 아래로 제이가 아는 얼굴 하나가 포개졌다. 선이 가는 얼굴에 소심한 듯 다문 입 그리고 둥글고 긴 이마. 현우, 아니 케이였다. 한 장뿐인 현우의 사진을 닳도록 보면서 머리에 각인시킨 정보들이라 틀림없었다. 그 순간 게시판에 올라온 글이 다른 관점에서 해석되며 제이를 전율케 했다. 그의 아들을 데려간 건 안토니오 주교 개인이 아니라 호르투스데이일 수도 있다.

제이는 이미 비슷한 사례를 알고 있었다. 교통사고로 죽은 것으로 알려진 여자를 호르투스데이가 데려간 적이 있으니까. 이정은의 딸 디아는 그렇게 제이가 되었다. 익사했다고 알려진 한 씨의 아들도 살아 있을 가능성이 컸다. 한 씨의 아들이 가족에게 돌아가지 않은 건 자신이 누구였는지 기억하지 못하기 때문일지도 모른다. 몸에 수포 자국이 있고 글로리아 마리애 병원 근처에서 자주 목격되었다던 D도 기억상실 상태였다.

사고를 당한 누군가를 뒤로 빼돌린 뒤 가족이나 주변인들에겐 사망으로 처리하고, 본인은 기억상실 상태에 빠뜨린다……. 그게 호르투스데이가 말레우스 도미니 후보자들의 확보하는 방식이라면 케이 역시 과거를 기억 못 할 것이다. 한 씨와 케이가 닮은 게 우연일 수도 있지만 케이의 상태와 과거에 대해 확인해 볼 필요가 있었다.

제이는 레미지오의 가래를 빼준 다음 물수건으로 얼굴과 손을 닦아주었다. 이미 레미지오의 악취에는 익숙해진 터였다. 냄새가 고약하기로는 제이도 만만치 않았다. 헬멧 때문에 2주 가까이 머리를 제대로 씻지 못했다. 잔디처럼 새로 돋아난 머리카락에 땀이 찰 때면 가느다란 꼬챙이를 밀어 넣어 긁는 수밖에 없었다. 그나마 다행인 점은 루시가 두 사람의 악취를 기계적으로 이해한다는 사실이었다.

“도시에 다녀올게요. 루시한테 메모 남기고 갈 테니까 걱정 마시고요. 올 때 뭐 좀 사다드릴까요? 말랑말랑한 파이나 빵은 어때요?"

레미지오는 고형물을 삼킬 수 없고, 제이는 파이나 빵을 살 돈이 없었다. 하지만 사실 여부는 중요하지 않았다. 제이가 말을 붙이면 레미지오는 눈을 반짝이며 들었다. 그게 둘 사이의 대화였다.

—일이 있어서 좀 다녀올게. 신부님 부탁해.

짧은 메모를 문 안쪽에 붙여놓고 오두막을 나섰다.

메가시티-서울에 진입했을 때는 장대비가 내리고 있었다. 빗속에 잠긴 거대한 도시는 여전히 냉담한 빛을 띠고 있었다. 케이는 제이의 도피를 도운 대가로 어떤 식으로든 벌을 받았을 것이다. 엘에게 응징을 당했을 수도 있고 유안석에게 끌려가서 치료를 빙자한 새 시술을 받았을 수도 있었다.

제이는 케이가 사람들 모르게 전화를 걸어왔을 당시의 연락처를 기억하고 있었다. 글로리아 마리애 병원의 대표전화와 앞자리가 같은 것으로 보아 케이는 병원 내에서 연락을 했을 것이다. 엄마를 찾으러 갔던 날 제이는 격리병동 환자 목록에 백업(backup)이라는 단어들이 섞여 있는 것을 보았다. 그때는 이정은이라는 이름을 찾는 데 집중하느라 무심코 넘겼지만 '백업'이 '말레우스 도미니'의 실험체 혹은 후보자들을 뜻하는 은어일 가능성이 있어 보였다. 면회가 금지된 격리병동은 말레우스 도미니의 칩 이식 수술 같은 은밀한 수술을 진행하기 적합한 장소였다. 제이에게 전화를 걸어왔을 때 케이는 이 병원에 있었던 것이다.

제이는 글로리아 마리애 병원 근처의 화원에 들어갔다. 사장에게 사정을 설명하고 핸드폰을 빌리고 있는데 수녀 둘이 가게에 들어왔다. 광대가 도드라지고 자존심이 세 보이는 장상수녀와 호기심이 많아 보이는 인상의 노비스였다. 두 사람도 글로리라 마리애 병원에서 일하는지 전에 격리병동에서 봤던 수녀들과 수도복이 같았다. 수녀들은 흰색과 옅은 하늘색의 유순한 느낌이 나는 꽃들을 고르고 있었다. 사장에게 꽃을 꺼내 달라 하지 않고 수녀들이 직접 꽃송이를 빼내는 것으로 보아 단골인 모양이었다.

사장의 핸드폰으로 제이는 케이에게 전화를 걸었다. 케이는 전화를 받지 않았다. 마지막 통화를 한 뒤로 한 달 가까이 시간이 지났기 때문에 케이가 연락을 받으리라는 기대는 낮았다. 제이는 두어 번 더 전화를 건 뒤 사장에게 핸드폰을 돌려주었다.

장상수녀가 이제껏 고른 꽃을 포장대에 올려놓았다. 수국과 하늘색 안개꽃, 흰 장미가 고루 섞인 다발이었다. 제이는 손바닥에 전화번호를 써서 노비스에게 내밀었다.

"혹시 이 번호를 아세요? 부재중 전화가 계속 오는데 콜백을 하면 또 받지를 않네요."

화원 입구 쪽에서 장미 다발을 구경하던 노비스는 찬찬히 제이의 손바닥을 들여다보았다.

"어, 이거 우리 재활병동 내선번호 같은데? 전에 원무과 지원 나갔을 때 이쪽으로 전화를 돌린 적이 있어서 알아요."

"재활병동이 어디죠?"

"격리병동 6층과 7층인데 외부인 출입은 금지된 곳이에요. 관계자만 내선으로 연락 가능하고 외부에선 전화를 걸 수 없어요."

제이는 장상수녀의 눈치를 살피며 노비스에게 속삭였다.

"꼭 만나야 할 사람이 있습니다. 병원 관계자 모르게요."

"누군데요?"

노비스도 눈을 반짝이며 덩달아 목소리를 낮추었다.

"동생이에요. 이름은 케이요. 동생이 이 번호로 나한테 연락을 했었는데 제가 핸드폰을 분실하는 바람에 연락이 안 되네요."

"그럼 10분쯤 있다가 여기로 전화하실래요? 내가 그쪽 내선으로 돌려드릴게요."

노비스는 에코백에서 펜을 꺼내어 제이의 손바닥에 전화번호를 적어주었다. 노비스가 낯선 사람과 사담을 주고받는 게 마음에 안 들었는지 장상수녀가 두 사람을 쳐다보았다. 수녀들이 나간 뒤 제이는 화원 앞 골목을 서성거렸다. 그 초조한 틈에 거리에는 가로등이 켜지기 시작했다. 10분쯤 지나자 제이는 화원으로 다시 들어가 핸드폰을 빌렸다.

비음 섞인 목소리가 전화를 받았다. 아까 그 노비스였다. 노비스는 약속대로 재활병동으로 전화를 돌려주었다.

"여보세요."

변함없이 그리운 목소리, 케이였다.

"……무사해서 다행이에요, 케이. 그때 엘한테 크게 당했을까 봐 걱정했어요."

"제이!"

달그락거리는 소음이 들리더니 문을 잠그는 기척이 이어졌다.

"광대뼈에 금간 것 말고는 괜찮아요. 몬시뇰이 싸움을 중단시켜서 목숨은 건졌죠. 그런데 지금 누가 누굴 걱정하는 거예요? 나야말로 제이가 잘못된 줄 알았어요. 연락할 길도 없고요."

"케이, 뭐 하나 물어봐도 돼요? 혹시 몸에 수포 자국이 있지 않나요?"

"그건 왜요?"

"케이가 침수지역 출신일 가능성이 있다면 꼭 전해야 할 이야기가 있어요."

"오른쪽 어깨랑 등에 감염병 흉터가 있긴 해요. 그게 꼭 침수지역 출신이라는 증거인지는 모르겠고요."

“케이도 기억이 없는 거죠? 그 병원에서 깨어나기 전까지의 기억 말이에요.”

“기억을 잃고 오갈 데 없는 사람들을 몬시뇰이 돌봐주는 거 아니었어요? 나도 그렇고 제이도 그렇고요.”

“케이, 지금부터 내가 하는 이야기 잘 들어요. 사흘 전부터 오늘까지 사회면을 검색하면 셔을 대교구 안토니오 주교의 기사가 있을 거예요. 오십대 남성 한 씨가 안토니오 주교를 살해하려다가 미수로 그친 사건이에요. 아들이 익사한 뒤로 주교가 아들을 납치했다는 망상에 사로잡혀 범행을 저지른 것으로 알려져 있어요. 그런데 나는 그 남자의 말이 사실일 가능성이 있다고 봐요. 누군가 의도적으로 남자의 아들을 사망 처리한 다음 데려간 거죠.”

“그걸 왜 나한테 얘기해요?”

“가톨릭 커뮤니티에 들어가면 그 남자 사진이 있을 거예요. 사진을 한번 확대해서 보세요. 내가 보기엔 그 사람과 케이가 많이 닮았어요. 얼굴이 비슷한 사람이야 얼마든지 있죠. 하지만 확인해서 나쁠 건 없잖아요. 안토니오 주교는 호르투스데이의 중심 인물이에요.”

케이는 대답이 없었다. 그 침묵이 어떤 질감의 것인지 제이는 알고 있었다. 유안석이 거느리고 나타난 무리 속에서 현우의 목소리가 들려왔을 때, 제이도 말문이 막혔었다. 어떤 반응을 보여야 할지, 무슨 말로 대꾸를 해야 할지 생각이 나질 않았다. 하지만 케이의 답을 기다리고만 있기엔 시간이 촉박해 제이가 말을 이었다.

"나도 내 고향에선 교통사고로 죽은 걸로 돼 있더라고요."

그러자 케이의 목소리가 다시 들려왔다.

"기억을 찾았어요?"

"아뇨. 여전히 아무것도 떠오르지 않아요."

"그런데 어떻게 고향을 찾아간 거예요?"

"사소한 단서를 물고 늘어졌어요. 전에 그 동네를 지날 때 강한 기시감이 들었거든요."

무거운 침묵이 흘렀다.

손님 하나가 수국 값을 묻고 사장이 답하고, 손님이 흰 장미를 섞어달라 부탁할 즈음 케이가 입을 떼었다.

"만약에 한 씨라는 그 남자가 나를 알아보면 그땐 어쩌죠?"

"뭐든 바로잡아야죠. 우리는 사고로 기억을 잃은 게 아니에요. 호르투스데이가 우리 뇌를 조작한 거예요. 오늘 나랑 통화를 한 사실이 발각되면 이 기억도 지울지 몰라요. 그러니까 서둘러요."

마지막으로 제이는 엘의 근황을 물었다. 제이가 빚을 받으러 유안석을 찾아간다면 먼저 맞닥뜨리게 될 상대가 엘이었다.

"팔의 골절 상태가 생각보다 심각해서 그쪽 팔을 아예 기계팔로 바꾸는 수술을 받았어요. 완전 적응까지는 1년 넘게 걸린다는데 내가 보기에는 지금도 충분히 자기 팔처럼 휘두르고 다녀요. 오늘 수술 후 첫 작전에 투입된다고 들었어요."

"무슨 작전인지 아나요?"

"한 시간 전쯤 몬시뇰의 긴급 호출을 받고 떠났는데 어디로 갔는지는 나도 몰라요. 혹시 제이를 추적하는 거 아닐까요?"

유안석이 제거해야 할 쓸개즙은 제이 하나가 아니었다. 루시와 레미지오도 찾아 없애야 했다. 그리고 불순물 리스트에 새로 추가된 인물도 있을 것이다. 마녀사냥꾼들은 어디서든 마녀를 찾아내는 법이었다. 호르투스데이의 신념에 반하거나 그들의 어두운 비밀에 다가선 모든 존재들이 자신들도 모르는 사이 '불순물'이라는 새 이름을 얻었을 것이다.

"엘의 목적은 내가 아니라 안토니오 주교를 습격한 한 씨일 거예요. 그 전까지는 사적인 방식으로 그를 통제했지만 경찰이 개입했으니 일이 커지는 걸 막기 위해서라도 제거하려 들겁니다."

"그런 이유로 사람을 죽인다고요?"

"유안석 밑에 있을 때 나도 은퇴한 노신부를 죽이라는 명령을 받았어요. 그 신부님의 입을 막으려고요. 저들은 그걸 살인이라고 생각하지 않아요. 세상에 악을 불러들이는 마녀들을 사냥한다고 믿거든요."

"마녀사냥……."

"네. 우리는 마녀사냥의 도구로 만들어진 존재들이에요."

"그 사람…… 어디 가면 찾을 수 있죠?"

케이의 목소리가 다급해졌다.

"오늘자 기사에 안토니오 주교가 한 씨의 처벌을 원하지 않는다고 나와 있었어요. 조현병으로 인한 심신미약 상태에서 저지른 우발적 폭력일 뿐이니, 선처를 바란다고요. 기사들을 종합해 보면 그를 신고한 것도 안토니오 주교가 아니에요. 신고를 했다가 세간의 이목이 쏠리면 좋을 게 없다고 판단한 거죠. 저들은 그를 조용히 제거할 겁니다. 몬시뇰이 엘을 급히 불렀다는 건 한 씨가 오늘 중에 유치장에서 풀려난다는 뜻이에요. 엘은 경찰서 부근에 잠복하고 있다가 한 씨에게 따라붙을 거예요. 나도 관할 경찰서로 이동할게요."

"제이가 왜요? 이건 내 일이잖아요."

"그때 케이도 나를 도왔잖아요. 그리고…… 케이가 현우의 목소리를 가졌잖아요. 유안석의 심부름꾼이던 시절 그 목소리가 나를 지켜주었으니까 나도 그 목소리를 지키고 싶어요. 세상 어디선가 현우의 목소리를 가진 사람이 잘 살고 있으면 나도 괜찮은 인생을 살 수 있을 것 같거든요. ……말이 길었어요. 빨리 경찰서로 가야겠어요."

제이가 전화를 끊으려는데 케이가 다시 이름을 불렀다.

"제이, 속여서 미안했어요. 그런데 내가 왜 그 연극을 그만둘 수 없었는지 알아요? 몬시뇰이 두려워서가 아니었어요. 나도 세상 어딘가에 누나의 목소리를 가진 존재가 있다는 게 그저 좋았어요. 고마웠어요, 누나."

제이는 경찰서가 비스듬히 내려다보이는 고가도로 밑에 자리를 잡았다. 정차한 트럭들 사이에 근처 슈퍼에서 얻어온 골판지를 깔고 앉아서, 한 씨의 동선을 추측해보았다. 내가 한 씨라면 경찰서에서 나오자마자 주교관 쪽으로 이동할 거야. 접근금지 명령이 내려졌을 테지만 끝장을 보기 전에는 포기하지 않겠지. 아들을 찾기 위해서라면 무슨 짓이라도 할 사람이거든. 경찰서에서 주교좌성당으로 가는 최단거리는 트램을 타는 거야. 그렇다면 경찰서 입구에서 우측 방향으로 이동할 가능성이 높았다. 아마 엘도 이 근처 어디선가 한 씨를 기다리고 있을 것이다.

잠시 후 모습을 드러낸 것은 한 씨도 엘도 아니었다. 낯익은 차가 경찰서 앞에 정차하더니 유안석이 운전석 문을 열고 내렸다. 제이는 트럭 측면에 몸을 숨기고 유안석의 차 근처로 접근했다. 차 조수석에 누군가 있었다.

엘이었다.

놈은 잠자코 조수석에 있었다. 그제야 제이는 유안석이 차에서 내린 이유를 알아차렸다. 한 씨를 차로 유인하려는 것이다. 한 씨는 유안석이 안토니오 주교와 같은 단체 소속이라는 걸 모를 가능성이 컸다. 유안석이 일반 성직자 신분으로 접근한다면 방심한 채 따라갈지도 몰랐다. 그다음부터는…… 엘의 차례다.

사거리 신호등이 두 번 바뀌었을 때 한 씨가 경찰서 밖으로 나왔다. 유안석과 제이는 각각 다른 방향에서 그에게 접근하고 있었다. 하지만 예상을 깨고 한 씨가 먼저 움직이기 시작했다. 찻길 건너 누군가에게 달려가는 것이었다.

"준혁아, 한준혁!"

한 씨는 하얀 모자를 눌러쓴 누군가를 끌어안고 오열했다. 케이였다.

"이놈의 자식아, 대체 어디 있었어!"

케이는 낯선 한 씨의 손길을 담담히 받아들이다가 이내 따라 울기 시작했다. 제이는 만나야 할 사람들이 만났다는 걸 알았다. 기억에 없어도 케이는 이 사람이 내 아버지라는 걸 온몸으로 느낄 것이다. 디아블로 도박장 이정은을 모르던 시절에도 제이는 자신이 엄마의 사랑과 지지를 받았다는 걸 알고 있었다. 인간의 기억은 '기억 정보'로만 이루어진 게 아닐지도 몰랐다.

어느 틈에 차에서 내린 엘이 두 사람에게 다가가고 있었다. 제이는 행인들의 이목이 쏠리도록 고래고래 소리를 지르며 두 사람에게 달려갔다.

"야, 케이. 오랜만이야! 나야, 제이! 기억하지?"

사람들이 제이를 힐끔거리자 엘은 더 접근하지 못하고 그 자리에 멈추었다.

제이는 케이와 한 씨를 트램 정류장으로 데려갔다.

“저들이 트램을 수색할지 모르니 몇 정거장 후에는 트램에서 내려서 이동해야 해요. 메가시티 9지구 외곽으로 가서 악차이 영감의 고물상을 찾으세요. 영감이 머릿속에 있는 추적 장치를 제거해줄 거예요. 몸이 완전히 회복될 때까진 아버지 모시고 숨어 있어요.”

“제이는요? 혼자서 어떻게 엘을 감당하려고요?”

“하다가 안 되면 지난번처럼 달아날 테니까 걱정 말아요. 그리고 현장 경험은 내가 엘보다 한수 위예요.”

제이는 막 도착한 트램에 케이와 한 씨를 밀어 넣었다. 트램의 창 너머에서 케이의 눈길이 제이를 향하고 있었다. 제이는 나직이 마지막 인사를 전했다.

“잘 가, 현우야.”

잠시 후 트램이 시야에서 완전히 사라졌다. 케이는 아버지를 만나서 떠났고 이제는 제이가 아버지와 재회할 차례였다.

“못 보던 사이 수척해지셨습니다, 몬시뇰.”

“다 네 덕이다. 볼썽사나운 헬멧으로 보아 어디서 불법 수술을 받은 모양이구나.”

“안드로이드가 사람 흉내를 내는 것과, 사람 몸에 강제로 기계 장치를 심는 것 중에 뭐가 더 나쁠까요?”

"기계 장치를 사용한 건 악으로부터 세상과 교회를 보호하는 말레우스 도미니를 만들기 위해서였다. 다시 만났으니 마지막으로 이야기하마. 이제라도 돌아오너라, 제이야."

"나는 말레우스 도미니 같은 건 되지 않을 겁니다. 망치들을 때려잡는 망치라면 또 모를까."

어느새 유안석 뒤에 엘이 버티고 있었다.

"도심에서 소란 피울 것 없잖아요. 나는 엘을 끌고 적당한 곳으로 이동할 테니까 몬시뇰께선 차를 타고 오든지 하세요."

제이는 케이를 태운 트램이 사라진 곳과 반대쪽으로 천천히 달리기 시작했다. 저녁 운동을 나온 사람처럼 호흡을 가다듬으며 달렸다. 엘도 일정 거리를 유지하며 따라왔다. 도심의 인도를 따라 뛰다가 굴다리를 지나 쇼핑센터 공사장으로 접어들었다. 중간에 건설사가 바뀌면서 한시적으로 공사가 중단된 곳이었다.

"받을 게 있었는데 제 발로 와줘서 고맙다, 제이."

엘이 웃었다. 제이도 쓴웃음으로 받아쳤다.

"이봐, 엘! 너를 보니 몬시뇰이 왜 아직도 나한테 집착하는지 알겠어. 너는 황 사장의 강화 버전일 뿐이야."

"무슨 뜻이야?"

"몬시뇰은 I인 황 사장을 두고 무녀리 실패작이라 했어. 일의 흐름을 파악하지 못하고 그저 시키는 대로만 할 줄 안다고 말이지. 아마 몬시놀은 자기 품을 떠난 게 내가 아니라 차라리 엘 너였으면 할 거야. 그걸 너만 모르고 말이야."

"너는 호르투스데이와 주님의 전사들인 우리를 욕보인 배신자야. 네가 돌아올 자리 따윈 없어. 돌아오길 바라는 사람도 없고 말이지."

"우리 중에 몬시뇰을 가장 오래 겪은 게 나야. 몬시뇰이 나한테 맡긴 일은 머리를 써서 무언가를 추적하는 일이 대부분이었어. 만약에 네가 달아났다면 몬시뇰은 나한테 너를 추적하라 했을 거야. 그런데 넌 어때? 몬시뇰이 제이를 추적하라 한 적 있어?"

"아니. 그냥 죽여도 된다고만 하셨는데."

엘이 히죽 웃으며 다가왔다.

"네가 어차피 나를 못 찾아낼 걸 아니까 그랬겠지."

제이는 주먹을 쥐었다 펴며 몸을 풀었다. 헬멧을 벗을 때가 되긴 했지만 수술 부위의 통증은 여전했고 체중도 줄어든 상태였다. 여러모로 불리한 싸움이 되겠지만 제이의 목적 역시 엘과 같았다. 상대가 나를 죽이려 작정한 상황에서 방어나 제압은 의미가 없었다. 확실히 죽여야 한다.

엘이 달려왔다.

제이는 놈이 내지른 주먹을 피하며 녀석의 명치에 주먹을 꽂았다. 놈이 뒷걸음질 쳤지만 큰 타격을 입은 것 같진 않았다. 엘이 제이의 눈을 응시하며 두 번째 주먹을 내질렀다. 제이가 뒤로 몸을 젖히며 주먹을 피하는 순간 놈이 제이를 걷어찼다. 두 가지 공격 사이의 시차가 짧아서 미처 발길질을 피하지 못한 것이었다. 제이는 머리부터 바닥에 부딪히며 쓰러졌다. 소름 끼치는 통증에 제이는 숨도 뱉어지지 않았다. 주먹은 미끼였다. 처음부터 엘의 목표는 제이를 넘어뜨리는 것이었다.

엘은 선불리 다가서지 않았다. 지난번 골절상으로 배운 게 있는 모양이었다. 엘은 근사한 승리보다 효율을 택했다. 제이의 머리맡에 자리를 잡고서 헬멧을 걷어찼다. 한 번, 두 번, 세 번……. 날붙이 여러 개가 머리를 관통하고 지나간 것 같았다. 이대로 가면 아무것도 못 해보고 죽을 것이다. 제이는 이를 악물고 다섯 번만에 엘의 발목을 거머쥐었다. 남은 힘을 다해 엘의 발목을 비틀었지만 엘도 몸을 회전하며 땅에 떨어지는 바람에 발목뼈를 꺾지 못했다. 제이의 머리맡 쪽으로 넘어진 엘은 누운 자세로 찍어 누르듯 헬멧 정수리를 찼다.

머리에 뜨거운 물을 끼얹은 듯한 느낌이 나더니 금세 핏물이 시야를 가렸다. 제이는 몸을 굴려 엘의 발길질에서 벗어났다. 가까스로 몸을 일으켰지만 이번에도 엘이 빨랐다. 엘은 우뚝 선 자세로 제이를 내려다보았다.

"서운하긴 해. 병원에 있을 때 몬시놀이 네 얘기를 자주 해줬거든. 빨리 몸을 만들어서 너와 같이 일하고 싶었는데 이렇게 널 끝내는 일을 맡게 될 줄은 몰랐다."

"네가 누군지 궁금하진 않아? 너도 기억이 없을 거 아니야."

"시간을 벌려는 수작이지? 그래도 한때 롤모델이었던 사람의 질문이니까 대답해줄게. 난 궁금하지 않아. 몸에 오래된 흉터가 상당히 많더라고. 의사 말로는 몇 년에 걸쳐 찢어지고 아문 흔적이래. 부모라는 작자들이 어떤 부류였는지 감이 오더라고. 기억이 사라져서 차라리 좋아."

"그게 너의 전부는 아닐 거야. 세상에 사람이 부모만 있는 것도 아니고. 너한테 소중한 다른 존재가 있었을지 몰라."

엘이 뒷머리를 털며 신경질적으로 웃었다.

"난 말이야, 소중한 사람보다 강한 사람이 좋아. 네가 이렇게 쉽게 뻗어버려서 솔직히 좀 속상해. 내 롤모델이자 몬시놀의 자랑이던 제이가 이것밖에 안 된다는 게!"

엘은 최후의 일격을 준비하고 있었다. 최근 이어붙인 저 기계팔이 그 한 방을 책임질 것이다. 제이는 바닥을 더듬어 끝이 뾰족한 벽돌 파편을 쥐었다. 한쪽 팔로 바닥을 짚고 일어섰다. 몸이 절로 휘청거렸으나 정신은 또렷했다. 엘은 제이와 눈이 마주치길 기다렸다가 보란듯이 기계손을 말았다 폈다. 제이는 고꾸라질 듯 걸어가서 멱살을 내주었다. 엘이 멱살을 쥐는 순간 벽돌로 엘의 관자놀이를 찍었다. 엘이 욕을 뱉으며 비틀거렸다.

"젠장, 이거지! 이래야 제이지! 시시하게 죽어버리는 줄 알고 서운했는데, 고맙다."

엘이 이마의 핏물을 털어내며 다가왔다. 제이는 허물어지듯 주저앉다 바닥에 누워버렸다. 들썩이는 숨소리와 엘의 발소리만 남고 세상이 다 지워진 느낌이었다. 엘이 제이의 몸 위에 자리를 잡았다. 기계팔이 마지막 하강을 준비하는 순간 제이는 여태 쥐고 있던 벽돌의 날카로운 부분으로 엘의 목을 그었다.

엘의 목에 붉은 실금이 그어지더니 이내 핏물이 쏟아져 내렸다. 힘이 빠진 기계팔이 제이의 헬멧을 스치며 땅에 내리꽂혔다. 빗맞긴 했지만 숨 막히는 통증이 머리부터 전신으로 퍼져나갔다. 엘은 제 목을 감싸며 옆으로 넘어졌다. 제이는 엘 쪽으로 기어갔다. 경동맥을 그었으니 엘은 곧 영원한 잠에 빠져들 것이다. 제이는 엘 가까이 누웠다.

“잘 가, 엘. 다음 세상 같은 게 있다면 좋은 곳에서 태어나. 수고 많았어.”

그 순간 자갈을 밟으며 걸어오는 발소리가 들리더니 누군가 해를 등지고서 제이를 내려다보았다.

“널 죽이려 든 상대를 연민하다니, 한결같구나. 그게 너의 약점인 줄 알면서도 또 그 점 때문에 너를 아꼈다.”

유안석이었다. 작은 움직임에도 날카로운 통증이 머리에 엄습해, 제이는 비명에 가까운 신음을 뱉고서야 몸을 일으킬 수 있었다.

"보셨죠? 망치들을 때려잡는 망치가 될 거라 했잖아요."

제이는 점퍼를 벗어서 얼굴의 핏물을 닦은 뒤 던졌다. 유안석은 엘을 내려다보고 있었다.

"거룩한 교회를 위해 마녀사냥을 하다 죽었으니 엘은 천국에 갔을 거다. 나 또한 일이 마무리되면 엘을 위해 위령기도를 바칠 것이다."

유안석은 주머니에서 액체가 든 병을 꺼내 엘의 몸에 뿌렸다. 제이는 그게 병자성사 예식에 쓰이는 성수일 거라 추측했다. 하지만 엘의 몸에서 돌연 불길이 솟았다. 제이가 소리를 질렀다.

"뭐 하는 짓이에요!"

제이는 손으로 바닥을 짚어가며 일어섰다. 유안석은 냉담한 얼굴로 불길을 등지고 서 있었다.

"너한테 마침표 찍는 법을 가르쳐주는 중이다. 엘은 아직 새 신분증을 만들지 않은 무등록 인간이다. 얼굴만 없애면 저 변사체를 알아볼 사람은 아무도 없다. 그러면 아까 경찰서 앞에서 너희 둘을 목격한 사람들 때문에 성가실 일도 없을 거다."

참을 새도 없이 구토가 올라왔다. 신물을 게워낸 제이는 눈앞이 아찔해 아픈 머리를 두어 번 흔들었다.

"날 위해 엘을 불태웠다는 거예요?"

"가르치는 중이라 하지 않았느냐. 너와 나의 끝이 무어든 나는 마지막 순간까지 아버지로서 널 가르칠 것이다."

제이는 남은 힘을 그러모아 돌려차기로 유안석의 머리를 가격했다. 유안석은 비틀거리다 땅에 주저앉았다. 제이도 머리를 싸쥐며 휘청거렸다. 발등에 가해진 충격이 통증을 증폭시키며 전신을 휘젓다가, 마지막엔 머리가 깨질 듯한 고통이 되었다.

"잘하고 있다, 제이야."

유안석이 입에 고인 핏물을 뱉어 내고는 말을 이었다.

"자, 끝을 내렴. 방금 내가 보여준 것처럼 말끔하게 마침표를 찍어라."

"안 그래도 그럴 생각입니다."

제이는 엘의 목을 그었던 벽돌을 찾아내어 유안석에게 다가갔다.

"딸 손에 죽는 것도 나쁘지 않지."

유안석이 제이를 올려다보며 웃었다.

"단 한순간도 유안석의 딸이었던 적 없습니다. 나는 디아블로 도박장 이정은 씨의 딸이에요. 뒷골목 건달들이 포주에게 팔아넘기려던 여자아이를 빼내어 수녀원 쉼터로 보내주었던 사람이죠. 당신의 거짓말에 더는 속지 않아요."

"역시 가르친 보람이 있구나. 원하는 정보를 찾아내는 솜씨가 수준급이야. 마지막으로 하나만 더 가르치면 되겠어. 제이야, 네가 지금 무슨 짓을 저질렀는지 알고는 있느냐?"

"당신이 만든 사냥꾼 하나를 죽였죠."

"본질은 그게 아니지. 너는 다 죽어가는 노신부와 마녀에 불과한 안드로이드는 살려두고, 네 형제인 엘을 죽였다. 정당방위였다 해도 그 본질이 달라지지……."

"닥쳐요!"

제이가 유안석의 말허리를 잘랐다.

"당신이 내 머리에 박아 넣은 장난감 때문에 나는 오래 버텨도 15년 후에는 죽어요. 케이도 엘도 마찬가지일 테고요. 그게 유안석이란 사람의 본질이에요. 자기가 심취한 목적을 위해 다른 사람들의 인생을 잘라버렸잖아요. 악마란 게 진짜 있다면 당신과 닮은 꼴일 겁니다."

제이는 한 손으로 유안석의 멱살을 쥐었다. 그리고 엘의 피가 묻은 벽돌을 치켜들었다.

"어서 끝을 내렴."

유안석은 눈을 감았다.

제이의 손끝이 떨렸다. 진실의 장미를 쥐어야 한다, 제이야. 늪이 되어야 한다, 제이야. 세상은 정보들로 가득 차 있단다……. 유안석의 목소리들이 제이의 머릿속에 울렸다. 제이는 돌을 쥔 손을 움직일 수가 없었다. 눈앞의 이 악마는…… 아빠였다. 지난 3년간 제이를 돌보고 가르치고 속이고 이용한 나쁜 아빠였다. 분노와 환멸이 뒤섞인 눈물이 후드득 떨어져 내릴 때, 무언가 날카로운 것이 제이의 종아리를 찢고 지나갔다. 제이는 종아리를 움켜쥐고서 바닥을 굴렀다.

유안석이 떠나간 자리에는 제이의 피가 묻은 칼이 떨어져 있었다. 차로 돌아가서 시동을 걸고 액셀을 밟는 내내 유안석의 눈길은 제이에게 붙박여 있었다. 제이는 유안석이 또다른 마침표를 찍으려 한다는 걸 직감했다. 차가 다가오고 있었다. 제이는 운전석의 유안석을 일별하고는 눈을 질끈 감았다. 그 순간 누군가 제이를 끌어안고 몸을 굴렸다.

"늦어서 미안해요, 제이."

루시였다. 루시는 제이를 안고 건축자재 더미 뒤쪽으로 뛰어갔다.

"여길 어떻게 알고 온 거야?"

"제이의 메모를 보자마자 오두막을 나섰습니다. 제이가 태블릿에서 마지막으로 검색한 정보들을 확인하고 동선을 추적했어요."

루시는 비닐을 씌운 목재 더미에 제이의 몸을 기대주었다.

"왜 그랬어! 저 사람은 안드로이드 사냥꾼이야. 어서 달아나!"

"달아날 수 없습니다. 명령권자의 목숨이 위협받는 상황에서 달아나는 안드로이드는 없습니다."

"내가 왜 네 명령권자야? 네 명령권자는 레미지오 신부님이잖아."

"폐쇄구역 황무지에서 제이가 명령했습니다. 신부님을 데리고 떠나. 안전한 곳에 숨어 지내. 잡히지 마. 나는 그 명령들이 맘에 들었습니다. 그래서 그때 제이를 내 명령권자로 등록했습니다."

"네 맘대로?"

"네. 그게 제가 명령권자를 지정하는 방식입니다. 가만있어요, 제이."

루시는 점퍼를 걷어 올리더니 제 티셔츠를 찢었다.

"제이, 저 사람을 살려주고 싶습니까?"

루시가 제이의 종아리 환부에 티셔츠 조각을 감으며 물었다. 제이는 선뜻 답을 하지 못하고 루시의 호박색 눈동자만 보고 있었다. 루시는 침착하게 제이의 대답을 기다리고 있었다. 제이가 유안석을 살려주라고 명령하면 루시는 전에 황 베드로에게 그랬던 것처럼 유안석을 무력화시키려 할 것이다. 반면 죽이라고 명령하면 루시는 제가 가진 모든 힘을 동원하여 유안석을 죽이려 들 것이다. 하지만 루시는 전투 로봇이 아니었다. 유안석이 차를 몰고 달려들면 역으로 루시가 당할 수도 있었다.

"위험해. 네가 죽을 수도 있어. 그러면 내가 널 살려준 보람이 없잖아. 죽여도 내가 죽일 테니까 넌 여기 있어."

"죽이길 원하는군요. 제이, 내게 맡겨주세요. 명령권자인 당신의 생명을 지키고, 안드로이드 사냥꾼인 저 사람과 대적할 기회를 주세요."

"루시……."

제이는 루시의 얼굴을 한참이나 보다가 고개를 끄덕였다.

루시는 목재 더미를 넘어 유안석의 차가 있는 공사장 공터로 돌아갔다. 루시가 나타나자 유안석이 운전석 창을 내리고 소리쳤다.

"새 시대의 마녀여, 내 사냥꾼들이 하나같이 변변찮으니 내 손으로 널 끝내야겠구나."

유안석이 웃었다. 흥분을 주체하지 못하고 새어 나온, 흐느낌에 가까운 웃음이었다.

"호르투스데이의 안드로이드 사냥꾼님, 나는 마녀가 아니라 안드로이드입니다. 그리고 나에게도 당신을 죽일 권한이 생겼습니다. 내 명령권자인 제이가 허락을 해주었거든요."

루시는 입술을 움직여 유안석의 웃음을 흉내 낸 웃음을 지어 보 였다. 유안석은 얼굴을 일그러뜨리며 액셀을 밟았다.

퉁!

유안석의 차가 그대로 루시를 들이받았다. 허공으로 솟구친 루시는 둔탁한 마찰음과 함께 바닥에 떨어졌다. 루시는 한쪽 다리가 휘어진 채 다시 일어섰다. 유안석이 차를 돌리는 사이 루시는 한쪽 다리를 끌며 달아났다. 유안석의 차가 다시 루시를 향해 돌진했다. 퍽! 두 번째 충돌과 추락이 이어졌다. 루시는 다시 일어나서 차와의 간격을 벌렸다. 유안석도 최소한의 가속 거리를 확보하려는 듯 기다리고 있었다. 루시가 20미터쯤 멀어지자 유안석의 차가 움직이기 시작했다. 유안석은 이를 드러내고 웃었다.

말레우스 도미니들을 시키지 않고 직접 마녀사냥에 나선 쾌감이 유안석을 전율케 했다. 오래전 이단심문관들의 심정이 비로소 이해되었다. 마녀로 의심되는 자를 물에 빠뜨려놓고 물 위로 떠오르면 마녀라 판명했다던가. 살겠다고 물 위로 고개를 내미는 자들은 모두 마녀였다. 무지한 자들의 눈에는 어처구니 없고 폭압적인 방식으로 보이겠지만, 모르는 소리! 이단심문관들은 이미 그자들이 마녀라는 증거와 확신이 있었던 것이다. 물에 담그는 건 마녀화형식의 사전 예식에 불과했다. 나도 차로 저 기계를 들이받으며 사전 예식을 치렀다. 누구의 손도 빌리지 않고 이단심문관인 내가 직접 나선 것이다. 기계여, 이 차와 충돌 후 도망치면 네가 마녀라는 증거다. 너는 이미 여러 번 달아났으니 의심할 바 없는 마녀다. 판결이 났으니 이제 네 목숨을 거둘 차례다. 시원한 바람이 차창을 넘어왔다. 모든 게 완벽했다.

"에케 호모(Ecce homo)! 이 사람을 보라!"

유안석은 자신이 바로 그 사람이라고 느꼈다. 처음부터 저 마녀를 죽일 사람은 유안석 자신이었다. I도, J도, K도, L도 아니고 오직 자신만이 그 일을 해낼 수 있었다.

제이야, 보아라. 마녀사냥이 왜 필요한지, 이 사냥의 승자가 누군지 보란 말이다. 저 마녀는 인간의 형상을 했으나 두려움을 모른다. 인간만큼 섬세한 손가락을 지니고, 뚜벅뚜벅 걷고, 인간의 말을 하면서도 신의 뜻을 두려워하지 않는다. 그건 악마에게서 비롯된 본성이며, 저 기계가 『말레우스 말레피카룸』에서 말하는 것처럼 악마와 인간 사이의 매개물이란 증거다.

"인 노미네 파트리스 에트 필리 에트 스피리투스 산크티, 아멘(In nomine Patris et Filii et Spiritus Sancti, Amen)*!"

유안석은 루시라는 이름의 마녀를 노려보며 액셀을 밟았다.

쾅!

*'성부와 성자와 성령의 이름으로'라는 뜻

유안석의 차는 공사장 건물 벽을 들이받고 멈추었다.

몸을 날려 차를 피한 루시는 유안석에게 갔다. 유안석은 에어백에 머리를 박은 채 기절해 있었다.

"내 명령권자인 제이를 죽이려 한 대가입니다."

우둑! 뼈 부러지는 소리가 울렸고, 유안석의 목이 옆으로 꺾였다. 감겨지지 않은 두 눈이 차창 너머 하늘을 빤히 바라보고 있었다.

"병자성사를 받았는지 모르겠습니다. 성사를 받았으면 천국에 가실 겁니다."

무한히 나를

그날 아침 레미지오 신부는 욕을 하지 않았다.

두 달 가까이 욕설과 비명으로 도배가 되었던 오두막에 그날은 평화가 찾아왔다. 아침 볕이 창틀을 넘어오는 광경도 보였고 밤새 마룻장을 점령했던 벽장 그늘이 뒷걸음질 치는 것도 눈에 띄었다. 제이는 그 돌연한 평화가 무얼 뜻하는지 알았다.

"제이야, 언니는 어디 갔느냐?"

레미지오는 여전히 제이와 루시를 자매라 여겼다.

"땔감을 구하러 나갔어요. 죽을 좀 데워드릴까요?"

"아니다. 배가 부르구나. 네 웃는 낯도 보고, 네 언니가 얻어온 풋사과도 맛보고, 처마에 맺혔다 떨어지는 빗방울도 구경했다. 이만하면 됐구나. 네 언니도 보고 가야 하는데."

"신부님……."

제이는 다급히 오두막을 뛰쳐나왔다. 혼자서는 자신이 없었다. 엄마의 죽음을 겪었다고는 하나 기억에 없었고, 엘과 유안석의 죽음을 목격했으나 슬픔은 제이의 몫이 아니었다. 레미지오의 죽음은 질감이 달랐다. 너무나 지척에서 벌어지는 일이었고 악취와 비명마저 익숙해진 누군가의 죽음이었다.

루시가 땔감을 모으는 산자락으로 뛰어 올라갔다. 서둘러야 하는데 자꾸 길바닥에 나뒹굴었다. 엘과 싸운 뒤 악차이 영감에게 재수술을 받았으나 결국 눈 하나를 잃었고, 그 뒤로 중심을 잡기가 어려웠다.

"루시! 어딨어? 루시!"

고사목이 있는 계곡으로 접어들 즈음 루시가 땔감을 안고 나타났다.

"신부님이 이상해. 숨이 너무 밭아."

제이의 말이 끝나기 무섭게 루시는 땔감을 던져버리고 달리기 시작했다.

셋은 같은 오두막에 살았다. 미등록 인간 하나, 폐기 선고를 받은 안드로이드 하나, 그 둘을 자매라 여기는 치매 노인 하나. 그렇게도 살아졌다. 병색이 짙어지며 레미지오는 온갖 패악을 다 부렸다. 루시가 욕창 부위에 약을 바르려고 하면 주먹을 휘둘렀다. 그때마다 제이는 루시에게 저 짐짝 같은 영감탱이 좀 내다버리라고 성을 냈지만 하루에 한 번 정도는 레미지오의 식사를 직접 챙겼다. 벌레 먹은 밤을 창틀에 올려놓고 제이를 기다리던 그 노인을 기억하고 있었기 때문이다. 그때 제이가 주머니에 챙겼던 밤 두 알은 점퍼와 함께 유안석이 죽은 공사장에 버려졌다. 하지만 세 알은 바짝 마른 채로 여전히 창틀에 놓여 있었다.

오두막에 도착한 루시는 레미지오의 휠체어 앞에 앉았다. 제이도 그 곁에 자리를 잡았다.

“루시야, 내가 너한테 성사를 주었던가?”

“네. 비 오는 밤에 신부님께 성사를 받았습니다.”

“그럼 되었다.”

레미지오의 눈길이 제이에게 머물렀다.

“제이야. 언니 손 꼭 잡고 다녀. 저번 날처럼 혼자 도시로 내빼서 언니 걱정시키지 말고.”

제이는 철망 속에 갇혀 있는 레미지오의 얼굴을 보았다. 죽음을 앞둔 노인이 염려가 그득한 눈길로 제이를 보고 있었다.

“걱정 마세요.”

제이는 울고 싶은 걸 간신히 참아냈다.

“이제 춤을 추어야겠구나.”

레미지오는 휠체어에 앉은 채로 상체를 움직이며 팔을 휘젓다가 이따금씩 기계 다리를 뻗어 바닥을 긁었다. 눈앞에 춤 상대가 있기라도 한 듯 허공에 눈을 맞추고 킥킥 웃었고, 흰자위를 드러내며 눈꺼풀을 떨다가 알아듣지 못할 라틴어 문장을 중얼거렸다. 멀리 산새들이 울었고, 오래지 않아 레미지오의 손이 무릎으로 툭 떨어졌다.

장례식은 따로 없었다. 오두막에서 멀지 않은 곳에 레미지오를 묻고 언제든 찾을 수 있게 작은 십자가를 세워두었다. 제이는 오두막에 온 이후 처음으로 종일 누워만 있었다. 다음 날 루시는 꿩을 잡아 와서 구웠다. 너는 먹지도 못하면서 뭐 하러 요리를 하느냐고 묻자 루시는 안드로이드의 모범 답안을 돌려주었다.

"제이는 내 소유주이며 명령권자입니다. 나는 제이를 돌봐야 할 의무가 있습니다."

제이가 식사를 마쳤을 때 루시가 물었다.

"신부님은 천국에 무사히 도착했을까요?"

제이는 대답하지 않았다. 제이가 답할 수 있는 문제가 아니었다. 죽음 이후의 것들에 대해 제이가 아는 거라곤 죽은 자들을 다시는 볼 수 없다는 사실밖에 없었다.

레미지오가 죽고 사흘 뒤, 제이와 루시는 짐을 챙겨 오두막을 나섰다. 운신이 어렵던 노인이 사라졌으니 어디로든 갈 수 있었다. 루시는 남쪽으로 가자 했다. 겨울이 오기 전에 제이를 좀 더 따뜻한 곳으로 데려가려는 것이었다. 이들은 줄곧 버려진 철길을 따라 걸었다. 루시는 쇄석 밟는 소리가 제 몸속에서 톱니바퀴들이 부딪치며 내는 소음과 비슷하다 했다. 제이는 가끔씩 레미지오 신부를 떠올렸고, 엄마 이정은의 이름과 그저 이름에 지나지 않았으나 여전히 동생으로 남아 있는 현우 혹은 케이를 생각했다. 이제는 볼 수 없게 된 그들이 자그락자그락 쇄석 밟는 소리에 섞여 제이에게 말을 걸어왔다.

제이야, 루시 언니는 어디 갔니?

디아, 엄마는 도박장 뒷방에서 너를 키우고 가르쳤다. 그러니 너도 어디서든 네 몫의 인생을 지키며 살아.

누나, 용돈 같은 거 안 보내도 되니까 돈 벌어서 누나 맛있는 거 사 먹어.

제이도 알았다. 다 자신의 머릿속에서 지어낸 말이었다. 그래도 그 말들이 좋았다.

운 좋게 안드로이드가 운전하는 트럭을 만나서 이동하는 날도 있었고 종일 걸어야 하는 날도 있었다. 차고 드센 바람이 불고 자잘한 첫눈이 날리던 날에는 루시의 따뜻한 손을 잡고 걸었다. 루시는 간병 기능이 있는 가정용 안드로이드라, 손의 온도가 체온과 비슷했다.

메가시티-남부에 도착했을 즈음, 경찰이 수색영장을 발부받아 글로리아 마리애 병원에 진입했다는 기사가 떴다. 아들이 납치당했다고 수차례 주장해온 남성과, 자신이 납치당했다가 탈출한 장본인이라는 청년이 언론사에 집요하게 제보한 결과라 했다. 어디선가 M과 N이 도망자들을 찾아다니고 있을지도 모르지만 케이라면 제 삶을 지켜낼 것이다. 제이는 한때 현우였고 현우의 목소리였던 그 아이를 애틋하게 떠올려보곤 했다.

둘은 남부 침수지역의 어느 폐가에 자리를 잡았다. 널빤지를 구해 바람벽을 수리하고, 버려진 집기와 가구들을 끌고 와서 침실과 부엌을 복구했다.

제이는 생선 공장에서 일을 하며 돈을 벌었다. 그 돈으로 루시를 위한 새 부품을 사고, 헌옷 가게에 들러 계절에 맞는 옷들을 샀다. 공장에서 얻어 온 잡어들로 요리를 하고, 가끔 루시가 구해다 주는 꽃들로 식탁을 장식했다. 웃을 줄도 알게 되었다. 공장 선배들에게 짓궂은 농담을 배워 와서 루시한테 써먹기도 했다. 매번 루시의 반응은 싱겁기 짝이 없었다. 죽음을 이해하겠다고 덤빌 정도로 똑똑한 녀석이 사람들의 유머는 이해하지 못했다. 제이는 죽음 이후의 세계를 알지 못했다. 하지만 디아블로 도박장의 이정은 씨가 자신을 봐주었으면 했다. 엄마, 나 보고 있어요? 엄마랑 같이 살 때만큼은 아니겠지만 루시랑 잘 지내고 있어요.

코피가 부쩍 잦아지고 목덜미부터 꼬리뼈 쪽으로 반점들이 타고 내려오면서 일을 관두어야 했다. 제이는 이런 날이 오리란 걸 알고 있었다. 폐쇄구역에 발을 들인 날부터였는지 악차이 영감의 어수선한 수술대에 누울 때부터였는지는 확실하지 않았다. 침수지역의 건달들이 시비를 걸면 순식간에 코뼈를 부러뜨릴 정도로 여전히 강했지만 전투력과 무관하게 몸은 서서히 무너지고 있었다.

어느 해 봄, 제이는 겉으로 보기에 자신과 루시의 나이가 역전되었다는 걸 알았다. 최근 유백색의 피부 마감재를 새로 바르고 머리카락을 교체한 루시는 제이보다 어려 보였다. 외모로만 보면 이제는 제이가 루시의 언니 같았다. 제이는 대부분의 날을 침대에 누운 채 보냈다. 하루는 약과 음식을 구하러 나간 루시가 우연히 레미지오를 닮은 노인을 보았다고 했다. 제이는 로봇 주제에 '우연히'라는 말을 쓰느냐고 타박했다.

"우연은 없어, 루시. 나는 우연 같은 거 안 믿어. 우연도 알고 보면 필연들이 엮인 거야. 전에 7지구 유흥가에서 까치 삼촌을 우연히 만나긴 했지만 그건 내가 작정하고 그 거리를 돌아다닌 결과였어."

그러자 루시가 손으로 자기 가슴을 두드렸다.

"내 이름이 루시가 된 것도 우연이었어요."

그때 루시는 인간에 대해 공부하고 있었다. 처음엔 구순연의 간병을 위해 인간의 몸을 공부했다. 그다음엔 인간의 죽음을 공부하고, 신화를 거쳐 나중에는 인간의 진화에 대해서도 배웠다. 어느 날 루시는 인류학 책을 보다가 우연히 'AL-288-1'이라는 번호가 붙은, 루시라는 이름의 구인류 화석을 보게 되었다.

그 시절 루시의 이름은 HCR-AL-288-46이었고, 구순연이 부르는 이름은 288이었다. 루시는 구인류 화석의 번호와 제 이름이 비슷하다는 사실을 알게 되었다. 자기 이름이 더 길고 구인류 화석의 이름이 짧으니까, 제 이름 안에 구인류가 들어 있는 느낌이 들었다. 그래서 그날 HCR-AL-288-46은 제 이름을 루시라 정했다.

제이는 여전히 우연을 믿지 않지만 루시의 우연은 존중해주기로 했다. 그 우연이 없었다면 제이는 루시를 만나지 못했을 테니까.

어느 날 루시가 비누와 단백질 파우더를 구해서 집에 돌아갔더니 제이가 침대에서 일어나 앉아 있었다. 창을 넘어온 낙조에 얼굴이 붉어진 제이는 전날 먹은 갈매기뼈를 만지작거리고 있었다.

"위시본(wishbone)이야. 새의 가슴뼈. 이걸로 목걸이를 만들어서 걸고 다니면 소원을 이룰 수 있대."

"제이는 우연은 안 믿으면서 그런 속설은 믿는군요."

루시가 놀렸지만 제이는 가느다란 가죽끈으로 위시본을 단단히 묶은 다음 두 뼘 뒤에 매듭을 만들었다.

"이리 와 봐, 루시."

제이는 위시본 목걸이를 루시에게 걸어주었다.

"이것이 내 소원도 이뤄줄까요? 인간의 믿음이니까 인간의 소원만 이뤄주는 거 아닐까요?"

"새는 인간과 안드로이드를 잘 구분 못하니까 네 소원도 들어 줄 거야."

"내 소원은 제이가 언제나 나와 함께 있는 거예요."

밤이 되자 제이는 루시의 따뜻한 팔뚝에 얼굴을 묻었다.

"너 녹음 기능도 있다고 했지?"

"중요한 청각 정보를 저장하는 기능이 있어요. 소유주가 보호자 없이 임종을 맞는 상황에 대비해서 유언이나 마지막 음성 정보를 남겨두는 장치입니다."

"그럼 내 목소리도 저장해줄 수 있어?"

"말해요, 제이."

"루시. 나야, 제이. 이 세계가 어디로 흘러가는지, 인간과 안드로이드는 어떻게 되는지, 아득한 세월이 흐른 뒤 너는 어떤 모습으로 어디에 존재하는지 잘 지켜봐. 그리고 녹슬지 않게 너 자신을 잘 돌봐. 세상이 끝에 다다를 때까지 너도 살아. 죽지 않으면 천국도 필요 없어. 전부터 얘기해주고 싶었어. 나는 이 목소리로, 너의 데이터로, 네 안에 살아 있을게. 이 세계를 무한히 지켜봐. 그리고 무한히 나를 기억해줘."

천국을 바란 적 없던 제이는 편안한 얼굴로 루시의 시간 속으로 들어섰다.

루시 안에 살아 있겠다고 선언한 이상 제이는 영원히 루시의 명령권자였다. 그래서 루시는 제이의 명령을 따라야 했다. 녹슬지 않게 제 몸을 돌보면서 무한히 제이를 기억해야 한다.

루시는 제이의 몸이 백골이 될 때까지 곁을 지켰다. 제이의 살갗이 허물어지고 벌레들이 꼬이다 진득한 액체가 되어 흐르고, 마침내 하얀 뼈를 드러내었을 때 루시는 떠날 때가 되었다는 걸 알았다. 제이의 뼈를 마당에 깊이 묻었다.

호르투스데이가 마지막 입회자를 받은 날로부터 여러 세기가 지난 어느날, 루시는 제이가 묻힌 곳으로 돌아왔다. 둘이 함께 살았던 바닷가 집은 보이지 않았다. 생선 공장과 작은 장터가 있던 마을도 바다 밑에 잠기고 없었다. 그대로인 건 루시가 최근에 새것으로 교체한 호박색 눈알과 매끈한 뺨에 닿는 낙조뿐이었다. 루시는 바닷가를 걸으며 자신이 슬픔을 느낀다는 사실을 자각했다. 사랑과 슬픔과 무한에 관한 단어들이 루시의 머릿속에서 물마루와 골을 그리며 철썩, 철썩 파도쳤다.

무한히 나를 기억해줘.

그래서 루시는 무한으로 가야 했다.
제이의 마지막 명령이 무한의 시초이며 근거였다.
바다를 등지고 루시는 다시, 무한을 향해 걸어갔다.

마녀사냥은 중세의 어느 날에 돌연히 시작된 게 아니라 멀고 먼 신화의 시대로부터 이어진 것이라 생각한다. 금단의 열매를 따 먹고 지혜를 얻은 첫 여인을 죄의 기원으로 못 박은 신화적 상상력이 오랜 잠복기를 거쳐 마녀사냥이라는 정신적 팬데믹으로 터져 나온 게 아닐까. 신과 인간이 직접 이야기를 나누던 시기를 상상하고 구술하고 기술하던 이들에게 여인의 호기심과 지식욕이란 세상에 재앙을 가져오는 매개였고, 판도라와 하와는 그렇게 문제적 인간 계보의 첫머리를 장식하게 되었다.

마녀사냥의 첫 희생자들로 거론되는 산파들은 판도라와 하와의 후손들이다. 그들은 약초를 캐고, 생즙을 내거나 달이면서 약과 독의 미묘한 경계를 연구했고, 여인들의 출산을 도왔다. 하지만 민중들 틈에서 본초학자이자 산부인과 의사 노릇을 하던 산파들은 마녀로 고발당하여 마녀재판장으로 끌려갔다.

혐의는 다양했다. 독당근이나 투구꽃 같은 독초에 사람의 지방과 신생아의 살점을 섞어 하늘을 날게 하는 연고를 만들었고, 쇠스랑이나 숫염소 혹은 빗자루를 타고 하늘을 날아다니며 악마와 내통하였고, 난산으로 고통받는 여인들을 도와줌으로써 신이 내린 산고라는 형벌을 훼손하였다. 하지만 산파들이 지은 죄의 본질은 그들이 버터를 굳히고 가족들 옷을 재봉하는 평범한 여인의 세계를 벗어나 새로운 지식과 기술을 탐했다는 데 있다.

원래는 바로 이 산파들이 등장하는 작품을 준비 중이었다. 하지만 자료를 조사하고 캐릭터를 연구하는 과정에서 '루시'를 만났다. 마을의 병자와 임산부를 돌보고, 새로운 영역의 지식을 갈구하는 산파들에게서 간병 기능이 있는 가정용 안드로이드 루시가 탄생했다.

사후 세계를 연구하고 감히 천국을 꿈꾸어 그 세계의 파수꾼을 자처해온 근본주의 종교인들과 반안드로이드주의자들을 경악하게 만든, 로봇 시대의 산파이자 마녀인 루시. 안드로이드에게 굳이 성별을 부여할 필요가 없음에도 루시를 여성형 로봇이라 설정한 이유는 그가 판도라와 하와, 마녀사냥 시대 산파들의 계보를 잇는 존재이기 때문이다.

그리고 제이.

작품 배경이 중세였다면 마녀재판관이 부리는 하급 서기나

견습기사쯤 되었을 인물이지만 이 세계에서는 안드로이드 사냥을 위해 자신도 모르게 인체 개조를 당한 강화인간으로 등장한다. 좀 더 사랑스러운 캐릭터로 만들어주지 못하고, 이 뒤틀린 세계의 온갖 번민을 떠맡긴 것 같아 미안한 마음이다. 루시가 금단의 지식에 다가가려는 마녀였다면 제이는 조직적으로 은폐된 진실을 파고드는 과정에서 마녀의 계보에 이름을 올렸다.

마녀 루시를 사냥하는 주체를 호르투스데이라는 근본주의 종교단체로 설정한 것은 지금도 래디컬한 교파와 정치권력이 지식욕이 강한 여성들을 사냥하고 있기 때문이다. 본문에 스치듯 나온 이야기지만 연쇄살인마는 많아야 수십 명의 인간을 죽이고 끝나지만 종교나 사상이 광기에 사로잡히면 수십, 수백 만의 희생자를 낳는다. 『녹슬지 않는 세계』에서는 그러한 마녀사냥꾼들의 궤변을 충실히 들여다보려고 했다.

글을 쓰는 내내 폐쇄구역의 버려진 펍에서 홀로 지내는 기분이었다. 마녀사냥 이야기를 로봇 시대로 가져오는 게 무슨 의미가 있을까 자문한 순간들이 많았다. 그럴 때마다 마지막엔 루시가 이기는 이야기가 될 거라는 믿음으로 견뎠다. 호르투스데이가 사라지고, 그들을 기억하는 자들마저 사라진 후에도 루시는 자신을 돌보며 살아남아, 이 세계의 무한과 종말을 지켜볼 것이다.

결국 『녹슬지 않는 세계』는 로봇 시대를 배경으로 한 마녀사냥 이야기면서 동시에 창세의 순간부터 힐난과 핏빛 응징의 대상이었던 마녀들에게 바치는 헌사다. 아울러 즐길 것들이 넘쳐나는 시대에 끝내 책을 집어 든 독자님들, 나의 사랑스러운 마녀들에게 이 책을 바치고 싶다.

부디 녹슬지 않게 자신을 돌보며 언제까지나 반짝거리시길 빕니다.

우리의 이야기는 루시의 기억에 담겨 무한으로 갈 것입니다.

끝으로 투박한 원고를 받아준 교보문고 문학팀과 황량한 메가시티의 거리를 함께 걸어준 김보성 편집자님께 감사의 마음을 전합니다.

메가시티-셔읏의 낙조 속에서

김아직

녹슬지 않는 세계

초판 1쇄 발행 2023년 10월 27일

지은이 김아직
펴낸이 안병현 김상훈
본부장 이승은 총괄 박동옥 편집장 박윤희
책임편집 김보성 정수향 디자인 박지은
마케팅 신대섭 배태욱 김수연 조윤선 제작 조화연
2차저작권 문의 문주영

펴낸곳 주식회사 교보문고
등록 제406-2008-000090호(2008년 12월 5일)
주소 경기도 파주시 문발로 249
전화 대표전화 1544-1900 주문 02)3156-3665 팩스 0502)987-5725

ISBN 979-11-7061-042-7 (03810)